Sonnenblumenglück

Liebe Grüße

M. Morgan Stern

Morgan Stern

Copyright © 2019 Morgan Stern
1. Auflage

Verleger:
Morgan Stern
Johann-Dahlem-Str. 23
63814 Mainaschaff

Lektorat:
Silvia Hildebrandt

Druck:
Amazon KDP Leipzig

Alle Rechte vorbehalten.
ISBN: 9781693374135

DANKE!

Ich möchte mich hiermit ganz herzlich bei all denjenigen bedanken, die auf irgendeine Art und Weise an diesem Buch beteiligt waren.
Da dies eine ganze Menge sind, versuche ich mal, so gut wie möglich, zusammenzufassen, möchte Euch aber dennoch bitten, ein bisschen Nachsicht mit mir zu haben. Ich bin weder professioneller Danksagungsschreiber, noch kann ich jedem einzelnen danken, der mir so im Laufe der Zeit etwas Gutes getan hat. Warum nicht? Ganz einfach, das alleine würde vermutlich ein ganzes Buch füllen (und sicher langweilen).

Lange Rede... jetzt aber.

Ein großes DANKE geht an:

* meine Familie und Freunde (you know who you are), schlicht und ergreifend fürs Dasein, fürs offene-Ohr-Haben und für all die vielen Kleinigkeiten, die uns verbinden, zum Lachen bringen und so vieles mehr.

* die vielen Menschen, die mir seit meinem ersten Buch zur Seite stehen, mich unterstützen und eine bemerkenswerte Arbeit für unsereins leisten.

* an jeden einzelnen, der im Begriff ist, dieses Buch zu lesen. Es erfüllt mein Herz mit Freude.

Eure Morgan Stern

Sonnenblumenglück

Teil I - Melissa

- 1 -

„Wagner." Ich räusperte mich. „Melissa Wagner."
„Nein, habe ich hier nicht, Frau Weber."
„Wagner. Nicht Weber." Ich spürte, wie mein Blutdruck langsam aber sicher in die Höhe schoss. Wie ich das hasste. Was war an meinem Nachnamen denn bitte so schwer? Nein, daran oder an dem möglicherweise begrenzten Horizont meines Gegenüber lag es sicher nicht. War ich der Dame am Schalter denn so zuwider?
„Hier ist es ja. Ein Ticket nach Berlin?" Sie zog die Augenbrauen hoch und musterte mich von oben bis unten.
„So ist es." Nervös tippte ich mit den Fingern auf dem Kassenschalter herum. Konnte ich jetzt vielleicht endlich bezahlen? Es war ja nicht so, als wäre ich alleine in der Bahnhofshalle. Ganz im Gegenteil. Ich wagte einen Blick über meine Schulter und erntete dafür aufgebrachte und missmutige Blicke der anderen wartenden Kunden. Ob sie davon ausgingen, dass ich und wirklich nur ich persönlich dafür verantwortlich war, dass die Dame am Schalter so gar nicht vorankam? Was kümmerte es mich? Wenn ich nur endlich das blöde Ticket bekommen würde!

Memo an mich: Zugtickets nur noch online buchen und zu Hause ausdrucken.
Eigentlich war mir schon seit der ersten Idee zu dieser Reise klar gewesen, dass es nicht unbedingt mein persönliches Highlight werden würde. Wieso ich es dennoch gebucht hatte? Nun, meiner Freundin zuliebe. Weitestgehend. Aber beginnen wir am besten erst einmal mit ein paar Details.

Eva und ich, wir hatten uns vor vielen Jahren im Urlaub mit unseren Eltern kennengelernt. Zu dieser Zeit hatten wir beide schon ein – na ja sagen wir mal so – Alter, in dem man die eigenen Eltern so gar nicht mehr cool fand und eigentlich nicht mit ihnen gesehen werden wollte. Aus unserer beider Not heraus schlossen wir uns relativ rasch zusammen und wurden in der einen Woche richtige Freundinnen.
Eva war toll. Sie brachte mich zum Lachen, hatte eine Menge sinnloser Ideen, die aber dafür umso witziger waren und uns so manche langweilige Stunde erträglich machten. Es schmerzte fast, als sich unsere Wege wieder trennten, aber wir versprachen uns, in Kontakt zu bleiben. Ob überhaupt eine von uns das wirklich beabsichtigt hatte war fraglich, denn Urlaubsbekanntschaften blieben ja erfahrungsgemäß auch dort, wo sie begonnen hatten, und fanden so gut wie nie einen Weg in den Alltag.
Bei Eva und mir war es anders gelaufen. Wir hatten es tatsächlich geschafft, einen gewissen Kontakt aufrechtzuerhalten. Sie wohnte in München, ich in einer Kleinstadt im Ruhrgebiet – sonderlich oft sehen konnten wir uns also nicht. Dennoch schrieben wir uns und bis heute ist sie eine meiner engsten Vertrauten und eine wahre Freundin. Als sie vor ein paar Monaten auf die Idee kam, dass wir zu einem gemeinsamen Städtetrip aufbrechen könnten, war ich noch recht enthusiastisch. Ich hatte Eva über ein Jahr nicht gesehen und ich reise gerne. Wieso also nicht?

Leider hatte ich nicht in Erwägung gezogen, dass es ihr dabei nicht darum ging, mit mir zusammen ein Ziel auszusuchen. Vielmehr war es so, dass sie schon längst entschieden hatte, dass Berlin – und auch wirklich nur Berlin – in Frage käme. Wieso auch immer, die Hauptstadt hatte auf mich bislang keinerlei Reiz ausgeübt und das änderte sich auch nicht, als Eva mir davon vorschwärmte. Sie war schon einmal dort gewesen, Abschlussfahrt mit ihrer Schulklasse. Sie liebte Großstädte schon immer und so war es wenig verwunderlich, dass auch Berlin es ihr regelrecht angetan hatte. Laut ihr müsste man die Stadt gesehen und vor allem erlebt haben, um sie verstehen zu können.

Ich hatte da meine Zweifel, allerdings wusste sie, dass ich ihrem Flehen und Bitten irgendwann nachgeben und mich breitschlagen lassen würde.

Die Buchung des Hotels hatte Eva übernommen, meine Aufgabe bestand quasi nur darin, das Zugticket zu holen und am richtigen Tag im richtigen Zug zu sitzen. Das würde ich hinkriegen. Dachte ich.

***

„Oh, Melli!" Eva ließ ihre Reisetasche fallen und stürmte mit offenen Armen auf mich zu. „Da bist du ja endlich!" Überschwänglich gab sie mir ein paar Küsschen auf die Wange und drückte mich an sich.

„Schön, dich zu sehen", grinste ich erleichtert.

„Alles gut geklappt? Wir können sofort los. Das wird so toll!" Sie eilte zurück, schnappte ihre Tasche, warf sie gekonnt lässig über ihre Schultern und stand wieder auffordernd vor mir. „Komm, wir nehmen ein Taxi."

Zugegeben, ich mochte sie wirklich und ich hatte sie vermisst. Auch nach all den Jahren und den unterschiedlichen Leben, die wir führten. Allerdings war es zwischenzeitlich klar ersichtlich, dass wir nicht wirklich viele Gemeinsamkeiten hatten. Zudem waren wir einfach erwachsen geworden, sie hatte in München studiert, arbeitete als Architektin und widmete sich

leidenschaftlich gerne dem Nachtleben.
Und ich? Neben einer langweiligen Ausbildung und meinem mindestens genauso „spannenden" Bürojob, dem ich noch heute mit Ende zwanzig die Treue hielt, konnte ich nicht viel Aufregendes berichten.
Dennoch mochte ich mein bodenständiges Leben, meinen überschaubaren Bekanntenkreis und das Kleinstadtidyll, welches ich Heimat nannte. Natürlich fragte ich mich hin und wieder, ob es da draußen nicht noch mehr gab. Ob nicht ein spannendes, ganz tolles anderes Leben auf mich wartete und ich es verpasste, weil ich mich schlicht und ergreifend nicht danach umsah?
Existierte irgendwo dieser eine Mensch? Mein Seelenverwandter? Wie definierte man Liebe? Wo war sie zu finden? Was war Glück? Und vor allem, wo war es?

Nüchtern betrachtet hatte ich alles, um glücklich zu sein. Meine Familie, ein paar Freunde, ein Dach über dem Kopf und genügend Geld zum Leben. War das nicht die Definition von Glück?
Ich kannte das Gefühl von Alleinsein, von Hoffnungslosigkeit und Resignation ebenso gut wie das der Zufriedenheit. Hatte alles davon selbst erlebt, gefühlt und war daran gewachsen.

Die Zeiten, in denen ich voller Illusionen durch die Welt schritt und daran glaubte, dass irgendwann der berühmte Tag X kommen würde, an dem sich mein Leben von Grund auf ändern und zum Besseren wenden würde, waren längst vorbei. Aus dem kleinen Mädchen mit den blonden Locken war eine erwachsene Frau geworden. Ich rannte nicht mehr so unbeschwert wie damals durch Sonnenblumenfelder und hielt auch nur noch selten so akribisch Ausschau nach vierblättrigen

Kleeblättern. Wenn ich es tat, dann nicht mehr in der Hoffnung, dass ich meinen Träumen damit ein Stückchen näher kommen könnte.

Wie die meisten Mädchen hatte auch ich insgeheim sehr lange an meinen Vorstellungen eines perfekten Lebens festgehalten, auf meinen Prinzen mit dem Pferd gewartet. Nicht, dass ich Pferden je viel hätte abgewinnen können, aber rein theoretisch gehörte dieses Tier eben zum Bild des Prinzen.
In der Realität ließ meine Menschenkenntnis leider gerade in Bezug auf Männer etwas zu wünschen übrig. Vielleicht hatte ich in jungen Jahren auch einfach zu euphorisch Ausschau gehalten und mich dabei so verunsichern lassen, dass ich die Wahrheit gar nicht mehr vom vermeintlich schönen Schein unterscheiden konnte? Wer konnte das schon so genau sagen?

Unterm Strich hatte ich jedenfalls weitaus mehr Frösche als Prinzen geküsst und jene wenigen mit scheinbar blauem Blut hatten definitiv andere Defizite, mit denen ich nicht leben konnte oder wollte. Kurzum, ich hatte kein sonderlich glückliches Händchen für Beziehungen. Allerdings konnte ich wenigstens mit Stolz behaupten, dass ich diese eher destruktiven Verbindungen meist selbst beendete, und das in den meisten Fällen bereits bevor man mir zu sehr hatte weh tun können.
Mit den Jahren hatte ich mich damit abgefunden, dass ich nichts erzwingen konnte und war dementsprechend auch nicht mehr auf der Suche nach Mr. Right. Vielleicht würde er eines schönen Tages vor meiner Türe stehen, vielleicht auch nicht.
Ich hatte die Schnauze voll davon, mich auf Kompromisse einzulassen, nur um mir am Ende doch wieder eingestehen zu müssen, dass ich gar nicht der Typ Mensch war, der mit

Kompromissen leben konnte. Ich ging davon aus, dass ich möglicherweise beziehungsgestört war, im schlimmsten Fall mangelte es mir auch an jeglicher Sozialkompetenz. Fakt war jedoch, dass ich diesen Teil von mir nicht ändern konnte. Nicht ändern wollte. Und schon gar nicht für jemand anderen, für eine Beziehung, die nur funktionieren würde, wenn ich mich selbst verbiegen würde, um dem anderen zu gefallen.
Ganz ehrlich, wohin hätte eine solche Partnerschaft schon führen sollen? Wenn man nicht seiner selbst wegen geliebt wurde, wurde man überhaupt nicht geliebt.

***

Für den Augenblick hieß es für mich jedoch erst einmal Berlin erkunden. Die Taxifahrt zu unserem Hotel hob meine Laune überraschenderweise. Berlin war zwar riesig und extrem unübersichtlich für jemanden wie mich. Doch Eva sprudelte wie ein Wasserfall drauflos und machte mich mit den Sehenswürdigkeiten bekannt, die während der Fahrt an uns vorbei zogen. Mit ihr als Reiseführerin konnte nicht viel schief gehen. Da war ich mir sicher.
Wie sollte ich es möglichst charmant ausdrücken? Meine Freundin fand sich nicht nur in der Stadt zurecht, sie liebte sie regelrecht. Dies bedeutete für sie gleichermaßen, dass sie mir alles, wirklich alles Sehenswerte binnen kürzester Zeit zeigen musste. Das Brandenburger Tor war einer der wenigen Orte, an denen ich wirklich gerne eine Weile geblieben wäre. Nicht zuletzt, da mich der Coffee Shop in Sichtweite eindeutig dazu einlud, einzutreten und eine Pause zu machen. Nach endlosen Diskussionen konnte ich Eva dazu überreden, mir wenigstens einen Eiskaffee mitzunehmen.

Einmal mehr stellte ich fest, dass es durchaus Vorteile hatte, dass wir so weit voneinander entfernt wohnten. In derselben Stadt wären wir sicher keine Freunde geworden. Oder zumindest nicht lange geblieben. Eva war mir zu hektisch, zu schnell und zu laut – so wie Berlin. Kein Wunder, dass es ihr gefiel.

Während ich ihr durch Einkaufszentren hinterher hastete und vorgab, Gefallen daran zu finden, feierte ich insgeheim ein Freudenfest darüber, dass unser Aufenthalt nur übers Wochenende war. Wie hätte ich das eine ganze Woche aushalten sollen?

***

Müde und erschöpft enterten wir am Abend die Hotellobby.
„So, Süße. Duschen, umziehen und dann geht's raus in die Partynacht!" Während der Lift uns zu unseren Zimmern brachte, präsentierte Eva mir ein paar ihrer Dancemoves.
„Ich bin kaputt. Keine Ahnung, wie ich da noch Party machen soll", erklärte ich schulterzuckend und hoffte auf Verständnis.
„Oh nee, Melli, das kann doch nicht wahr sein! Das ist Berlin! Hier muss man die Nächte durchfeiern!" Gespielt enttäuscht zog sie die Mundwinkel nach unten und wartete darauf, dass ich nachgeben würde. Ich dachte tatsächlich einen Moment lang darüber nach. Sie tat mir leid und ich wollte nicht, dass sie alleine um die Häuser ziehen musste. Schließlich war es eine Großstadt. Hier als Frau alleine? Nein, das gefiel mir auch nicht. Trotz alledem; alles in mir sträubte sich gegen den Gedanken, in irgendeinem Nachtclub zu versacken. Erst recht nicht nach einem derart anstrengenden Tag.
„Ok, Vorschlag: Wir gehen gemütlich essen und dafür morgen in einen Club?" Sie zwickte mich in die Seite, ich schüttelte

empört den Kopf.
„Meinetwegen." Ich zwang mich zu einem Lächeln.
„Deal", kommentierte sie. „Ich hole dich in einer Stunde ab."

- 2 -

Es war nach Mitternacht in Berlin.
Zwar hatte ich es geschafft, der Partynacht zu entkommen, und stattdessen ein anbetungswürdiges Steak in einem argentinischen Restaurant genossen, doch quälte mich in jener denkwürdigen Nacht meine Schlaflosigkeit.
Es war verrückt. Je länger und intensiver ich versuchte, einzuschlafen, desto weniger wollte es gelingen. Ich beschloss, noch ein wenig an die frische Luft zu gehen. Die Hotelbar hatte schon geschlossen und hinter der Rezeption kauerte nur noch der Nachtportier, der den Eindruck erweckte, als würde er jede Minute schlafend vom Stuhl kippen und möglicherweise nie wieder aufstehen. Während ich mich darüber ärgerte, dass die ganze Welt friedlich schlief, ich hingegen hellwach durch die Straßen laufen musste, in der Hoffnung, auch irgendwann Ruhe zu finden, zwängte ich mich durch die Drehtüre des Hotels nach draußen. Keine Ahnung woran es lag, aber ich hasste diese Dinger. Schon immer.

Ein Taxi hielt direkt vorm Hotel an. Im Augenwinkel erkannte ich, wie ein Mann ausstieg.
Unser Hotel lag mitten im Stadtzentrum, doch besonders einladend fand ich die gesamte Gegend hier nicht. Insbesondere nach Einbruch der Dunkelheit. Die Häuser wirkten irgendwie noch heruntergekommener und dreckiger auf mich als Stunden zuvor im Tageslicht.
Gedankenverloren stapfte ich durch die Dunkelheit, als ich

plötzlich ein lautes Klirren vernahm. Erschrocken schreckte ich herum, versuchte, meine Augen möglichst schnell der Dunkelheit anzupassen und blickte die Straße entlang, in die ich gerade eingebogen war. Etwa 50 Meter von mir entfernt erkannte ich Grüppchen von Partygängern. Manche rauchten, tranken Alkohol. Spontan entschied ich, dass ich in dieser Nacht genug von Berlin gesehen hatte. Meine aufkeimende Angst drängte mich unweigerlich zurück ins Hotel.

Der Portier schien aus seinem Trance-artigen Zustand erwacht zu sein, denn ich hörte ihn schon reden, bevor ich richtig im Inneren der Lobby war.

„Kann es sein, dass Sie mir gar nicht helfen wollen?" Eine ärgerliche Stimme drang zu mir durch, der Mann, der dem Portier gegenüber stand, war vermutlich der Neuankömmling, der zur späten Stunde angereist war, als ich das Hotel verlassen hatte. Seinem Ton nach zu urteilen gab es Probleme.

„Ich nur Schlüssel, nix verstehen."

Immerhin ist er ehrlich, kicherte ich in mich hinein und machte mich auf den Weg zu den beiden. Manchmal musste ich mich einfach als Samariter aufspielen und es war ja auch nicht so, als hätte ich etwas Besseres zu tun.

„Kann ich helfen?", fragte ich so freundlich, wie das mitten in der Nacht eben möglich war. Vier Augen waren blitzschnell auf mich gerichtet. Der Portier versuchte sofort, mir zu signalisieren, dass er keinerlei Ahnung hatte, was er tun sollte.

Ich musterte mein Gegenüber – ein Mann, etwa in meinem Alter. Sein Gesicht sprach Bände, als er auf seine Uhr blickte.

„Es ist zwei Uhr nachts, die Bar ist geschlossen, es gibt weder einen Automaten noch eine Minibar in diesem Hotel und ich bin am Verdursten." Trotz seiner deutlich zu spürenden Wut und Empörung, diese unterschwellige Mitleidsnummer hatte er jedenfalls gut drauf und ich vermutete, dass er sie wohl auch

des Öfteren in verschiedenen Belangen einzusetzen wusste. Ein Lachen konnte ich mir kaum verkneifen. Aber sogleich fühlte ich mich deswegen ungerecht und schuldig. Vielleicht war der arme Kerl wirklich gänzlich am Verdursten?
Andererseits – was hinderte ihn daran, einfach aus dem nächstbesten Waschbecken zu trinken? So groß konnte seine Not also vermutlich doch nicht sein. Sein Äußeres ließ nicht wirklich darauf schließen, dass es ihm an irgend etwas mangeln könnte. Er war nicht wesentlich größer als ich, dafür aber eindeutig besser gekleidet. Ich schämte mich fast ein wenig dafür, dass ich in Jogginghose und Kapuzenpulli unterwegs war. Es war mitten in der Nacht. Für wen hätte ich mich denn bitte stylen sollen? Konnte ja niemand damit rechnen, dass ich noch jemandem auf meinem nächtlichen Streifzug begegnen würde.
Mein Blick fiel auf seine schwarzen Chucks. Durchaus stimmig zum Rest. Er war komplett schwarz gekleidet. Jeans, Lederjacke, dunkle Haare – soweit ich das unter der Mütze, die er trug, erkennen konnte.
Ich überlegte einen Augenblick; Läden hatte ich draußen keine gesehen und wenn es doch welche gäbe, dann waren sie sicher längst geschlossen. Mir fielen die zwielichtigen Gestalten vor den Bars ein, mit denen ich ein paar Minuten zuvor beinahe Bekanntschaft gemacht hätte. Sollte ich ihn dorthin schicken? Getränke gab es sicher, doch die Chance, dass man ihn schon auf dem Weg dorthin ausrauben würde, war meiner Meinung nach nicht unbedingt gering und dieser Kerl roch ja irgendwie förmlich nach Geld. Das konnte ich mit meinem Gewissen nicht vereinbaren. Zudem fand ich ihn irgendwie interessant, wenngleich ich ihn schon gerne darauf hingewiesen hätte, dass Deutschland weder ein Entwicklungsland noch die Sahara war

und man dementsprechend fließend sauberes Wasser in jedem Badezimmer finden konnte.

Ich beobachtete aus dem Augenwinkel amüsiert, wie er begann, in der Lobby auf- und abzulaufen. Er tat mir in seiner Not wirklich leid.
„Also, bevor du mir hier den Dursttod stirbst – ich habe Getränke in meinem Zimmer."
Ob ihm auch bewusst war, wie lächerlich dieses ganze Szenario auf einen Außenstehenden hatte wirken müssen?
Er sah mich allerdings nur ernst an. „Ähm... Ich weiß nicht, es ist spät und ich will dich weder vom Schlafen abhalten noch deine Sachen weg trinken. Immerhin weiß ich ja nun, dass Getränke hier wirklich ein hohes Gut sind."
Wieder musste ich grinsen, streckte ihm dabei aber meine Hand entgegen.
„Melissa – und jetzt komm, wir wollen ja nicht riskieren, dass der arme Mann hier deinetwegen noch einen Herzinfarkt bekommt."
„Ich bin Jani und danke, danke, danke. Du bist meine Rettung."

- 3 -

Immer, wirklich immer, wenn ich erzähle, wie ich Jani kennengelernt habe, blicke ich in verwunderte Gesichter.
Es mag auch schwer nachvollziehbar sein, wie man als Frau einen fremden Mann mitten in der Nacht mit ins Hotelzimmer nehmen kann, aber was soll ich sagen?
Vielleicht war ich in diesem einen Moment einfach leichtsinnig? Risikobereit?

Oder hatte ich gefühlt, dass ich ihm vertrauen konnte? Möglicherweise hatte es sich um eine Mischung aus alledem gehandelt.

In jener Nacht war ich übrigens wider Erwarten nicht der einzige Mensch, der kein Auge zumachen konnte.
Ich hatte Jani natürlich gleich eine Flasche Wasser angeboten und eigentlich fest damit gerechnet, dass er bald darauf das Weite suchen würde – immerhin war es schon früh morgens. Die Dinge liefen anders.
Nachdem sein erster Durst gestillt war, hatte er sich im Zimmer umgesehen und den Stadtführer von Berlin entdeckt. Er war nicht zum ersten Mal hier, kannte sich laut eigener Aussage dennoch kaum aus und hielt sich mit seiner Meinung nicht wirklich zurück.
Hatte ich zu meiner Verwunderung doch einen Bruder im Geiste gefunden, was meine *überschwängliche* Begeisterung für die Hauptstadt anging?

Jani war Finne und Finnen liebten die Einsamkeit. Er lebte in einem riesigen Land. Im Verhältnis zu den wenigen Einwohnern war es leicht verständlich, dass er die Weite und vor allem die raue Natur dort liebte, regelrecht zum Leben brauchte. Die Finnen hatten die Tatsache ihrer geringen Bevölkerungsdichte irgendwann gezwungenermaßen akzeptiert und versucht, es als etwas Positives zu sehen. So gerne ich das alles auch mochte, ich weigerte mich vehement zu glauben, dass Menschen auf Dauer alleine sein wollten. Zumindest einen Gesprächspartner brauchte man doch hin und wieder. Oder gaben in Finnland etwa die Bäume und Seen Antwort, wenn man sie etwas fragte?
Gegen wohldosiertes Alleinsein war nichts einzuwenden, aber

dauerhaft? Nein, das war genauso wenig meine Welt wie Berlin meine Stadt war.
Bei Letzterem war Jani ja meiner Meinung und im Laufe unseres Gespräches fühlte es sich fast an, als wären wir alte Bekannte oder Kollegen, die sich auf einen kleinen Smalltalk zusammengefunden hatten und einfach die Gegenwart des anderen genossen.
„Darf ich?" Er zögerte nur ein paar Sekunden, drehte dann den Sessel, der am Fenster stand, in meine Richtung und ließ sich darauf nieder. „Ich will dich aber wirklich nicht um deine Nachtruhe bringen."
Schulterzuckend setzte ich mich ihm gegenüber auf mein Bett.
„Schlaf wird sowieso überbewertet."
„Danke." Er lächelte, machte mich beinahe etwas nervös mit seinem intensiven Blick.
„Gerne", antwortete ich. Noch dachte ich nicht im Entferntesten daran, dass sich zwischen uns in dieser Nacht etwas Sexuelles abspielen könnte. Und er? Entweder er versteckte seine Absichten wirklich gut oder ihm ging es ähnlich wie mir.
„Ich meinte übrigens nicht das Wasser." Er ließ die Flasche von einer Hand in die andere wandern und schielte aus dem Augenwinkel zu mir.
„Hm? Was?" Meine Gedanken waren schon viel weiter und worauf sich seine Anspielung bezog, wusste ich gar nicht mehr.
„Danke hierfür – das meinte ich." Zufrieden ließ er seinen Blick durch den Raum schweifen. „So kitschig das auch klingen mag, ich bin irgendwie froh, dass wir uns heute Nacht kennengelernt haben."
Sofort fühlte ich mich geschmeichelt. Nicht, weil ich irgendwo insgeheim schon Gefühle für ihn hatte, sondern weil ich mich offenbar nicht in ihm getäuscht hatte. Er war eigentlich ein

netter Kerl, eine wirklich gute Unterhaltung und eine schöne Alternative zu meinen altbekannten schlaflosen Nächten.
Es gab keine Bedingungen, keine Erwartungen.
Wir waren zwei Fremde, die ohne jegliche Intention diese Nacht dazu nutzten, um diese Tatsache zu ändern.

Wenn man bei null anfing, gab es so viel zu erzählen.
Von den persönlichen Eckdaten, über Leidenschaften, dem individuellen Geschmack, was einen freute und was zu Tränen rührte. Manchmal lachten wir über Kleinigkeiten, dann wiederum wurde es stiller und ich hatte den Eindruck, ein Stück weit in sein Herz blicken zu können, während er erzählte. Er faszinierte mich, auch seine anfängliche Zurückhaltung konnte daran nichts ändern, ganz im Gegenteil.
Irgendwie hatte er mich in seinen Bann gezogen und ich freute mich einfach, in Jani einen so lieben und warmherzigen Menschen gefunden zu haben.
Wahrscheinlich vertraute er mir anfangs so schnell, weil ich gar keine Ahnung davon hatte, wer er eigentlich war. Er hatte zwar vom ersten Moment an eine durchaus große Präsenz, wäre sicher selbst in einer Menschenmasse hervorgestochen, weil er einfach auffiel und Blicke auf sich zog, doch über seinen Job musste er mich erst selbst aufklären.

Er war Musiker. Das an sich war – wie er sagte – für einen Finnen die normalste Sache der Welt. Ein Finne ohne eigene Band war kein Finne. Er machte also Musik, spielte vermutlich nahezu jedes Instrument und war seit geraumer Zeit Sänger einer Rockband. Nachdem er mir von seiner Leidenschaft berichtet hatte, machte sein ganzes Erscheinungsbild, sein Auftreten, weitaus mehr Sinn als vorher. Auch die Tatsache, dass er gut und gerne einfach eine Nacht ohne Schlaf

auskommen konnte, war sicher nicht verwunderlich.
Schliefen Rockstars überhaupt?
War es nicht vielmehr so, dass ihr Leben aus einer einzigen, großen Party bestand?
Jedenfalls hatte ich bislang kein gängiges Klischee gehört, in dem um Wasserflaschen bettelnde Musiker mit fremden Frauen in deren Hotelzimmern versackt waren – ohne dass dies auf irgend etwas Sexuelles hinausgelaufen wäre.
Dass mir Jani – und besonders seine musikalische Laufbahn – unbekannt waren, störte ihn nicht im Geringsten. Ganz im Gegenteil. Er schien das alles recht locker zu sehen, wenngleich ich seinen Worten und der Emotionalität dahinter unschwer entnehmen konnte, welche große Rolle die Musik in seinem Leben spielte.

Wir redeten, bis es draußen bereits hell geworden war – ohne auch nur ein Wort darüber zu verlieren, wie unser beider Leben nach dieser Nacht weitergehen würde.
Ob ich etwas Derartiges erwartet hatte? Ich weiß es nicht. Alles war so gegensätzlich zu meinem Alltag. Mit ihm war ich irgendwie nicht die Person, die ich sonst war, und doch fühlte ich mich näher bei mir selbst als je zuvor. Wir hatten uns weder geküsst noch auch nur zaghaft berührt, trotzdem war es für mich, als hätte ich etwas sehr Besonderes erlebt.
Ich war nicht länger frei von Erwartungen, nicht nach einer Nacht wie dieser, doch ich musste realistisch bleiben. Das war ich mir schuldig, denn ein gebrochenes Herz wollte ich definitiv nicht als Souvenir aus Berlin mit nach Hause bringen.

***

Während mir lediglich ein weiterer Tag in Berlin bevorstand, war Janis Terminkalender randvoll. Ich wusste zwar, ich musste ihn ziehen lassen, doch leicht fiel es mir nicht. Die Sekunden wurden zu Stunden, ich hasste Abschiede. Gerne hätte ich einfach noch Zeit mit ihm verbracht, ihn weiter kennengelernt und zusammen mit ihm herausgefunden, wohin das Schicksal uns führen würde.

Für ihn war das Ganze, unser Treffen, die vielen Gespräche während dieser Nacht, sicherlich eine Alltagssituation. Er hatte bestimmt Übung darin und zudem einen großen Erfahrungsschatz in Sachen Tourleben und Bekanntschaften. Schließlich war er als Musiker ständig unterwegs, lernte vielleicht in jeder Stadt eine andere Frau kennen. Mit manchen verbrachte er sicherlich schönere Stunden, Groupies und Sex gehörten ja zum Musikbusiness – das war ein ungeschriebenes Gesetz. Ich gab mir größte Mühe, nicht zu viel in die vergangenen Stunden hineinzuinterpretieren, als wir uns an der Tür meines Hotelzimmers verabschiedeten.

Wie gute alte Freunde umarmten wir uns und hielten uns einen Moment lang fest. Ich fühlte mich geborgen, wollte den Augenblick mit allen Mitteln festhalten, wusste aber, dass das unmöglich war. Etwas in mir schrie förmlich, tobte und hatte Panik, regelrecht Angst bei dem Gedanken, hier etwas gehen zu lassen, das die Chance gehabt hätte, zu etwas wirklich Großem, Bedeutenden zu werden. Für uns beide. Ich ignorierte meine Gefühle und löste mich von ihm. Das alles hatte doch keinen Sinn. Er würde seinen Weg gehen und ich meinen. Eine gemeinsame Zukunft würde es schon alleine deshalb nicht geben, weil ich für ihn mit extrem hoher Wahrscheinlichkeit nichts weiter als eine flüchtige Bekanntschaft war. In den letzten Stunden hatte ich mir das

schon einige Male versucht einzureden. Vielleicht lag es auch an meiner eigenen Angst davor, verletzt zu werden.
Ich schluckte und widmete mich wieder der Realität.
Jani streckte mir lächelnd sein Handy entgegen.
„Wenn du mir deine Nummer eintippen würdest, wäre ich darüber sehr glücklich."
Mit zittrigen Fingern drückte ich auf dem Display herum, kontrollierte die eingegebenen Zahlen mehrmals, um bloß nicht versehentlich eine falsche Nummer eingetragen zu haben. Mein Herz klopfte wie verrückt. Wollte er wirklich mit mir in Kontakt bleiben?

- 4 -

Als ich nach einem weiteren Tag in der Hauptstadt und der unausweichlichen Partynacht mit Eva wieder zu Hause angekommen war, freute ich mich sogar auf meine Arbeit und meinen langweiligen Alltag. Wieso? Es lenkte ab, bildete eine Routine, die ich brauchte, und ich hatte den Eindruck, dass mir Berlin wahrlich den Rest gegeben hatte. Zwar hätte ich nicht behaupten können, dass mein normales Leben in irgendeiner Form spannend oder außergewöhnlich gewesen wäre, doch ich konnte mit Überzeugung sagen, dass ich zufrieden war.
Alleine die Lautstärke Berlins zehrte so an meinen Kräften, dass ich dort gar nichts mehr hätte unternehmen müssen, um abends müde und erschöpft ins Bett zu fallen.
Vermutlich war ich einfach kein Großstadt-Kind. Ich mochte ein bisschen Trubel und Leben um mich herum, aber in einer angemessenen Dosis und nicht rund um die Uhr. Dementsprechend wohl fühlte ich mich auch, wenn ich es mir am Abend in meiner kleinen Wohnung gemütlich machen und

die Welt einfach draußen lassen konnte.
Selbstverständlich waren meine Gedanken häufig bei Jani. Während er mir täglich ein kurzes Update darüber gab, wo in Europa er gerade unterwegs war, schaute ich mir Videos seiner Band im Internet an. Ich musste wissen, mit wem ich es zu tun hatte. Leider fühlte sich die ganze Geschichte weiterhin surreal an. Mit jedem seiner Songs fühlte ich mich mehr und mehr wie in einem wunderschönen Traum und nicht in der Realität. Er war ein Superstar. Was sollte er an mir schon interessant finden? Zweifel kamen auf, wurden trotz seiner Nachrichten immer größer.
Ein Teil meiner selbst ermahnte mich immer wieder, riet mir, möglichst schnell abzuhauen und ihn zu vergessen. Es würde ohnehin nur in Herzschmerz enden.
Ich hörte nicht zu, antwortete Jani weiterhin und arbeitete daran, mich selbst lediglich als eine von vielen zu sehen. Sicher war es ratsam, ihn nicht weiter in mein Herz oder gar mein Leben zu lassen, besonders, wenn klar war, dass daraus ohnehin nie etwas werden könnte.

Als er mit seiner Band in Paris war, fragte er mich, ob er mir eine Postkarte schicken dürfe. In der heutigen Zeit war das bestimmt eine eher untypische Geste, doch ich freute mich sehr darüber und gab ihm bereitwillig meine Adresse.
Unsere Begegnung war gut eine Woche her, offensichtlich hatte er mich zumindest noch nicht ganz vergessen.

***

Gerade als ich meine Tiefkühlpizza in den Backofen geschoben hatte, klingelte es an der Tür. Es war kurz nach achtzehn Uhr, für gewöhnlich kamen um diese Zeit keine Paketboten mehr

und Besuch kündigte sich bei mir eigentlich immer an.
Ich öffnete und blickte unvermittelt in Janis Gesicht.
Mit einer Flasche Champagner im Arm und einer Rose in der Hand lächelte er mich an.
„Ich habe die Idee mit der Postkarte doch verworfen und bin lieber selbst hergekommen. Ich hoffe, ich störe nicht?"
Augenblicklich wurde mir mehr als flau im Magen. Da stand er. Einfach so. Alles war so überraschend und unvorhersehbar gewesen. Meine Gefühle wurden spontan zu einem explosionsartigen Selbstläufer. Ob mein Gesicht schon rot angelaufen war? Mir fehlten die Worte.
„Es ist so schön, dich zu sehen." Im Gegensatz zu mir, konnte Jani durchaus noch in ganzen Sätzen sprechen.
„Ich... mit dir... wow... also..." Es wurde einfach nicht besser.
Wir mussten beide lachen und als er schließlich noch im Türrahmen seine Arme um mich legte und mich fest an sich drückte, wurde mir klar, dass all die Versuche, ihn nicht so schnell in mein Herz zu lassen, vergebens gewesen waren. Seine Nähe fühlte sich viel zu gut an, um sie nicht in vollen Zügen zu genießen.
„Sorry, ich stehe wohl unter Schock", flüsterte ich ihm ins Ohr, unfähig, mich aus seiner Umarmung zu lösen.
„Darf ich trotzdem reinkommen?" Seine Stimme und der leichte Lufthauch, der mich dadurch am Hals streifte, hinterließen ein angenehmes Kribbeln in meiner Bauchgegend.

***

Während wir uns bei Champagner die Pizza teilten, erzählte er mir, was er die vergangenen Tage erlebt hatte. Von weiteren Nächten und anderen Frauen erwähnte er nichts.
Die aktuelle Tour seiner Band war beendet und statt mit seinen

Kollegen nach Finnland zurückzukehren, hatte er sich dafür entschieden, mir einen Besuch abzustatten. Ich lauschte seinen Worten möglichst aufmerksam, während mein Herz Achterbahn fuhr. Ich fühlte mich wohl in Janis Gegenwart, zu wohl.

Aus dem Augenwinkel heraus beobachtete ich ihn, als er den letzten Bissen Pizza zufrieden in seinen Mund schob. Lange blieb mein Versuch nicht unerkannt, er lächelte verschmitzt und schielte zu mir herüber.

„Ich habe mir überlegt...", setzte er mit vollem Mund an, machte dann eine Pause und kaute zu Ende. „Ich nehme dich am besten einfach gleich mit nach Helsinki."

Mein Herz blieb einen Moment lang stehen – okay, er scherzt.

„Wofür, wenn ich fragen darf?" Ich stieg in sein Spiel ein.

„Wie? Wofür?" Er nahm einen Schluck Champagner, dann wurde der Ausdruck auf seinem Gesicht plötzlich ernster.

„Ich hatte irgendwie gehofft, du kannst dir das denken."

Unsere Blicke trafen sich. Auf einmal erkannte ich, dass er hier von etwas anderem sprach als einem banalen Witz.

„Erklär es mir einfach, Jani." Meine Stimme klang ruhig, auch wenn ich innerlich total am Beben war und mir das Herz augenblicklich bis zum Hals zu schlagen schien.

„Ich..." Er kratzte sich an der Stirn. „...Na ja, ich bin hier, weil ich dich einfach nicht vergessen konnte, und ich hatte gehofft, dass es dir vielleicht ähnlich gehen würde."

„Da hast du nicht unrecht", reagierte ich prompt.

„Na ja." Er lächelte gequält. „Ich bin nicht so der Typ für halbe Sachen, also habe ich mir gedacht, dass du... falls du... ich meine... wenn das vielleicht auch in deinem Interesse wäre..."

„Was denn? Was, Jani?" Ich schüttelte verwirrt den Kopf, während er ganz offensichtlich nach den passenden Worten suchte. Ich hatte gar nicht vor, ihn zu verunsichern, wollte

doch einfach nur endlich wissen, was genau er im Sinn hatte, denn mein Verstand machte sich aus seinen Worten noch immer keinen Reim.
„Komm mit mir nach Helsinki! Leb mit mir, ich will dich kennenlernen. Ich weiß, es ist absurd und völlig durchgeknallt, und du hast hier dein Leben und deine Familie und Freunde und... du ... ich ... verstehe ja, wie bescheuert die Idee ist, aber ich muss dir das einfach anbieten... weil ich es mir nie verzeihen könnte, wenn ich es nicht täte."

Meine Sinne spielten verrückt, meine Ohren rauschten, mein Puls raste wie nach einem Dauerlauf. Dann konnte ich langsam aber sicher ein Kribbeln in meinem Bauch feststellen, welches sich auf angenehme Art und Weise in meinem ganzen Körper ausbreitete.
Ich sah ihn wieder bewusst an, er hatte eine gewisse Erwartungshaltung angenommen. Ob er auch nur im Entferntesten davon ausging, dass ich seinen Vorschlag annehmen würde? Rational konnte ich darüber ohnehin nicht nachdenken, meine Gefühle waren viel zu stark, als dass ich meinen Verstand hätte hören oder gar verstehen können.
Ich bemerkte, dass sich ein Lächeln auf meinem Gesicht ausbreitete, während ich ihm vorsichtig zunickte.
„Ja?" Er legte die Stirn in Falten.
„Ja", antwortete ich leise. Ein einziges Wort. Zwei winzige Buchstaben, die sich anfühlten, als würde mit ihnen eine neue Zeitrechnung beginnen.
Seine Augen blitzten auf, Freude spiegelte sich darin, wie ich sie bisher noch nie gesehen hatte. Er griff nach meiner Hand, ganz vorsichtig. Als ich bemerkte, dass seine Finger genauso zitterten wie meine eigenen, musste ich lachen. Unsere Händen schlossen sich zusammen, als wäre es das einzig Richtige. Er

küsste meinen Handrücken. Ganz sanft und zärtlich, blickte mir dabei tief in die Augen.

Mit einem zufriedenen Grinsen legte er meine Handfläche auf seinen Brustkorb in Herzhöhe, seine eigene Hand direkt darüber.

„Hier bist du, seit ich dich zum ersten Mal gesehen habe. Dein Herz gehört zu meinem, genau wie deine Hand in meine gehört. Du zu mir. Ich weiß, dass ist jetzt extrem besitzergreifend. Auch auf die Gefahr hin, dass ich wie ein Psychopath rüberkomme, so empfinde ich einfach und ich möchte, dass du das weißt." Er ließ mich nicht aus den Augen. Ich hätte mich ohnehin nicht von seinen lösen können. Ja, er hatte recht. Es klang besitzergreifend und hätte mir vielleicht sogar etwas Angst machen sollen, doch nichts dergleichen tat es. Die Tatsache, dass er so empfand, seine Gefühle in klare Worte packte und sie mir direkt ins Gesicht sagte, beeindruckte mich. Er wusste offensichtlich sehr genau, was er wollte – nämlich mich.

Seit Tagen hatte ich davon geträumt, dass er mich ebenso begehrte wie ich ihn. Nun bemerkte ich, dass es nicht mehr nur um Sehnsucht meinerseits ging, denn er bestätigte mir gerade, dass er längst so empfand wie ich. Er sagte es mir in den schönsten Worten, die ich jemals gehört hatte. Wir waren in der Realität und doch in unserem eigenen Märchen.

Er war so vorsichtig, als er mich berührte. Ich hatte beinahe den Eindruck, als wäre ich etwas sehr Kostbares und er hätte Angst davor, mich zu zerstören. Seine Fingerkuppen auf meiner Wange, der Moment, in dem er damit meine Lippen nachzeichnete, bevor er mich endlich zum ersten Mal küsste. Nichts war vergleichbar mit diesem Gefühl. Mein Innerstes juchzte vor Freude, ein riesige Anspannung fiel von mir ab, mein ganzer Körper sehnte sich immer mehr nach Jani. Nach mehr von ihm, seinen Berührungen, seinen Küssen.

Er hatte sich über mich gebeugt, seine Hand in meinen Haaren vergraben und küsste mich mit einer Leidenschaft, die ich nie zuvor erlebt hatte. Meine Hände waren längst unter sein Shirt gewandert und ich kostete seine Nähe und Wärme aus. Es war, als hätte ich nie etwas Schöneres erlebt. Als wäre alles vorher nie auch nur ansatzweise echt gewesen.

Plötzlich löste er sich von mir und richtete sich auf.

Sanft lächelte er mich an, strich mir eine Strähne aus dem Gesicht.

„Du hast keine Ahnung, wie sehr ich dich will. Es ist, als hätte ich immer auf dich gewartet."

Wieder konnte ich meinen Herzschlag spüren. Ich war so aufgeregt, so nervös und beeindruckt von seinen Gefühlen, die er so wunderbar in Worte zu packen wusste.

Ein kleiner Teil von mir fürchtete sich, hatte ernsthafte Bedenken, dass ich einfach aufwachen könnte und alles nichts weiter als ein Traum gewesen wäre. Wieso sollte ich zuhören? Was auch immer es war, es war zu schön. Ich fasste an seinen Hinterkopf und versuchte ihn so wieder zu mir zu drängen, doch er gab nicht nach.

„Gib mir einen Moment, ja?", bat er mich.

Gleich klingelt der Wecker, warnte mich ein unangenehmes Grummeln in meinem Magen, *nichts davon ist real.*

„Ich möchte nicht, dass du etwas Falsches von mir denkst", sprach er weiter. „Ich will, dass es besonders ist, ich will alles richtig machen für dich und na ja..."

„Es könnte sich nicht richtiger anfühlen", flüsterte ich und schob meine Bedenken beiseite.

„Du solltest wissen..." Er drehte leicht den Kopf und lächelte.

„Wenn ich dich weiter küsse, du mich anfasst... Dann gibt es kein Zurück mehr. Ich will dich jetzt schon viel zu sehr und ich weiß nicht, ob es so gut ist beim ersten... das ist nicht mal ein Date..."
Ich schüttelte den Kopf und kicherte. Er war einfach zum Anbeißen.
„Ich dachte, ihr Finnen seid ein eher schüchternes Volk. Weniger denken und reden und mehr von dir – das wäre perfekt."
Dieses Mal ließ er meine Annäherungsversuche nicht nur zu, sondern stürzte sich beinahe leidenschaftlich in meine Richtung. Er schien zu wissen, was er tat, denn ohne größere Schwierigkeiten hatte er mir mein Oberteil ausgezogen und sich jedem Fleckchen Haut, das er erreichen konnte, gewidmet. Jani war so perfekt. Ich konnte ihn nicht anders beschreiben, auch wenn ich Klischees wie diese verabscheute. Seine Haut, seine Wärme, jeder definierte Muskel seines Körpers, seine Tattoos, alles war einfach nur verdammt anziehend auf mich. Ich hätte Stunden damit verbringen können, ihn nur anzusehen und mir wäre kein bisschen langweilig dabei geworden. Ob er dieses Gefühl ebenfalls kannte?

Wir liebten uns mit einer Leidenschaft, die ich bisher nie empfunden hatte. Es war, als würde alles um uns herum an Bedeutung verlieren, als wären sämtliche Gesetze von Raum und Zeit nicht mehr gültig. Der Moment gehörte nur uns. Beim Blick in seine Augen wusste ich einfach, dass es ihm genauso ging.

***

So verrückt es auch war, wir kannten uns immer noch kaum und doch war mir klar, dass wir irgendwie zusammen gehören

mussten. Der Finne hatte mich wie ein Blitz getroffen. Jede Faser meines Körpers bestätigte mir, dass ich unheimliche Lust auf dieses Abenteuer hatte. Mit ihm, in einem fremden Land, und das meinetwegen auch sofort. Wieso auch nicht?
Außer meinem Job hatte ich nichts zu verlieren und ich wusste schon seit geraumer Zeit, dass ich längst etwas anderes mit meinem Leben hätte anfangen sollen, anstatt der Bequemlichkeit halber in meiner eingefahrenen Routine zu verharren. Wie auch immer es laufen würde, ich könnte nur gewinnen, wäre so oder so endlich einmal gezwungen zu handeln.

War ich blind vor Liebe? Blind genug, um das gesamte bisherige Leben einfach so hinter mir zu lassen? Auch hier gab es nur diese zwei kleinen Buchstaben. Ja. Ich hatte mich auch vor der gemeinsamen Nacht längst entschieden und es fühlte sich nach wie vor verdammt gut an.

- 5 -

Gemeinsam hatten wir am darauffolgenden Tag meine wichtigsten Habseligkeiten eingepackt. Natürlich lag mir meine Familie am Herzen. Ich hätte mir sehr gewünscht, dass Jani auch meinen Alltag, mein Leben kennenlernen würde, doch das musste warten. Genau wie mein restlicher Besitz. Meine Arbeitsstelle kündigte ich mit einem Telefonanruf. Eine gewisse Loyalität sorgte zwar für ein leicht schlechtes Gewissen, doch ich hoffte darauf, dass meine Zukunft jeden noch so hohen Preis wert sein würde.
Da ich noch ein wenig Geld auf der hohen Kante hatte, konnte ich mich ruhigen Gewissens mit Jani darauf einigen, dass wir in ein paar Wochen wieder kommen und alles hier regeln würden.

Fürs Erste wollte ich einfach nur bei ihm sein, meinetwegen könnte sich der Rest der Welt ruhig eine Weile gedulden.

Helsinki. Da war ich auf einmal. Ungeplant. Ohne irgend etwas über Land und Leute zu wissen. Ohne die Sprache zu kennen. Glücklicherweise war es dennoch nicht schwer, Gefallen an seiner Heimat zu finden. Zwar hatte es mich in meinem Leben zuvor nie so weit Richtung Norden verschlagen, doch ich fragte mich schon nach dem ersten Tag dort, wieso ich es nie in Erwägung gezogen hatte. Ich verliebte mich genauso schnell in Finnlands Hauptstadt wie ich mich in Jani verliebt hatte. Hals über Kopf. Ohne darüber nachzudenken.
Die prachtvollen Bauwerke, Kirchen und Kathedralen der Stadt übertrafen meine Erwartungen und brachten mich immer wieder zum Staunen. Alles war mit so viel Liebe zum Detail gestaltet, so voller Prunk und Glanz. In der Innenstadt reihten sich viele kleine Bars mit ihrem typisch nordischen Charme aneinander, kleine Boutiquen und Restaurants verfeinerten das Stadtbild und bildeten einen regelrechten Widerspruch zu den großen Kaufhäusern und Einkaufszentren, die, wie in jeder Großstadt, natürlich auch hier zu finden waren. Helsinki war eine bunte Mischung aus Tradition und Moderne, beides perfekt aufeinander abgestimmt. In keiner anderen Stadt hatte ich das bislang so stimmig wahrgenommen.
Am meisten begeisterte mich allerdings immer noch der Ozean. Die Stadt war förmlich umgeben von Wasser und ich fühlte mich auf Anhieb einfach wohl.

Jani wohnte im Zentrum. Er hatte ein wirklich schönes eigenes Haus, für mein Empfinden aber viel zu groß für einen Menschen allein.
Weder er noch seine Freunde machten es mir schwer, mich

einzuleben. Ich fühlte mich willkommen, selbst in Anbetracht dessen, dass ich kein Wort Finnisch verstand und sich das mit hoher Wahrscheinlichkeit auch nicht ändern würde – wenn man bedachte, dass Finnisch als eine der schwierigsten Sprachen der Welt galt. Durch Janis Beruf und die vielen Reisen, die dieser mit sich brachte, war sein Englisch perfekt und wir konnten uns jederzeit problemlos unterhalten. Zugegeben, anfangs empfand ich es schon als durchaus gewöhnungsbedürftig – gerade über Gefühle sprach es sich in der Muttersprache sicher besser, aber ich stellte sehr bald fest, dass sich unsere gemeinsame Sprache – die für keinen von uns Muttersprache war – nach und nach richtiger anfühlte. Es verband uns irgendwie, wir lernten voneinander, hörten viel mehr auf Gefühle und unsere eigene Wahrnehmung statt nur auf das Gesagte und schließlich wurde unsere Sprache zu etwas ganz Natürlichem.

Die Finnen hatten seit jeher ein sehr ausgefeiltes Schulsystem. Dementsprechend wenig verwunderlich war es, dass die Bevölkerung außer Finnisch und der zweiten Nationalsprache Schwedisch bestes Schulenglisch sprach. Lediglich der Dialekt, den man bei einigen Worten deutlich heraushörte, ließ es zu, die Finnen als solche zu entlarven. Und es war herzallerliebst, brachte mich immer zum Schmunzeln und ließ mich meine Entscheidung, in dieses Land zu ziehen, auch nicht wirklich bereuen.

Und Jani? Er war eben Jani.
Ich wusste nicht viel über ihn und noch weniger wusste ich über Rockmusiker und deren Leben Bescheid. Als ich mich für ihn entschieden hatte, war es ein Schritt ins Ungewisse gewesen. Ich hatte nur ein paar Stunden Seite an Seite mit ihm

verbracht und geredet – in meinem Hotelzimmer in Berlin – und eine Nacht mit ihm in meinem Zuhause. Aber davon abgesehen? Ein paar Nachrichten hin und her, eigentlich nur Worte. Ich hatte nur eines mit Sicherheit sagen können, nämlich, dass ich verrückt nach ihm war. Für ihn hatte ich meine Heimat verlassen. Mir war natürlich bewusst, dass dies keine Entscheidung für immer war. Meine Wohnung in Deutschland existierte genau so weiter wie sie es mit mir als Bewohnerin getan hatte. Ich war nur einfach nicht da, ob für eine gewisse Zeit oder für immer – das konnte noch niemand so genau sagen.
Die Begeisterung meiner Familie hielt sich sehr in Grenzen. Ich erinnere mich gar nicht mehr daran, wie oft ich mir im ersten Telefongespräch nach meiner spontanen Abreise hatte anhören müssen, wie sehr man an meinem aktuellen Geisteszustand zweifelte. Wusste ich selbst. Alles davon. Ich hielt mich ja auch für komplett durchgeknallt. Dennoch war ich in Helsinki. Etwas hatte mich überzeugt, es zu wagen.

Vielleicht war es seine direkte Art, seine Präsenz, die er schon beim Betreten eines Raumes hatte. Oder die Tatsache, dass in dem coolen Rockmusiker auch ein überaus liebevoller Chaot lebte, der sich nicht davor fürchtete, vor mir in Erscheinung zu treten.
Ich hatte mich verliebt, in seine grünen Augen, die wuscheligen dunklen Haare, in seine ganze Mimik und Gestik. Und in die Art und Weise, wie er mich ansah. Wenn er mich im Visier hatte, selbst wenn er nur kurz zu mir schielte, schienen sich seine Gesichtszüge sofort zu entspannen, als wäre er von einer Sekunde auf die andere irgendwie angekommen und glücklich. Möglicherweise bildete ich mir das auch ein. Wenn man verliebt war, deutete man ja für gewöhnlich schon alles um

einen herum etwas anders. Letztendlich war es mir vollkommen gleich – es fühlte sich unheimlich gut an.

Sicher werde ich nie vergessen, wie es war, als ich zum ersten Mal finnischen Boden betreten habe. Voller Stolz hatte er meine Hand gehalten und mich lächelnd durch den Flughafen geleitet. Während ich auf der Taxifahrt zu seinem Haus vor Aufregung regelrechtes Herzrasen und weiche Knie bekam, lächelte Jani nur selig und beobachtete mich.

Mit großen Augen starrte ich wie gebannt auf die Mauern seines Hauses. Ja, ohne Zweifel. Der Mann hatte Geld und er hatte es hier gut angelegt. Schon in den Vorgarten alleine hatte er sicherlich mehr investiert als meine komplette Wohnungseinrichtung wert war. Die Umrandung war mit edlen Steinen verziert, ein Springbrunnen war das Highlight in der Mitte. Alles in allem wirkte es einfach geschmackvoll und harmonisch. Jani schloss die Tür auf, machte einen Schritt zur Seite und lächelte mich an. Ich schluckte, wollte gerade eintreten, als er ein lautes „Halt!" von sich gab.

Erstaunt musterte ich ihn.

„Du wirst doch wohl nicht..." Spöttisch hob er einen Finger in die Luft, als wolle er mir drohen. Leider konnte ich ihm nicht wirklich folgen. Was hatte er denn vor? Bevor ich mich versah, bekam ich eine Reaktion von ihm. Er packte mich am Arm, zog mich zu sich und mit einer ruckartigen und überraschenden Bewegung hatte er mich hochgehoben.

„Der Mann trägt doch seine Angebetete über die Schwelle, oder etwa nicht?", scherzte er, während er mit mir im Schlepptau durch die Türe stapfte.

„Nur bei einer Hochzeit, du Spinner!", kicherte ich.

„Oh." Abrupt blieb er stehen und ließ mich herunter. „Dann heirate mich doch."

Mein Lachen überschlug sich förmlich. „Du bist echt ein Spinner!"
„Ja, einer, der dich jetzt und hier sofort heiraten würde", konterte er und küsste sanft meine Stirn.
„Du kennst mich doch gar nicht. Ist das nicht etwas voreilig, da ein Leben zusammen verbringen zu wollen?" Ich strich ihm eine Haarsträhne aus dem Gesicht und versank dabei in seinen grünen Augen. Beiläufig fragte ich mich, ob ich irgendwann darin ertrinken und mich einfach nicht mehr von ihm lösen können würde.
„Ein einziges Leben ist vielleicht gar nicht lang genug", flüsterte er mir ins Ohr. Ich wünschte mir in diesem Augenblick nichts sehnlicher, als dass er damit Recht behalten würde.

Jani war nach der Tour noch nicht zu Hause gewesen, hatte weder etwas vorbereiten noch aufräumen oder einkaufen können. Dass er nicht alleine nach Hause käme, damit hätte vor ein paar Tagen noch niemand gerechnet. Jani hatte offenbar kein Problem damit, sein Leben von jetzt auf gleich umzukrempeln. Ohne zu zögern räumte er eine Seite seines Kleiderschrankes aus, schob sämtliche Utensilien im Badezimmer auf kleinstem Raum zusammen und hieß mich somit quasi in jedem Winkel seines Hauses willkommen.

Wir schlenderten durch riesige Supermärkte, um Händchen haltend Lebensmittel einzukaufen. Er fuhr gefühlte Stunden mit mir durch Helsinki, zeigte mir alle möglichen Plätze, die ihm etwas bedeuteten, und erzählte mir von seinem Leben. Ich rechnete ihm hoch an, dass er mich damit nicht einfach überfiel, sondern eher häppchenweise Anekdoten preisgab.
Mit Jani fühlte sich alles irgendwie anders an. Neu und

besonders. Ich tat mich schwer damit, es in Worte zu fassen, doch ich wusste, dass ich mich nie so geborgen und sicher gefühlt hatte, wie ich es bei ihm tat. Dieses anfängliche Gefühl der Verliebtheit, das berühmte Kribbeln im Bauch, hielt nicht nur an, es steigerte sich vielmehr von Tag zu Tag. Wurde intensiver und wahrhaftiger.

Er machte es mir so leicht, ihn zu lieben. Oft fragte ich mich, wie es sein konnte, dass er so lange alleine gewesen war.
Sein Bekanntheitsgrad spielte sicher auch eine Rolle, ließ ihn vermutlich vorsichtig sein, wenn es um andere Menschen ging. Doch wieso hatte ihn vorher niemand mitgenommen und behalten?

Manchmal beobachtete er mich mit aufmerksamen Augen. Anfangs fühlte ich mich ziemlich unwohl und hatte eher den Eindruck, dass ich permanent irgendwelche für ihn seltsamen Dinge machen würde. Doch ich hätte falscher nicht liegen können. Er gab sich lediglich größte Mühe, um mich zu verstehen. Um herauszufinden, was ich mochte, was ich mir wünschte, woran mein Herz im Geheimen hängen könnte. Er wollte mich schlicht und ergreifend glücklich machen.
Zugegebenermaßen irritierte mich diese Tatsache. Ich kannte das nicht. Klar, wenn man jemanden mochte, machte man dieser Person auch gerne hin und wieder eine Freude, doch ich hatte eher die Erfahrung gemacht, dass sich solche Nettigkeiten in Beziehungen schnell verabschiedeten.
Ob man in Finnland anders liebte? Eher unwahrscheinlich.
Jani war ein Star, er wurde von so vielen Menschen gefeiert, bejubelt und sein Leben war mit Erfolg gekrönt. Wieso sollte gerade er sich solche Mühe geben, um ausgerechnet mir zu gefallen?

Eine relativ sinnlose Frage, die ich mir dennoch häufig stellte – gerade in unserer ersten Zeit. Vielleicht suchte ich krampfhaft nach einem Haken, dem Grund, weshalb all das nur ein Traum sein konnte und nicht die Realität.

Statt mir die Zeit zu lassen, um auf dem Boden der Tatsachen landen zu können, stellte mich Jani seinen Freunden vor, seiner Band und sogar seiner Familie. Ich war nicht seine neue Freundin, sondern die Frau an seiner Seite. Die, die er nie wieder gehen lassen würde. Die Selbstverständlichkeit seiner Worte imponierte mir ungemein. Er schien sich seiner Sache sicher und das wiederum bescherte mir ein andauerndes Gefühl puren Glückes.

Ich musste ihn nicht fragen, wieso er ausgerechnet mich wollte, er sagte es mir auch so bei jeder Gelegenheit. Immer wieder auf andere Art und Weise.

Die längste Zeit meines Lebens hatte ich mich eher als eine von vielen gesehen, als unwichtig, tendenziell eher uninteressant. Auch wenn der von mir eingeschlagene Weg meinen Interessen und meinem Naturell entsprach, so hätte ich mir doch ein wenig mehr Beachtung gewünscht. Gesehen zu werden, einfach so. Grundlos. Meiner selbst wegen. Beinahe unmöglich schien dies, so glaubte ich. Dann kam Jani und bewies mir, dass ich wirklich immer die falschen Menschen in mein Leben gelassen hatte.

Er sah mich, erkannte mich und liebte das, was ich war. Es gab nichts, was ihn nicht interessierte, er wollte alles wissen. Binnen kürzester Zeit wusste er, was ich gerne aß, was mich ekelte, welche Blumen ich mochte, wie ich meine Kindheit verbracht und wovon ich schon damals geträumt hatte. Wenn ich traurig war, wusste er, wie er mich aufheitern konnte.

- 6 -

„Wo sind die verdammten Schlüssel?" Er eilte wie besessen durchs Wohnzimmer, würdigte mich kaum eines Blickes, blieb dann doch kurz stehen und kramte in seinen Hosentaschen.
„Mann, Mann... das gibt's doch nicht, wo sind die scheiß Schlüssel? Ich werde noch wahnsinnig." Augenrollend griff er zu seinem schwarzen Rucksack, der auf der Couch lag. Anfangs wühlte er im Inneren, aber nach nicht einmal einer Minute schien er die Geduld zu verlieren. Er brummelte etwas, riss unbeherrscht den Reißverschluss auf und kippe kurzerhand den gesamten Inhalt seines Rucksacks auf den Fußboden.
Ein paar Stifte rollten heraus, Feuerzeuge, MP3-Player und sein Notizbuch, aus dem lose Blätter flatterten. Alles verteilte sich auf dem hellen Holz. Das Päckchen Zigaretten hatte den Fall offensichtlich nicht unbeschadet überstanden, wobei ich mir nicht sicher war, ob es nicht schon vorher so mitgenommen ausgesehen hatte.
Er schüttelte den Rucksack noch mal zur Kontrolle und endlich hörte man darin das Klimpern des Schlüssels. Ich konnte mir ein Lächeln nicht verkneifen, als er endlich aus der Seitentasche seinen Schlüsselbund herausfischte.
„Ja, ja, lach nur", kommentierte er gehässig, ließ sich anschließend sofort auf dem Boden nieder und räumte seine Sachen inklusive den Papierschnipseln wieder in seinen Rucksack ein.
„Du bist ein richtiger Chaot." Ich wusste sehr wohl, dass er Sprüche wie diese nicht leiden konnte und erst recht nicht in Situationen, in denen er mit sich und dem Rest der Welt unzufrieden war, weil etwas nicht nach seinen Vorstellungen lief. Leider fiel es mir manchmal schwer, nicht auf seinen Schwächen herumzuhacken. Ich fand sie nicht schlimm, eher

liebenswert, doch er hatte in einem Fall wie diesem wenig Sinn für Humor.
Kurz warf er mir einen abwertenden Blick zu, stand schließlich auf, klemmte seinen Rucksack unter den Arm und kam auf mich zu.
Er atmete tief durch und hauchte ein fast unverständliches „Gehen wir", während er mich sanft in Richtung Türe führte.

Es war neun Uhr morgens. Einige Leute mehr als sonst waren auf den Straßen unterwegs, aber trotzdem wirkte Helsinki auf mich ruhig und entspannend. Die Menschen hier schienen alles etwas lockerer zu sehen. In meiner alten Heimat musste es irgendwie immer schnell gehen, jeder schien permanent unterwegs zu sein, von Termin zu Termin zu hetzen. Kein Durchatmen, keine Pausen. Den Tag erst um neun Uhr morgens zu beginnen – das wäre für die meisten Deutschen nicht denkbar. Die Finnen hingegen hatten eine gewisse Ruhe, um nicht zu sagen Gleichgültigkeit jeglicher Hetzerei gegenüber. Möglicherweise hatte es auch damit zu tun, dass sich die Jahreszeiten hier doch um einiges von den mitteleuropäischen unterschieden. Im Sommer wurde es teilweise gar nicht dunkel, was die Menschen dazu veranlasste, die Nächte nicht zwingend zum Schlafen zu nutzen, während die Wintermonate von Dunkelheit und Schnee geprägt waren. Irgendwie mussten sich die Bewohner dieses Landes viel mehr an der Natur orientieren, an dem, was die Natur täglich auftischte – Winter oder Sommer mit allen guten und schlechten Seiten – hier nahm man das hin und machte das Beste daraus. Ich bewunderte das. In Finnland hatte man Zeit. Und wenn man sie nicht hatte, nahm man sie sich eben.

Mit dem späteren Start in den Tag ging ich jedenfalls sehr schnell konform, war ich doch ohnehin nie ein Frühaufsteher gewesen.

Spätherbst war es mittlerweile geworden und schon ziemlich früh und lange dunkel in Helsinki. Ich musste dafür gar nicht bis zum Winter warten. Die einzige Entschädigung dafür war die Sonne, die glücklicherweise fast jeden Tag seit meinem Umzug nach Finnland am Horizont aufgetaucht war.
In Gedanken versunken griff Jani nach meiner Hand. Wir befanden uns auf direktem Weg zum Proberaum seiner Band Frozen Fire. Ich versuchte, ihn unauffällig anzusehen, fragte mich, was in seinen Kopf vorging, scheiterte aber kläglich beim Versuch, seine Gedanken zu lesen.
„Wieso schaust du mich so an?" Seine Frage kam für mich unerwartet, ich hatte mich wirklich angestrengt, seine Aufmerksamkeit nicht zu erregen. Ich war mir einen Moment lang nicht sicher, ob er seine Frage nun gestellt oder ich sie mir nur eingebildet hatte, denn er blickte nach wie vor geradeaus auf die Straße und schien weder von mir noch von seiner Umwelt etwas mitzubekommen.
„Ich habe mich gefragt, was du denkst", antwortete ich ehrlich. Schließlich drehte er seinen Kopf in meine Richtung, blickte ernst in meine Augen und lächelte dann fast verlegen.
„Was ich denke? Ich habe mich gerade gefragt, wie du es mit so einem unfreundlichen Typen wie mir aushältst."
Ein Lächeln breitete sich auch auf meinen Lippen aus. Wie konnte er nur so sein? Er wusste, was ich hören wollte, was ich fühlte, und hatte sofort ein schlechtes Gewissen, wenn er etwas gesagt oder getan hatte, auf das ich beispielsweise mit Schweigen reagierte. Noch immer hielt er meine Hand fest, also war es ein Leichtes, ihn während des Laufens zu mir zu

ziehen, um ihm einen Kuss zu geben. Augenblicklich blieb er stehen, legte seine Arme um mich und küsste mich voller Leidenschaft und Hingabe.
„Hey, hey." Vorsichtig stieß ich ihn ein Stück von mir weg. „Solltest du nicht schon längst arbeiten? Ich will schließlich nicht irgendwann für euren Misserfolg zur Verantwortung gezogen werden."
Seine grünen Augen hatten den Weg in meine Seele längst gefunden, denn ich versank immer wieder in ihnen. Er gab mir einen letzten Kuss auf die Stirn, nahm meine Hand in seine, als wäre es der einzig richtige Platz für sie, und schon hatten wir den Weg zu seiner Bandprobe wieder aufgenommen.

Wie üblich machte ich es mir einige Minuten auf der Couch im Proberaum gemütlich, nachdem ich die anderen Jungs begrüßt hatte. Jussi trommelte verhältnismäßig leise auf seinem Schlagzeug, während der Rest ins Gespräch vertieft war. Für mich war diese Situation nichts Neues, so lief es eigentlich immer ab. Ich hatte keine Ahnung, worum es im Gespräch ging, schließlich war mein Finnisch mehr als schlecht. Wie sollte es auch anders sein? Ich war schließlich erst seit ein paar Wochen hier.
Etwas gelangweilt kramte ich in meiner Handtasche, ließ meinen Blick dann über den Boden in Richtung Poster an der Wand streifen. Jussi saß direkt in meinem Blickfeld und hatte meine Teilnahmslosigkeit wohl schon bemerkt, denn er lächelte mitfühlend.
Immer noch hörte ich nur Gemurmel um mich herum. Ich drehte meinen Kopf zum Fenster, die Sonne strahlte herein. Ich konnte das Restaurant sehen, das ein paar hundert Meter vom Proberaum entfernt direkt am Wasser lag. Wahrscheinlich hatte keiner der Jungs auch nur im Entferntesten erwartet, dass

ich ihnen beim Proben zuhörte. Schließlich hatte ich es bisher nie lange getan, ich mochte ihre Musik zwar, aber ich sah mich selbst an Tagen wie diesen als reinen Störfaktor. Außerdem konnte ich dem Drang nach Luft, Freiheit und dem Wasser selten widerstehen.
Ich eilte die Treppen hinunter und stand vor der großen Lagerhalle. Im vorderen Teil war ein Nachtclub untergebracht, den Rest des Gebäudes nutzten Bands als Proberäume. Vom Eingang des Clubs waren es keine zwanzig Meter bis zum Meer. Zwar ähnelte dieser Teil mehr einem großen Hafenbecken als dem weiten Ozean, doch ich fand es dennoch sehr beruhigend und schön. Ich war gerne hier.

Überall lagen Schiffe, viele davon nur zum Be- und Entladen. Anderen sah man an, dass sie das Produkt eines seeverrückten Träumers mit ordentlich Kleingeld waren. Die Boote erinnerten mich an frühere Zeiten, an Piratenfilme und an Kindheit. Ich konnte die Begeisterung fürs Meer nachvollziehen. Wie gerne hätte auch ich ein Boot besessen.
Hier in Finnland allerdings war das für die wenigsten ein Traum, sondern etwas völlig Normales. Klar, es gab Tausende von Seen im Landesinneren, das Meer lud förmlich dazu ein, es per Schiff zu erkunden. Finnen waren anders als Deutsche, vielleicht waren sie auch anders als alle anderen Menschen. Für mich jedenfalls warf dieses nordische Volk schon von Anfang an unzählige Fragen auf und brachte mich auch nach Wochen nicht weniger zum Stirnrunzeln.
Praktisch jeder hatte ein Boot, so wie jeder irgendwo im Landesinneren ein kleines Ferienhaus besaß. Dieses lag meist an irgendeinem See in der Wildnis und wurde über die Sommermonate von der ganzen Verwandtschaft bewohnt.

In den Genuss dieses Brauches war ich bislang noch nicht gekommen, aber das würde sich sicher irgendwann ändern.

***

Ich lächelte still in mich hinein und ließ meinen Blick noch einmal über das Hafenbecken schweifen.
Ein für mich großer Vorteil dieses Teils von Helsinki war die Tankstelle, die direkt an den Club angrenzte. Ich sah kurz zurück auf das massive Gebäude, dann ging ich meiner mittlerweile angewöhnten Routine nach.
„Hei", schallte es mir freundlich entgegen, als ich den kleinen Shop, der zur Tankstelle gehörte, betrat. Ich nickte freundlich, auch wenn sich in meiner Seele etwas anderes als Fröhlichkeit ausbreitete.
Ein Stück Pizza und einen Pappbecher Tee – wie immer. Mir schien es etwas unwirklich, dass es hier ein *wie immer* gab. So lange war ich nun auch noch nicht hier. Dennoch; hatten Menschen nicht normalerweise ein Gefühl von Sicherheit, wenn sich Dinge wiederholten, sie etwas kannten oder jemanden trafen, den sie vorher schon gesehen hatten – wie einen Verkäufer beispielsweise? Ich bezahlte meine Sachen, verabschiedete mich und setzte mich auf die Steinmauer, zwar am Wasser, aber nicht zu nahe am Rand des Hafenbeckens.
Ob ich selbst auch berechenbar war? Und warum machte mich Routine nicht zufrieden? War ich anders als die anderen? Wollte ich zu viel? Erwartete ich etwas, das ich hier nicht finden konnte? Wenn ja, was war es? Ich hatte doch das einzig Wichtige, den einen Menschen an meiner Seite.
Das Schicksal hatte es offensichtlich sehr gut mit mir gemeint, als es mir in jener Nacht Jani geschickt hatte. Er liebte mich, daran hatte ich keinen Zweifel, auch nicht an meinen Gefühlen.

Er ermöglichte mir ein sorgenfreies, angenehmes Leben in einer wunderschönen Stadt direkt am Meer.
Offensichtlich suchte ich nach Problemen, wo gar keine waren. Es war perfekt, doch egal, wie oft ich es in meinem Kopf wiederholte, diese Schwermütigkeit, die sich wie eine dunkle Wolke über mich gelegt hatte, ließ sich damit kein Stückchen vertreiben.

Während ich den letzten Rest des Pizzastückchens aß, wollte ich mir am liebsten selbst in den Hintern treten. Es gab gar keinen Grund unzufrieden zu sein, denn ich hatte weit mehr, als man sich wünschen konnte. Dennoch war ich deprimiert. Pizza und Tee von der Tankstelle machten die Sache auch nicht glamouröser. Läuft ja blendend, stellte ich abschließend fest. Ich atmete tief durch, ich musste etwas tun, etwas ändern. Schließlich wollte ich, dass es funktionierte. Hier. Mit Jani.

Ich blickte aufs Meer hinaus, auf die Schiffe. Wo war nun mein Problem? Wieso hatte ich irgendwo tief in mir das leise Gefühl, in Finnland nicht Fuß fassen zu können?
Ich war nicht wirklich zu Hause, auch wenn ich bei ihm war. Natürlich war er mir das Wichtigste, aber hier in Helsinki fehlte mir mehr und mehr auch ein eigenständiges Leben. Etwas, das nicht von ihm oder seinetwegen arrangiert wurde. Die letzten Wochen war ich entweder mit ihm unterwegs gewesen, hatte während den Proben auf ihn gewartet oder Zeit zu Hause verbracht. Langsam aber sicher musste ich mir eingestehen, dass mich das auf Dauer womöglich nicht zufrieden machen würde. Vielleicht brauchte ich auch einfach nur eine Aufgabe. Etwas Eigenes.

***

Als ich aus der Badewanne kam, roch es in der Wohnung schon sehr intensiv und lecker nach Essen. Jani stand in der Küche, hantierte am Gewürzregal herum und beobachtete die Pfanne auf dem Herd. Mir war es unbegreiflich, wie er mich trotzdem bemerken konnte. Hatte er unsichtbare Augen auf dem Rücken? Oder einen 360-Grad-Rundumblick?

Er drehte sich nicht mal zu mir um, hauchte nur ein „Da bist du ja endlich, ich habe dich vermisst" in meine Richtung.

„Das Essen riecht herrlich", entgegnete ich und machte einen Schritt auf ihn zu.

„Nicht annähernd so gut wie du", lachte er hinterlistig, bevor er mich spontan an sich zog und seinen Kopf an meinen Hals legte, tief einatmete und mir dann spielerisch in den Hals biss. Kurz zuckte ich zusammen, amüsierte mich über seinen spontanen Gefühlsausbruch.

Dennoch, ich hatte nachgedacht, was ich tun könnte, und wollte ihm meine Gedanken dazu mitteilen.

„Meinst du, ich hätte Chancen, hier in Helsinki eine Arbeit zu finden?"

Er starrte mich an, als wäre ihm das Essen im Hals stecken geblieben, hielt einen Moment inne und begann dann zu lachen: „Ohhhhh… ich hätte dir das jetzt fast geglaubt."

Mein Unverständnis über seine Reaktion war mir wohl ins Gesicht geschrieben, was ich an den kleinen Fältchen erkennen konnte, die sich langsam auf seiner Stirn bildeten.

„Du meinst es ernst?" Er schüttelte leicht den Kopf und wartete gespannt auf einen Kommentar von mir.

„Mehr oder weniger. Mir ist irgendwie klar geworden, dass mir etwas fehlt. Ich habe hier nichts zu tun, ich denke, ich brauche vielleicht eine Aufgabe. Verstehst du, was ich meine?"

Er wartete einen Moment ab, anscheinend dachte er nach, dann wurde sein Gesichtsausdruck verständnisvoll. „Ich

möchte eigentlich nicht, dass du arbeitest, das brauchst du auch gar nicht. Du weißt, dass wir mehr Geld haben, als wir ausgeben können."
Ich atmete tief durch. „Das ist aber nicht der Punkt. Unabhängig vom Geld möchte ich einfach nur eine Aufgabe. Ich finde es toll, mit dir zusammen zu sein, am besten vierundzwanzig Stunden am Tag, aber auch du musst arbeiten und ich langweile mich zu Tode. Bitte versteh das, ja?"
„Hm." Er schien sich wieder Gedanken zu machen. „Mir gefällt die Idee dennoch nicht. Wir arbeiten vielleicht im Moment hier in Helsinki, doch was ist, wenn wir in ein paar Monaten wieder überall auf der Welt unterwegs sind? Wie soll das funktionieren, wenn du einen Job hättest? Das lässt sich doch nicht mit meinem Leben vereinbaren. Außerdem wolltest du doch deine Familie von Zeit zu Zeit besuchen."
Seine Argumente waren nicht aus der Luft gegriffen, das wusste ich auch, also musste ich wohl kapitulieren.

***

Janis Enttäuschung war ihm ins Gesicht geschrieben, als ich am nächsten Morgen nicht mit zu den Proben kam. Ich hatte ihm gesagt, dass ich ein paar Mails schreiben wollte, also hatte er es wohl oder übel akzeptiert.
Meine Gedanken kreisten wieder um das gestrige Thema. Was könnte ich tun, damit ich mich hier endlich einlebte? Schlagartig fiel mir etwas ein, das mir fehlte: Freunde.
In Helsinki kannte ich kaum jemanden. Die wenigen Menschen, die ich kannte, waren allesamt seine Freunde. Grundsätzlich hatte ich daran ja nichts auszusetzen, ich mochte seine Leute. Wider Erwarten hatte er nicht annähernd einen so großen Freundeskreis, wie ich es für einen Musiker mit gewissem

Bekanntheitsgrad erwartet hätte. Er vertraute nicht leichtfertig, aber wenn er jemanden in sein Herz geschlossen hatte, so war dies dauerhaft. Jani war loyal seinen Freunden gegenüber. Sicher wäre er das im Zweifelsfall auch für seine Familie gewesen, allerdings schien das Verhältnis zu seinen Eltern nicht einfach zu sein.
Seine Schwester hingegen, die laut ihm einzige Frau, die er außer mir jemals wirklich in sein Leben gelassen hatte, war sein Ein und Alles.
Von Anfang an hatte ich mir große Mühe gegeben, um möglichst nicht anzuecken oder negativ aufzufallen. Schließlich war ich sicherlich nicht die einzige, die gerne mit ihm eine Beziehung gehabt hätte. Lebte ich doch seit meinem Umzug nach Finnland ausschließlich auf seine Kosten. Trotz allem fühlte ich mich von ihm akzeptiert und musste zugeben, dass die ganzen Befürchtungen wohl in erster Linie meiner Fantasie entsprungen waren und wenig mit der Realität zu tun hatten.

Ich erinnerte mich an die Abende, an denen wir mit den Jungs aus seiner Band in irgendwelchen Bars gewesen waren. Spontan fiel mir auch Jussis Freundin Sina wieder ein. Ich hatte sie bei unseren Begegnungen stets nett gefunden und sie hatte sich jedes Mal angestrengt, um mit mir auf Englisch einige Unterhaltungen führen zu können. Vielleicht konnte ich mich mit ihr auch einmal unabhängig von den Bandtreffen verabreden? Sollte ich so mutig sein? Eigentlich war es nicht wirklich meine Art. Ich zog es vor, irgendwie im Hintergrund zu agieren, statt bewusst Aufmerksamkeit auf mich zu ziehen.
Möglicherweise wäre es klüger, Jani im Vorfeld zu fragen, was er von der Idee hielt und ihn im selben Atemzug gleich darum zu bitten, das irgendwie einzufädeln?

Immerhin war er der Superstar, nicht ich. Ihm würde so etwas sicher keine Probleme bereiten. Er kannte Sina auch weitaus besser als ich.

Ich war von meinem spontanen Einfall so begeistert, dass ich Jani bei seinem Anruf kurze Zeit später schon davon berichtete.
„Jedenfalls... ich dachte, so ein bisschen Sozialleben wäre doch etwas Positives und da fiel mir Sina ein."
„Sina?" Er räusperte sich. „Wieso gerade Sina?"
„Wieso nicht?" Seine Antipathie war unüberhörbar. „Ich fand sie nett."
„Nett." Er zögerte. „Wenn du meinst."
„Kannst du da etwas arrangieren?" Mir war gleich, weshalb er kein großer Fan meiner Idee war. Verwerfen würde ich sie jedenfalls nicht so schnell.
„Was arrangieren? An was hattest du gedacht?" Stand er auf dem Schlauch?
„Keine Ahnung. Vielleicht einfach mal über Jussi fragen, ob sie möglicherweise mal Lust auf einen Kaffee hätte oder so?" Ich kam mir ziemlich lächerlich vor, eigentlich genau das, was ich hatte vermeiden wollen. Am anderen Ende der Leitung blieb es still.
„Jani?" Ich schluckte.
„Sorry." Er hustete. „Pass auf, wenn du etwas mit ihr ausmachen willst, nimm dir mein Telefonbuch, such dir Jussis Nummer und ruf einfach an. Die beiden wohnen zusammen. Und ich muss weitermachen hier, bis später."
Einfach so hatte er aufgelegt. Ich war verwirrt. Was sollte das denn nun gewesen sein? Ihm passte nicht, was ich vorhatte. Warum auch immer. Helfen wollte er mir auch nicht. Einen Grund nannte er mir nicht, lieber beendete er das Gespräch mit mir abrupt.

Eine Zeit lang saß ich auf dem Sofa und grübelte vor mich hin. Leider ohne Erfolg. Niemand außer Jani hätte mir meine Fragen beantworten können und ich bemerkte, dass ich immer tiefer in Zweifel und Verwirrung abdriftete, je länger ich darüber nachdachte. Ich musste mich also gezwungenermaßen ablenken.
Trotz meiner Ängste vor diesem Schritt suchte ich die Telefonnummer von Janis Bandkollegen und seiner Freundin heraus. Ich beschloss, es einfach zu versuchen, egal, wie lächerlich ich mir dabei vorkam.
Ein paar Minuten später hatte ich Sina am Telefon. Ich fragte sie, wie es ihr ginge, erzählte ihr, dass ich gerade an die gemeinsamen Abende mit ihnen gedacht hatte.
Alles Weitere nahm sie mir ab, glücklicherweise, denn in solchen Dingen war ich noch nie besonders gut gewesen. Sie schien sich wirklich über meinen Anruf zu freuen. Wir verabredeten uns für den Mittag.

***

Da ich mich immer noch nicht richtig in Helsinki auskannte, holte sie mich ab. Wir einigten uns auf einen ausgedehnten Bummel durch die ihrer Meinung nach besten Läden der Stadt. Im Anschluss daran tranken wir noch einen Kaffee und unterhielten uns. Sina war wirklich toll und überraschte mich absolut positiv mit ihrer lockeren, ungezwungenen Art. Während sie die eine oder andere Geschichte aus ihrem Leben und dem der Jungs preisgab, vergaßen wir irgendwie komplett die Zeit, denn als ich nach Hause kam, war Jani bereits da.
Er lümmelte auf dem Sofa, rauchte und hatte Kaffee vor sich stehen.
„Wo warst du?", fragte er ernst, wenngleich er sich auch

offensichtlich zusammenreißen musste, um nicht zu unfreundlich zu klingen.

„Kaffee trinken – mit Sina", erklärte ich. Schließlich war ich mir keiner Schuld bewusst.

„Aha", kommentierte er, fast so, als hätte ich ihn beleidigt.

„Ja, du hast mir ja nicht helfen wollen", erwiderte ich, unschlüssig darüber, wieso er so abweisend reagierte.

„Warum? Ich meine, wieso muss es gerade Sina sein?"

„Wieso nicht? Ich finde sie nett. Mir war langweilig, also habe ich sie angerufen und wir haben uns spontan getroffen."

„Langweilig?", wiederholte er. Sein Ton war vorwurfsvoll. Meine Geduld nahm zusehends ab, denn ich erkannte, dass ihm nicht passte, wie ich meinen Tag verbracht hatte.

„Wenn dir langweilig war, warum hast du nicht Anna angerufen?"

„Hör mal, ich finde deine Schwester sehr nett, doch ich befürchte, wir haben so gar nichts gemeinsam." Ich war vorsichtig mit meiner Formulierung. Anna hatte bei ihm einen besonderen Stellenwert. Schließlich wollte ich ihn weder verletzen noch verärgern.

Seine Augen blitzten wütend auf, während er die Lippen fest zusammenpresste. Kopfschüttelnd fuhr er fort.

„Nichts gemeinsam? Aber mit dieser... Frau... hast du was gemeinsam, oder wie?"

„Wo ist dein Problem? Ich versteh dich einfach nicht. Was hast du gegen sie? Sie ist doch nett." Erwartungsvoll blickte ich ihn an, wartete auf eine sinnvolle Erklärung.

„Ja, klar. Sina ist nett. Sina ist aber zu jedem nett, besonders zu den Männern." Ohne mich anzusehen stand er auf, ging ein paar Schritte Richtung Glastür, die zum Garten hinaus führte, und starrte in die Dunkelheit.

„Was soll denn das jetzt? Ich finde, du siehst das ganz falsch,

aber selbst wenn, das geht weder dich noch mich etwas an." Ich wusste gar nicht, wieso ich hier Partei ergreifen musste. Es ging doch schließlich überhaupt nicht um uns.
„Ich finde schon, dass es mich etwas angeht, wenn du mit ihr auf irgendeine Aufreißertour gehst oder was auch immer das sein sollte."
„Bitte?" Ich weigerte mich zu glauben, dass seine überzogene Reaktion ernst gemeint sein könnte. Doch so langsam platzte auch mir der Kragen, insbesondere weil Jani mich behandelte, als hätte ich irgend etwas verbrochen oder ihn hintergangen. Ich machte ein paar Schritte in seine Richtung, legte meine Arme von hinten um ihn.
„Was ist denn in dich gefahren? Hattest du einen miesen Tag?" Er löste sich aus meiner Umarmung und drehte sich zu mir. „Nein, hatte ich nicht. Ich mache mir lediglich Sorgen." Seine Stimme klang erschreckend kalt, ich vermutete immer noch, dass es ihm eigentlich um etwas ganz anderes ging als den Nachmittag mit der Freundin seines Bandkollegen. Davon abgesehen erschloss sich mir auch immer noch nicht, was ihn daran hätte stören sollen.
„Vollkommen zu Unrecht. Ich bin ein großes Mädchen, ich kann auf mich aufpassen." Lächelnd pikste ich ihn in die Seite. Mein Auflockerungsversuch zeigte keinen Erfolg. Er seufzte, ich glaubte allerdings, den Anflug eines Grinsens in seinem Gesicht erkannt zu haben.
„Du bist vor allem ein furchtbar attraktives Mädchen und ich bin der Typ, der seine Freundin nicht mit anderen teilen will."
„Mein lieber Schwan." Trotz seines anhaltenden Schwermutes lockerten sich meine Gesichtszüge. „Wie man richtig Komplimente macht musst du aber auch noch lernen."
„Provozier mich lieber nicht!" Das Grün seiner Augen funkelte mir gefährlich entgegen. „Sonst muss ich andere Saiten

aufzuziehen."

„Ihr Musiker immer mit euren Instrumenten, ist das wieder so ein Insider, oder wie?", konterte ich möglichst naiv.

„Genau", antwortete er verschmitzt. „Und auf einmal findest du dich an die Wand gekettet in meinem hauseigenen Folterkeller wieder."

„Ach?", neckte ich ihn weiter. „Du hast nicht mal einen Weinkeller, geschweige denn eine Kellerbar. Wo soll dieser ominöse Folterkeller denn bitteschön sein? In deinen Träumen vielleicht?"

„Mach nur weiter so."

Ich hielt seinem Blick stand, egal wie aufgesetzt grimmig und gefährlich er diesen auch einsetzte. Spielchen dieser Art waren toll, wenngleich in der aktuellen Situation etwas unpassend, aber keiner von uns beiden hatte etwas dagegen, sich dennoch darauf einzulassen.

Ehe ich mich versah, packte er mich an den Handgelenken, ich konnte mich nicht mehr bewegen. Nicht, dass ich hätte flüchten wollen, doch der Gedanke, es nicht einmal zu können, törnte mich durchaus an.

Mühelos hielt er mich fest, ich spielte weiter mit, versuchte, mich aus seinem Griff zu lösen, woraufhin er diesen triumphierend nur noch verstärkte.

„Na? Immer noch so frech?", raunte er mir ins Ohr. Sein Atem streifte meinen Hals, eine angenehme Gänsehaut breitete sich augenblicklich über meinem gesamten Körper aus. Hastig drehte ich mein Gesicht so, dass ich ihn erreichen und küssen konnte. Er wich entschlossen zurück, blickte mich ernst an.

„Ich liebe dich." Seine Lippen formten ein Lächeln. „Und so leid es mir tut, ich fürchte, ich kann dich nie mehr gehen lassen. Ich liebe dich einfach zu sehr, um je wieder ohne dich zu sein."

„Welch glücklicher Zufall, dass es mir genauso geht."

Mit einem sanften Ruck hatte er mich zu sich gezogen und den eben noch verwehrten Kuss voller Leidenschaft zugelassen. Offensichtlich wollte er mich spüren, seine Hände ließen meine los und legten sich um meine Taille. Ich nutze die neu gewonnene Bewegungsfreiheit dazu, ihm durch die Haare zu streichen, während ich meinen Körper an ihn schmiegte.
„Und dabei hatte ich mich so auf deinen Folterkeller gefreut", wisperte ich ihm ins Ohr, anschließend biss ich ihm spielerisch in den Hals. Er zog scharf die Luft durch seine Zähne ein, die Anspannung in seinem Körper hätte deutlicher nicht sein können.
„Du kleines Biest." Er presste die Lippen zusammen. „Als würde ich es auch nur bis ins Bett mit dir schaffen."
Völlig überraschend packte er mich, hob mich hoch und trug mich die wenigen Schritte zum Sofa. Er ließ mich sachte herunter, kroch aber sofort über mich. Ich wollte ihn, jetzt. Es war ein Leichtes, ihn mit nur wenigen Worten, Gesten oder Taten dazu zu bringen, die Fassung zu verlieren. Ganz egal in welcher Hinsicht. Ich gab zu, ich nutzte das doch ab und an gerne aus.
Während wir uns küssten, zerrte ich sein Shirt aus der Hose, versuchte, es ihm über den Kopf zu ziehen. Weit kam ich nicht. Er stoppte abrupt, schüttelte den Kopf.
Erwartungsvoll beobachtete ich ihn, doch anstatt sich auszuziehen, lehnte er sich wieder über mich und küsste meine Stirn. Einen Moment später hatte er mich wieder an den Handgelenken gepackt, hielt meine Arme über meinem Kopf fest. Das Kribbeln in meinem Bauch wurde immer stärker, auf Spielchen hatte ich längst keine Lust mehr. Ich wollte ihn. Jetzt. Sofort.
Leider war ihm dies auch klar, aber er kostete seinen Erfolg nur zu gerne aus. Ich schnaufte voller Empörung, Jani hatte

sein Gewicht so verlagert, dass eine Hand ausreichte, um meine Arme weiterhin in dieser Position zu fixieren. Seine Finger wanderten unter mein Shirt, ich zuckte zusammen. Dann ließ er sie etwas ruhen, bevor er sich vorsichtig an meiner Jeans zu schaffen machte. Ich legte den Kopf zurück und gab mich einfach hin. Was auch immer er mit mir vorhatte. Glücklicherweise hatte ihn dieses Szenario wohl genauso angemacht wie mich und so ließ er mich nicht mehr länger auf das Ersehnte warten.

***

„So so, Folterkeller", stellte er fest. Wir lagen nackt und ineinander verschlungen auf dem Sofa, um den letzten Funken Ekstase auszukosten.
„Das war doch deine Idee, nicht meine", scherzte ich.
„Also ein Bekannter von mir hat einen BDSM-Club, wenn du da Interesse an einer Session hast...."
„Klar doch, aber nur wenn's dann auch mit mindestens einem Dutzend Männern ist. Du weißt ja, ich hab's nicht so mit Monogamie." Bei meiner Aussage, die eigentlich ein Spaß hätte sein sollen, fiel mir auf, dass Jani und ich eigentlich nie über das Thema Treue gesprochen hatten. Er deutete immer mal wieder an, dass er durchaus besitzergreifend und eifersüchtig sein konnte, doch mich hatte das weder abgeschreckt noch in irgendeiner anderen Form überhaupt betroffen. Die Frage, ob es für mich etwas anderes als eine monogame Beziehung geben könnte, hatte sich gar nicht erst gestellt. Ich wollte keinen anderen Partner. Ich wollte Jani, wieso sollte ich dann auch nur einen einzigen Gedanken an andere verschwenden? Ich hatte alles, was ich wollte.
„Mindestens ein Dutzend Männer? Vielleicht sollte ich besser

zum Zuhälter umschulen." Er strich mir sanft über den Rücken. „Aber mal im Ernst, hättest du Interesse an so einem Laden? Ohne die anderen Männer."

Ich drehte den Kopf so weit, dass ich ihm in die Augen sehen konnte. Er schien die Frage wirklich ernst zu meinen.

Ich räusperte mich. „Nein, nicht wirklich. In verruchten BDSM-Clubs möchte ich lieber keine einschlägigen Erfahrungen mit Plastikklamotten, Ledermasken, Peitschen und solchen Sachen sammeln."

„Puh." Erleichtert lachte er auf. „Das beruhigt mich jetzt ungemein. Ich möchte ja schon deine Wünsche und geheimsten Sehnsüchte kennen und liebend gerne mit dir ausleben, aber mit Tiermasken und Ähnlichem täte ich mich schwer."

„Keine Tiere. Versprochen", bestätigte ich ihm, schloss meine Augen und genoss seine Nähe und Wärme.

***

„Ich habe überlegt – wie wäre es, wenn wir deine Familie ganz spontan hierher einladen?" Er küsste meine Schulter.

„Ganz spontan? Ich bezweifele, dass sie da mitmachen. Wir wollten doch Weihnachten...?"

„Ja, tun wir auch, aber du sagtest, du fühlst dich einsam hier. Deshalb dachte ich, wir können jemanden aus Deutschland hierher einladen. Meinetwegen auch eine Freundin von dir, ganz wie du magst." Er lächelte mich an, während er auf eine Reaktion von mir wartete.

„Ich weiß nicht", seufzte ich. Sicher – ich vermisse meine Familie und Freunde. Aber... „Ich werde darüber nachdenken. Jani?"

„Hm?" Er stellte die Kaffeekanne auf die Arbeitsplatte in der

Küche und drehte sich zu mir um.

„Willst du mir nicht doch sagen, was da vorhin mit dir los war?" Ich nahm mir vor, möglichst behutsam vorzugehen. Keinesfalls wollte ich einen Streit riskieren, doch nach unserem kleinen Abenteuer auf der Couch sollten sich unser beider Gemüter doch wieder etwas beruhigt haben, was bedeutete, dass ich normal mit ihm reden konnte.

„Was sollte los gewesen sein? Nichts." Er widmete sich wieder der Kanne und ignorierte mich. Sollte ich es dabei belassen? Das wäre untypisch für mich. Wenn ich Antworten wollte, dann würde ich so lange weiter suchen, bis ich sie hatte.

„Ach, komm, du weißt doch genauso gut wie ich, dass das nicht stimmt. Ich möchte es verstehen. Du hast mir doch selbst gesagt, dass ich Sina anrufen sollte, und dann reagierst du so... na ja... nahezu so, als hätte ich weiß Gott was verbrochen, weil ich mich mit ihr getroffen habe. Erklär es mir bitte."

„Ich will dich nicht verlieren. Sagte ich doch bereits." Er lehnte sich mit dem Rücken an die Arbeitsplatte, verschränkte die Arme und sah mich nüchtern an. „Thema beendet?"

„Nein?", entgegnete ich kopfschüttelnd. „Was hat das eine mit dem anderen zu tun? Ich bin hier, du verlierst mich sicherlich nicht, wenn ich mit einer Freundin einen Kaffee trinken gehe."

„Ach, jetzt seid ihr schon Freunde? Das ging ja schnell", stichelte er, während er mich nicht aus den Augen ließ.

„Was soll das Theater?" Ich war jetzt bereits wütender als zuvor. Ich konnte und wollte nicht verstehen, was in ihm vorging und weshalb er so übertrieben reagierte. Nun war ich mir allerdings eben auch bewusst darüber, dass ich selbst recht impulsiv werden konnte, besonders wenn man mich in die Enge trieb. „Ich will jetzt wissen, was das soll! Suchst du Streit?"

„Sieht es für dich so aus?", antwortete er, zusehends aggressiver werdend.
„Was hast du denn gegen Sina? Wo ist dein Problem damit, dass ich Zeit mit ihr verbringe?" Ich wollte mich nicht mehr beherrschen, dieses Diskutieren führte so ja auch zu nichts. Er sollte endlich geradeheraus sagen, was Sache war.
„Mein Problem?", wiederholte er. „Sie hat Jussi betrogen. So einfach ist das. Scheint so ihr Ding zu sein. Und ich? Soll ich hier daheim sitzen und abwarten? Vielleicht noch dabei zusehen, wie mir dasselbe passiert? Genau deshalb will ich nicht, dass du Zeit mit ihr verbringst!" Sein Ton war ernst und bestimmend, er starrte mir direkt in die Augen und wartete offensichtlich darauf, dass ich verstehen und ihm zustimmen würde, doch das war ganz und gar nicht das, was ich beabsichtigte.
Ich war viel zu schockiert über seine unangebrachte Reaktion. *Deshalb ist er auch bereit, jemanden aus Deutschland einfliegen zu lassen – damit du dich bloß nicht mehr mit Sina treffen kannst.* Mein Verstand zählte eins und eins zusammen.

Nie zuvor hatte ich Jani wegen einer solchen Lappalie so aus der Haut fahren sehen. Sein Verhalten war an Sinnlosigkeit wohl nur schwer zu überbieten.
Ich wollte ihn anschreien, ihm die Meinung sagen, ihn fragen, ob er noch ganz bei Trost sei. Es ging nicht. Kein Wort wollte über meine Lippen kommen und Momente wie diese gab es wirklich selten.
Von einem Augenblick auf den anderen hatten ein paar wenige Sätze alles ins Wanken gebracht. Gerade noch war ich glücklich, zusammen mit dem Menschen, den ich liebte und der mich doch auch liebte. Oder etwa nicht?
Kannte ich ihn überhaupt wirklich? Hatte er sein wahres

Gesicht bisher so gut verstecken können?
Und was war aus dem Vertrauen geworden? Aus der Tatsache, dass ich für ihn alles aufgegeben hatte? Aus uns? Ich wollte ihn doch. Mehr als das. Ich brauchte ihn. Gerade hier in seiner Heimat war ich mehr auf ihn angewiesen als an irgendeinem anderen Ort auf der Welt.
Sah er das gar nicht? Oder zählte es für ihn schlicht und ergreifend nicht?
Wie um Himmels Willen kam er darauf, dass es nur eine Frage der Zeit wäre, bis ich ihn betrügen würde? Schätzte er mich so ein? Wieso hatte er dieser Beziehung dann überhaupt eine Chance gegeben? Er schien plötzlich voller Misstrauen mir gegenüber, aber warum erkannte ich all das erst jetzt?
Ich war erschüttert über seine Gedanken, was er gesagt hatte verletzte mich zutiefst. Viel mehr schmerzten allerdings all die Dinge, die er nur indirekt mit seiner Reaktion ausgedrückt hatte. Genau diese Dinge waren es, die mich nach wie vor sprachlos machten.

Ich hatte keine Kraft, um mit ihm zu diskutieren. Ich musste mich erst einmal selbst beruhigen, das Gesagte sacken lassen und hoffentlich auch einsehen, dass er es unmöglich ernst gemeint haben konnte.
Er hatte mich so getroffen, dass ich Abstand brauchte. Von ihm, von diesem Leben und vor allem von den Ängsten und Zweifeln, die sich in mir langsam immer mehr ausbreiteten.
Verlieren wollte ich ihn keinesfalls, doch hätte ich ihm auch nur noch eine Sekunde länger in die Augen sehen müssen, hätten wir unsere Beziehung vermutlich noch vor dem Morgengrauen in die Tonne geworfen. Ich kannte diese Seite meines Freundes nicht, aber mich selbst kannte ich umso besser.

Dermaßen mit dem Rücken an der Wand zu stehen, in einem fremden Land, auf einen Menschen angewiesen, der mir wider Erwarten nicht vertraute – das hätte zu nichts Gutem geführt. Ich hatte also nur eine Chance, ich musste weg und uns beiden damit ein wenig Raum geben.

Meine Tasche lag auf dem Esstisch, ich musste nicht lange suchen. Hastig griff ich danach und eilte zur Türe.
„Wo willst du hin?", rief er mir nach. „Wir sind noch nicht fertig."
Ein letztes Mal drehte ich mich um. Er saß noch auf der Couch und starrte mich fragend an, aber ich setzte meinen Weg fort. Nicht nachdenken, nicht zögern. Es ist das Beste für uns beide.
„Wenn du jetzt gehst...", setzte er an, doch offensichtlich war ihm gerade noch aufgefallen, was er im Begriff war zu sagen. Glaubte er allen ernstes, er könnte irgendetwas abwenden, indem er seinen Satz nicht zu Ende formulierte und aussprach? Ich fühlte mich auf einmal eher entspannt als aufgebracht, konnte nur ein müdes Grinsen als Reaktion auf seine letzten Worte bieten und öffnete endlich die Haustüre.
In dem Moment, als ich hinaus gehen wollte, spürte ich einen Widerstand – Jani. Er war also doch aufgestanden, hatte mich unbemerkt eingeholt und die Tür am Rahmen festgehalten. Ich durfte nicht nachgeben, musste einfach weitergehen.
„Bleib!" Seine Stimme war immer noch verärgert, es mischte sich aber auch eine gewisse Unsicherheit darunter.
Ehe ich mich versah, packte mich seine Hand am Oberarm und zog mich unsanft zurück in seine Richtung.
„Ich sagte bleib!"
Da war er wieder, dieser gemeine und bevormundende Unterton, den ich von ihm nicht kannte. Ich konnte unmöglich

nachgeben, schon gar nicht, wenn er sich so aufführte.
„Denk erst gar nicht dran, Jani", wisperte ich und überraschenderweise ließ er mich ohne weitere Diskussionen sofort los.

***

Erst als ich schon einige Meter gegangen war, fiel mir auf, dass ich am ganzen Körper zitterte. Es war eine Mischung aus Wut und Enttäuschung. Pures Entsetzen und Verständnislosigkeit, gepaart mit einer kleinen Portion Angst. So richtig begreifen konnte ich nicht, was da gerade passiert war. Ich liebte diesen Mann, doch hatte ich nichts Unrechtes getan. Warum musste ich mich dennoch so behandeln lassen? Gerade noch hatten wir fantastischen Sex und auf einmal schien das Vertrauen zwischen uns verpufft zu sein? Was war schief gelaufen? Warum? Und wie sollten wir das wieder hinbekommen?

Ich ließ mir die Sache noch einmal durch den Kopf gehen, stand nach wie vor zu meiner Entscheidung. Ich hatte das Richtige getan. Ich musste mich erst mal beruhigen, doch in seiner Nähe war das unmöglich.
Ich hoffte nur inständig, dass auch er irgendwie zur Vernunft kommen würde. Seine Andeutungen hatten jedoch eine ganz andere Sprache gesprochen.

Ich blieb stehen und seufzte – wohin sollte ich eigentlich gehen? Es war schon spät am Abend, dunkel und vor allem auch richtig kalt. Die einzigen Leute, die ich hier wirklich kannte, waren die Jungs aus seiner Band, und auch wenn mir danach gewesen wäre – ich hätte wohl kaum zu Sina und Jussi gehen können. Unpassender hätte es nicht sein können und nach spätestens zwei Minuten hätte ich ihnen den Auslöser unseres Streites ohnehin verraten müssen. Und dann? Entweder ich hätte damit mehr zerstört als gerettet oder – viel wahrscheinlicher – ich hätte die beiden ebenfalls gegen mich aufgebracht und stünde danach noch schlechter da als vorher. Wow, meine Perspektiven waren der Wahnsinn.

Und ich? Soll ich hier daheim sitzen und abwarten? Vielleicht noch dabei zusehen, wie mir dasselbe passiert? Die Worte wiederholten sich in meinem Kopf. Ich entschied, erst mal ans Meer zu gehen. Ein langer Blick aufs Wasser, auf die Wellen und die Stille dort – so oft hatte ich die Nähe zum Meer schon gesucht, meine Gedanken und Gefühle damit beruhigt. Unweit von Janis Haus gab es einen Bootssteg, den ich mit ihm schon ein paar Mal besucht hatte. Ein wirklich schönes Plätzchen, perfekt, um abzuschalten.

***

Ich konnte mich gar nicht daran erinnern, wie lange ich schon auf die schwarzen Wellen hinausgeblickt hatte. Auf wundersame Weise blendete ich nahezu alles um mich herum aus, bis mich das Bellen eines Hundes zurück in die Realität holte.
„Scheiße", murmelte ich zu mir selbst. „Es ist so kalt und ich muss irgendwo hin." *Wie wär's mit „nach Hause"?*, drängte sich meine innere Stimme auf, doch diesen Vorschlag musste ich definitiv verwerfen. Jani hatte seinen Satz zwar nicht beendet, aber wir wussten beide, was ihm auf der Zunge gelegen hatte. So etwas sagte man nicht zu jemandem, den man liebte. Auch nicht im Affekt oder aus der emotionalen Not heraus. Er müsste schon eine verdammt gute Erklärung parat haben –

auch wenn ich mir partout nicht vorstellen konnte, welche das sein sollte.
Ich saß zwar schon am Rand des Steges, rückte aber dennoch ein Stück näher Richtung Wasser und zog die kalte und salzige Luft tief in meine Lungen. Plötzlich zuckte ich zusammen, etwas hatte mich angerempelt.
Schnell drehte ich mich um und blickte in die Augen eines großen schwarzen Hundes.
„Na, wer bist du denn?" Nicht, dass ich mit einer Antwort gerechnet hätte, doch Hunde hatten auf mich nun mal ebenso eine gewisse Anziehung wie das Meer und die Natur.
Ich drehte mich so, damit ich in Sichthöhe des schwarzen Labradors saß, und begann ihm über den Kopf zu streicheln. Wie gut es doch tat, die Wärme des Hundes an meinen kalten Fingern zu spüren.

Hinter mir begann der Steg leicht zu vibrieren, ich vernahm Schritte, schaute mich um. Ein Mann, vermummt mit Schal und Mütze, schritt auf mich zu und erzählte leicht lächelnd irgend etwas auf Finnisch.
„Tut mir leid, ich verstehe dich nicht", antwortete ich etwas verlegen, doch das Lächeln meines Gegenübers wurde nur noch freundlicher.
„Ich wollte mich entschuldigen, für Maara." Er deutete unmissverständlich auf den Hund, der sich immer noch von mir Knuddeln ließ. „Sie ist furchtbar aufdringlich. Wenn sie jemanden entdeckt hat, dem sie auf die Nerven gehen kann, bringt auch mein Rufen nichts mehr."
„Alles bestens, ich liebe Hunde", entgegnete ich.
Der Fremde sah aufs Meer hinaus, dann wieder zu mir.
„Ich will dir ja nicht zu nahe treten, aber ist es nicht ein bisschen zu kalt, um hier draußen zu sitzen?"

Ich zuckte mit den Schultern. „Ach geht schon, macht den Kopf frei." Er hatte die Ironie in meinen Worten offenbar verstanden und grinste.

„Ihr Touris seid schon seltsam, aber wenn du es sagst..." Er setzte sich ein Stück entfernt zu mir auf den Steg. „Ich heiße übrigens Antti. Meinen Hund kennst du ja schon."

Ich musterte ihn etwas genauer, wir waren wahrscheinlich etwa im gleichen Alter. Von seinem Gesicht konnte ich nicht viel erkennen, denn im Gegensatz zu mir war er ja dem Wetter entsprechend gekleidet.

„Hast du auch einen Namen?", fragte er schließlich

„Oh, sorry, klar, ich heiße Melissa", antwortete ich sofort.

„Machst du Urlaub hier? Und ich hoffe, du verzeihst mir meine Neugier, aber das ist angeboren, fürchte ich."

Ich musste lächeln. „Passt schon. Ich wohne seit ein paar Wochen hier, aber mit der Sprache klappt's noch gar nicht."

Er nickte verständnisvoll. „Und was hat dich hierher ins kalte Finnland verschlagen?"

Ich seufzte. „Die Liebe. Wie das eben so ist."

War es das überhaupt? Ich fragte mich sofort, wie Jani diese Frage nun beantworten würde.

Nachdenklich sah Antti mich an. „Etwas nicht in Ordnung? Nicht etwa Ärger im Paradies?"

Nachdem ich mich ernsthaft gefragt hatte, ob dieser Kerl Gedanken lesen konnte, entgegnete ich: „Ja, so in etwa."

Ich hätte irgendwie schon gerne darüber gesprochen, was vorgefallen war, hätte eine zweite, unparteiische Meinung gebraucht, dennoch – einem Wildfremden alles erzählen?

Bevor ich mir diese Frage beantworten konnte, hatte sich mein Nachbar schon wieder zu Wort gemeldet.

„Du sitzt hier in der Kälte, ganz allein. Ich gehe mal davon aus,

dass ihr gestritten habt."
Zustimmend nickte ich.
„Wenn du reden möchtest, ich wäre hier." Seine Augen hatten etwas Freundliches, soweit ich das im Dunkeln beurteilen konnte, und nicht zuletzt hatte er einen Hund. Ein allzu schlechter Mensch konnte er also gar nicht sein.
Vielleicht würde es mir wirklich weiterhelfen, wenn ich einfach nur noch einmal aussprechen würde, was vorgefallen war? Möglicherweise könnte ich so einen klareren Kopf bekommen und mir würde eine Lösung für mein Dilemma einfallen. Ich seufzte laut, entschied schließlich, dass ich nichts zu verlieren hatte, und vertraute Antti zumindest einen kleinen Teil meiner Geschichte an.
Gekonnt verschwieg ich ihm, wer mein Freund war, denn wenn ich eines in den letzten Wochen gelernt hatte, dann, dass man Jannis Bekanntheitsgrad nicht unterschätzen durfte. Die Finnen waren laut Jani zwar nicht sonderlich sensationsgeil oder auf der Jagd nach Gerüchten, aber ich zog es dennoch vor, keine Namen zu nennen.

„Hm", machte Antti, nachdem ich ihm meine Geschichte erzählt hatte. „Das klingt nicht nett. Verstehe, dass du gegangen bist. Ich meine, hey, er kann dich nicht so behandeln und weiß Gott, vielleicht wäre er am Ende noch handgreiflich geworden."
Ich sah ihm in die Augen, schüttelte entschieden den Kopf. „Nein, nein, er hätte mir sicher nichts getan."
Warum meine Antwort darauf zu plötzlich kam wusste ich gar nicht, genauso wenig wie ich mir sicher war, dass ich im Zweifelsfall Recht behalten hätte.
„Was willst du jetzt tun?" Ernst wartete er auf meine Reaktion, aber ich hatte keine Lösung parat.

„Keine Ahnung, wenn ich's wüsste, würde ich mir hier nicht den Hintern abfrieren."

Antti lächelte. „Nun, sehen wir es positiv. Würdest du nicht hier sitzen, hätten wir uns nicht kennengelernt."

Er hielt einen Moment inne und blickte aufs Meer hinaus, dann widmete er sich wieder mir: „Hör mal, klingt jetzt vielleicht blöd, aber ich wohne nur ein paar Straßen weiter. Platz habe ich auch und ich kann dich unmöglich hier deinem Schicksal überlassen. Also – magst du nicht mit zu mir kommen?"

Ich musste schlucken. So ein Angebot hatte ich nicht erwartet, obgleich er mir tatsächlich sympathisch war. Ein Fremder war er aber immer noch. Und beim Gedanken daran, wie Jani ausrasten würde, wenn er erfahren würde, dass ich mit einem anderen Kerl mitgegangen war, wurde mir gleich noch ein bisschen kälter als es ohnehin schon war.

Andererseits hatte ich keine Ahnung, wo ich sonst hätte hingehen sollen. Zurück zu Jani wollte ich erst mal nicht. Sollte er sich doch Gedanken machen, sich sorgen und mich suchen. Ich würde nicht so tun, als wäre nichts geschehen, zurückkommen und zur Tagesordnung übergehen. Damit hätte ich mich selbst und all meine Prinzipien verraten.

Antti sah mich immer noch fragend an, schließlich antwortete ich ihm. „Es ist eine seltsame Situation, findest du nicht? Wir kennen uns gar nicht."

„Nein, tun wir nicht." Er zuckte mit den Schultern. „Aber wir sind in Finnland, nicht in der Bronx. Wenn es nicht so elend kalt wäre und du nicht so unpassend gekleidet, würde ich dich auch guten Gewissens hier bis in die Morgenstunden verweilen lassen. Ich kann es nur anbieten – ein Schlafplatz für heute Nacht, nicht mehr und nicht weniger."

Wahrscheinlich hatte er recht mit dem was er sagte. Die Menschen hier tickten einfach anders, pragmatischer und man

verlor für gewöhnlich nicht viele Worte. Wenn man helfen konnte, tat man das einfach. Ohne Diskussion, ohne Verpflichtung.
„Also, wenn es dir nichts ausmacht – sehr gerne", stimmte ich schließlich zu.

***

Meine Finger kribbelten wie verrückt, begannen offensichtlich langsam aufzutauen, nachdem ich es mir auf der Couch in Anttis Wohnzimmer bequem gemacht hatte. Seine Wohnung war nett eingerichtet, helle Möbel im typisch nordischen Stil, ohne viel Schickschnack, zweckmäßig und doch geschmackvoll. Schwarz-weiß Fotos von Bauwerken zierten die Wände und für einen Mann wirkte alles sehr strukturiert und ordentlich.
Während Antti in der Küche Tee kochte, kramte ich in meiner Tasche nach meinem Handy. Ich hatte es auf lautlos gestellt und somit die vielen entgangenen Anrufe gar nicht mitbekommen.
Wie gehofft hatte Jani versucht anzurufen. Sollte ich mich melden? Nein, besser nicht. Ich wollte ihn ja ein bisschen zappeln lassen, schließlich war er es, der sich daneben benommen hatte. Als ich das Handy gerade wieder wegpacken wollte, blinkte es erneut. Sinas Name leuchtet im Display auf.
Ich zögerte kurz, nahm dann das Gespräch an.
„Hey, geht es dir gut? Wo bist du? Jani ist hier, er macht sich furchtbare Sorgen", schallte es ungebremst in mein Ohr. Am liebsten hätte ich wieder aufgelegt. Jani war allen ernstes zu Sina und Jussi gegangen? Dabei hatte er doch wegen ihr so einen Aufstand gemacht. Konnte er sie grundsätzlich gar nicht leiden? Oder lag es nur daran, dass sie Jussi betrogen hatte? Selbst wenn, das ging ihn zum einen nichts an und zum

anderen brauchte er dann nicht gerade bei Jussi und ihr nach Hilfe suchen.

„Ich will nicht mit ihm reden, Sina, versteh das bitte. Bye."

„Nein, nein, warte", stammelte sie. „Er weiß nicht mal, dass ich dich anrufe. Ich bin im Bad, die Jungs im Wohnzimmer. Keine Ahnung, was bei euch los war, aber ich rufe dich eigentlich nur an, damit zumindest ich weiß, dass es dir gut geht."

Ich nickte, auch wenn das recht sinnlos war, da Sina mich ja nicht sehen konnte. „Mir geht's gut – na ja, sofern möglich, meine ich."

„Okay", antwortete sie erleichtert. „Willst du nicht doch darüber reden, was passiert ist?"

Wieder dachte ich nach. Nur zu gerne hätte ich es ihr gesagt. Eine Freundin wäre genau das gewesen, was ich jetzt brauchte. Doch wahrscheinlich saß Jani bei ihnen, jammerte ihnen den Kopf voll, weil ich so einfach grundlos gegangen war und er sich solche Sorgen meinetwegen machte. Er konnte lügen, das wusste ich. Schließlich hatte er jahrelanges Training darin, in Interviews grundsätzlich alle möglichen Geschichten aufzutischen – je ferner von der Realität, desto besser. Bislang hatte ich dennoch die Meinung vertreten, dass er zumindest mir und seinen Freunden gegenüber ehrlich war.

Ich konnte Sina doch unmöglich des Betruges bezichtigen, indem ich ihr sagen würde, was Jani mir erzählt hatte. Was, wenn es gelogen war? Oder wenn es zwischen Sina und Jussi eben etwas lockerer zuging? Das ging niemanden etwas an und ich sollte mit ihr auch gar nicht darüber sprechen. Am Ende würde ich damit noch die Freundschaft der Jungs kaputtmachen.

„Melissa? Noch da?", drang eine Stimme zu mir durch.

„Ja, ja, ich war nur in Gedanken. Ich kann nicht darüber reden,

noch nicht. Ich muss mir erst mal selbst klar werden, was eigentlich passiert ist."
„Wo bist du?", erkundigte sie sich.
„Bei...." Sollte ich lügen? „Ich sag mal so, ein Bett für die Nacht habe ich, also sei unbesorgt."
Gerade nochmal Glück gehabt. Ich hatte mich nicht verquatscht, dachte ich, allerdings fühlte sich diese Geheimnistuerei auch alles andere als gut an. Ich lehnte Lügen schon aus Prinzip ab, doch zumindest für den heutigen Abend wäre es besser, wenn ich es für mich behielt.
„Soll ich Jani irgendwas von dir sagen? Ich meine, er ist total fertig. Kann ich ihm wenigstens sagen, dass es dir gut geht?"
„Meinetwegen", lenkte ich ein und warf einen Blick auf Antti, der mit zwei großen Tassen Tee auf mich zu kam.
Ich verabschiedete mich von Sina, packte das Handy wieder ein und versuchte, mich durch den Tee wärmen zu lassen.

- 7 -

Ein stechender Schmerz riss mich aus meinem traumlosen Schlaf, mein Arm fühlte sich taub an und ließ sich nicht bewegen. War er überhaupt noch Teil meines Körpers?
„Aua." Ein Ächzen entwich meiner Kehle. „So ein unbequemes Ding." Ich drehte mich auf den Rücken und blickte durch das von der Sonne bereits erhellte Wohnzimmer. Kleine Schritte tapsten über den Fliesenboden und einen Augenblick später stand Maara schon vor mir und begrüßte mich freudig schwanzwedelnd.
„Auch schon wach?", lächelte ich und strich ihr über den Kopf. Nachdem ich mich letzte Nacht noch ein bisschen über sämtliche Banalitäten meines und seines Lebens mit Antti unterhalten hatte, war ich schlagartig müde geworden und

hatte es mir auf seiner Couch gemütlich gemacht. Meinem Rücken nach zu urteilen hatte es sich hierbei nicht um die beste Idee gehandelt.

Nach einigen Minuten, die ich damit verbracht hatte, den Hund zu streicheln, stand ich schließlich auf und wagte einen Blick in die Küche. Eine Kanne Kaffee stand zusammen mit Brötchen und einem Zettel auf dem Tisch.
Guten Morgen, Melissa. Hoffe, ich habe dich nicht geweckt und du hattest eine angenehme Nacht. Wenn du das liest, bin ich schon auf der Arbeit. Fühl dich wie zu Hause und bleib solange du möchtest. Ich hoffe, wir sehen uns bald wieder.
Mir wurde warm ums Herz, als ich diese Zeilen las. Antti hatte nur ein paar Worte geschrieben, aber diese liebe Geste, das Frühstück und überhaupt die Tatsache, dass ich bei ihm hatte Unterschlupf finden können, berührten mich. Als Dank hatte ich ihn stundenlang mit meinen Problemen belästigt. Irgendwie schien es unrealistisch, dass es so viel Nettigkeit ohne Gegenleistung geben konnte. Vielleicht war ich auch einfach nur misstrauisch und vom Leben selbst so oft eines Besseren belehrt worden, dass ich von meinen Mitmenschen kaum etwas erwartete, mich dementsprechend auch schwer tat, es anzunehmen, wenn mir jemand grundlos helfen wollte.

Während ich aß, versuchte ich das Chaos in meinem Kopf zu ordnen. Ich hatte befürchtet, die ganze Nacht über Jani nachgrübeln zu müssen, doch meine Müdigkeit hatte mich übermannt. Jetzt konnte ich mich nicht länger davor drücken, ich musste etwas tun. Mit gemischten Gefühlen beschloss ich, nach dem Frühstück nach Hause zu gehen. Jani würde mit ziemlicher Sicherheit schon bei den Bandproben sein. Ich könnte ein paar Sachen packen und fürs erste in einem Hotel unterkommen oder auf Jani warten und ihn zur Rede stellen. Natürlich wollte ich mit ihm sprechen, die ganze Situation klären und irgendwie möglichst bald wieder in unser schönes neues Leben zurückkehren, aber die Chancen dazu waren nicht sonderlich hoch. Er war stur, ich stand ihm da in nichts nach. Das würde die ganze Sache nicht einfacher machen. Liebe hin oder her, wenn das eigene Ego gekränkt ist, neigt man nun mal zu Kurzschlussreaktionen.

Ich schnappte mir Zettel und Stift von der Ablage und begann zu schreiben. *Vielen Dank für alles. Du hast mich vor dem Erfrieren gerettet.* Ich setzte meinen Namen darunter und – mit einem ungutem Gefühl – meine Handynummer. Nach wie vor hatte ich kein Interesse an einem anderen Mann, ganz im Gegenteil, doch Antti hatte sich so liebevoll um mich gekümmert – ohne irgendwelche zweideutigen Anspielungen oder Ähnlichem – dass ich mich schlicht und ergreifend verpflichtet dazu fühlte, ihm wenigstens meine Nummer zu hinterlassen. Vielleicht bräuchte er auch irgendwann einmal Hilfe, jemanden, der ihm zuhören konnte? Dann könnte ich mich ja revanchieren.

Ich verabschiedete mich noch herzlich von Maara und machte mich dann mit einem mulmigen Kribbeln im Magen auf den Weg. Janis Haus lag friedlich am Ende der Straße, der Springbrunnen plätscherte vor sich hin und alles war wie an jedem anderen Tag auch. Ich kontrollierte den Briefkasten, die Zeitung war schon abgeholt, somit war Jani wach. Seine Fenster waren geschlossen – er musste also wie erwartet bei den Proben sein. Ich wusste zwar nicht, wieso ich Bedenken hatte, aber mir fiel ein Stein vom Herzen, als ich das Türschloss betätigte und feststellte, dass abgeschlossen war. Er war also wirklich nicht zu Hause.

Ich hing meine Jacke an der Garderobe auf und schlenderte in die Küche.
„Keine Veränderungen seit gestern", sprach ich laut in die Stille hinein, nahm mir eine Flasche Wasser aus dem Kühlschrank und machte mich auf den Weg ins Wohnzimmer. Die Rollläden waren halb geschlossen, das hatte ich von der Küche aus schon gesehen. Als ich weit genug im Raum war, die Couch im Blick, zuckte ich erschrocken zusammen.
Jani hockte im Dunkeln, zurückgelehnt in der Mitte des Sofas und starrte stur geradeaus. Fast so, als würde er durch mich hindurchsehen und hätte meine Anwesenheit gar nicht wahrgenommen. Nicht einmal eine Zigarette hatte er an, er kauerte einfach nur da und wartete. Augenblicklich tat er mir leid, er wirkte wirklich fertig. Doch dann war ich mir plötzlich unsicher, ob ihn seine Wut so erstarren ließ oder ob er bereute, wie er sich verhalten hatte. Ich blieb einen Moment lang stehen und wartete auf eine Reaktion, entschloss mich schließlich, nicht nachzugeben und wechselte die Richtung.
„Wo bist du gewesen?", fragte er schließlich leise. Endlich hatte er seinen Blick mir zugewandt.
„Ist das nicht egal?", konterte ich. „Du hast mich doch regelrecht rausgeworfen."
Jani strich sich mit der Hand durch die Haare.
„Es tut mir leid. Ich weiß nicht, was da in mich gefahren ist."
Zweifelnd sah ich in seine Augen
„Und das ist alles? Es tut dir leid und wir vergessen es?"
Kleine Fältchen bildeten sich auf seiner Stirn, er atmete tief ein.
„Ich verstehe ja, dass du sauer bist, aber..." Er hielt kurz inne, „aber vielleicht kannst du mich auch ein bisschen verstehen."
Das war nun doch sehr viel verlangt.
„Was soll ich verstehen, Jani? Dass du denkst, ich betrüge dich,

weil ich mit einer Freundin einen Kaffee trinken gehe?" Mein Tonfall war eindeutig und Jani verstand sehr genau, dass ich mich so leicht nicht abspeisen ließ.

Er rieb sich die Augen, seufzte und rutschte etwas unruhig auf dem Sofa hin und her, bevor er mir antwortete.

„Es tut mir leid, auch wenn ich's noch hundertmal sagen muss, damit du es mir glaubst. Ich habe doch nur...", seine letzten Worte waren so leise, dass ich ihn kaum verstehen konnte. Er sprach nicht zu Ende, blickte fast beschämt auf den Fußboden.

„Du hast was?", fragte ich im nächsten Atemzug zurück.

„Ich habe so furchtbare Angst, dich zu verlieren. Angst, dass dich mir jemand wegnimmt. Allein der Gedanke daran, dich zu verlieren. Das bringt mich fast um."

Ich musste schlucken.

Sein Gesicht war noch blasser geworden, als es ohnehin schon war, und ich konnte die Anspannung in seinen Augen deutlich sehen. Vielleicht bildete ich es mir auch nur ein, aber ich meinte erkennen zu können, dass er den Tränen nahe war. Konnte er wirklich solche Panik haben? Es gab doch gar keinen Grund.

„Bitte... ich bitte dich, lass mich nicht alleine", murmelte er schließlich, regelrecht flehend.

Langsam aber sicher musste ich mich geschlagen geben. Seine Worte, seine Gefühle, waren einfach zu viel für mich. Ganz egal, wie gekränkt ich vor ein paar Minuten noch war, alleine lassen konnte ich ihn so nicht. Das würde auch mir das Herz brechen.

Ein paar Schritte ging ich auf ihn zu.

„Ich habe nicht vor, dich zu verlassen. Hast du vergessen, dass ich nur wegen dir hier bin? Du bist mir wichtiger, als du dir vielleicht vorstellen kannst, aber du hast mich mit deiner Angst verletzt. Es geht nicht darum, ob du mir vertrauen kannst. Du

musst es. Es ist eine Grundvoraussetzung. Das erwarte ich einfach, sonst macht das alles keinen Sinn. Es gibt und gab nie einen Grund, mir zu misstrauen, doch genau das hast du."
Mir wurde erst beim Aussprechen meiner Worte bewusst, was mir seine Reaktion wirklich bedeutete, wie sehr es mich tief in meinem Inneren getroffen hatte.
Von einem Moment auf den anderen war Jani aufgesprungen, stand vor mir und schlang seine Arme um mich. Immer wieder flüsterte er „Es tut mir leid" und „Bitte verzeih mir."
„Hey", unterbrach ich ihn schließlich und löste mich aus seiner Umarmung. „Tu das nie wieder, okay?"
Er nickte sofort. Auch, wenn sein Lächeln noch ziemlich gequält wirkte, so konnte ich eine gewisse Erleichterung erkennen. Zugegebenermaßen fiel es mir schwer, seine Küsse in diesem Moment zu erwidern, doch ich fühlte den innerlichen Drang danach, ihm Sicherheit und Vertrauen geben zu müssen.
Abrupt hörte er auf und wurde ernst.
„Wo warst du die ganze Nacht? Ich habe mir solche Sorgen gemacht."
Von einem Augenblick zum nächsten befand ich mich in einer sehr verzwickten Lage. Sollte ich ihm die Wahrheit sagen? Gerade, nachdem er mir seine Ängste gestanden hatte, würde es ihn kränken zu hören, dass ich bei einem Fremden übernachtet hatte. Aber lügen? Nicht wirklich meine Art, ich musste es erst einmal umgehen und so versuchte ich abzulenken.
„Keine Angst. Alles in bester Ordnung." Ich hoffte so sehr, dass ihm diese Antwort genügen würde und besiegelte meine Worte mit einem Kuss. Lächelnd drängte er mich Richtung Couch.
„Du hast hoffentlich in einem Hotel geschlafen und dich nicht

die ganze Nacht in den Clubs der Stadt herumgetrieben?"
Danke, danke – so ersparst du mir die Ausreden, schoss es mir durch den Kopf.
„Du weißt ja, wie gerne ich mich sturzbesoffen in Clubs herumtreibe...", lachte ich. „Ein Bett war mir eindeutig lieber."
„Und jetzt, meine Liebe? Was wäre dir jetzt lieber?" Jani stieg eigentlich immer auf meine Kommentare ein, sehr oft endete so ein Gespräch zwar ohne jeglichen Sinn, aber wir fanden es beide amüsant und konnten es eine ganze Weile durchziehen. Allerdings stand mir gerade nicht wirklich der Sinn nach Spaß.
„Jetzt?" Er fixierte meine Augen und wartete auf meine Antwort. „Also, am liebsten wäre mir ein heißes Bad, um ehrlich zu sein."
Er ließ sofort von mir ab und rutschte ein Stück von mir weg. „Es sei dir gegönnt", scherzte er. „Ich werde sehnsüchtig auf deine Rückkehr warten."
Ich rang mir ein gespieltes Lachen ab. „Du bist wirklich ein Spinner. Na, dann werd ich mal in die Badewanne abtauchen. Gehst du heute eigentlich proben?"
Er schüttelte den Kopf. „Nein, wir haben einstimmig beschlossen, heute einen Tag Pause zu machen. Ich werde dir also auch nach deinem Bad noch auf die Nerven gehen, sofern du das willst."

Im ersten Stock angekommen, fiel mir auf, dass ich die Flasche Wasser im Wohnzimmer vergessen hatte. Ich hatte Durst und musste noch einmal nach unten.
Jani schien es besser zu gehen – die laute Musik aus dem Wohnzimmer war nämlich schon oben zu hören. Ich tapste barfuß die Stufen hinab, ging in die Küche, die ins Wohnzimmer überging, und schielte durch die Durchreiche zu Jani.

Auf dem Sofa saß er nicht mehr, aber dort, wo ich ihn fand, wollte ich ihn auch nicht wirklich sehen.

Er stand mit dem Rücken zu mir, hatte sich über den Esstisch gebeugt und wühlte in meiner Handtasche. Am liebsten hätte ich losgeschrien, ihn gefragt, ob er noch ganz dicht wäre, aber wie üblich suchte ein nicht gerade kleiner Teil in mir nach einer Entschuldigung für sein Verhalten.
„Suchst du etwas Bestimmtes?", platzte es schließlich aus mir heraus, als ich nicht mehr länger tatenlos zusehen konnte.
Ertappt drehte er sich zu mir um und betrachtete mich im Bademantel.
„Ich dachte, du würdest schon plantschen", grinste er.
„Was suchst du in meiner Tasche?", fragte ich erneut. Meine Stimme klang recht ruhig, ich wollte ihm zumindest die Chance geben, es mir zu erklären.
„Ach so – hab Feuer gesucht, meins ist mal wieder verschwunden. Du weißt ja – die Sucht."
Erleichtert nickte ich. „Und ich hab mein Wasser vergessen."
In diesem Moment verfluchte ich mich selbst für mein Misstrauen. Was sollte er auch sonst suchen? Es gab nichts Verwerfliches, nichts, was ich vor ihm verstecken wollte, und er liebte mich ja schließlich. Ich fühlte mich schon fast paranoid, weil ich an das Schlimmste gedacht hatte – dass er mir nachspionieren wollte. Mir fiel ein Stein vom Herzen.

Jani hatte endlich ein Feuerzeug aus meiner Handtasche gezogen, verschloss sie wieder ordentlich und stellte sie zurück auf den Stuhl.
„Jetzt brauche ich aber dringend eine Kippe. Und du solltest ins Bad gehen, bevor du dich noch erkältest."
Ich ging auf ihn zu, griff nach der Flasche Wasser auf dem

Tisch neben ihm und wollte ihm noch einen letzten Kuss geben, um mich der Badewanne zu widmen. Über seine Schulter hinweg erblickte ich den Aschenbecher auf dem Couchtisch. Janis Zigarette lag vorbildlich auf dem Rand, war schon zur Hälfte von alleine abgebrannt, leichter Rauch stieg nach oben. Neben dem Aschenbecher lag sein Päckchen, darauf das Feuerzeug. Entweder ich hatte Wahnvorstellungen oder er hatte mich gerade angelogen – soviel war klar.

Ich drehte mich um und verließ schnellen Schrittes den Raum. Es war einfach zu viel für den Moment, ich konnte und wollte mir nicht schon wieder den Kopf darüber zermartern. Was hatte ich denn getan, dass er mir plötzlich so misstrauen musste? Ich hatte wegen ihm mein altes Leben von heute auf morgen förmlich in die Tonne gehauen, alles aufgegeben, um mit ihm zusammen in seiner Heimat zu leben.
Wie viele Liebesbeweise brauchte es denn noch? Ich war ihm, seit wir zusammen waren, kaum von der Seite gewichen, hatte ihm nie etwas verschwiegen oder ihn gar belogen. Nun schien es so, als suche er händeringend nach einem Grund, um mich des Verrates oder Betruges an ihm zu überführen.
Was war aus dem Mann geworden, in den ich mich verliebt hatte? Aus dem lockeren Musiker mit dem großen Herzen, der mich mit Zärtlichkeiten und Liebe so überhäufte, dass es jeden anderen Menschen nur neidisch machen konnte?
Ich verstand die Welt plötzlich nicht mehr. Alles war aus dem Ruder gelaufen. Oder interpretierte ich etwas in sein Verhalten hinein, was so gar nicht existent war? Übertrieb ich maßlos? War nichts dabei, wenn mein Partner in meinen Sachen wühlte? Mich anlog, unter dem Vorwand, etwas zu suchen, was er gar nicht brauchte? Mein Gerechtigkeitsempfinden kannte die Antwort. Jani hatte ein Problem, nicht ich. Allerdings war ich

die Leidtragende in dieser Beziehung und daran musste ich irgendwie etwas ändern. Am besten natürlich, bevor unsere Beziehung daran zerbrechen würde.

***

„Hunger? Kaffee? Weggehen? Wir haben heute freie Auswahl im Angebot. Was möchtest du tun?" Jani war sofort aufgesprungen, als er mich wieder im Wohnzimmer gesichtet hatte.
Ich für meinen Teil hatte mir nun eine Stunde lang das Hirn darüber zerbrochen, was seine Aktion zu bedeuten hatte, doch logischerweise war ich nicht weitergekommen. Ich nahm mir vor, erst einmal die Füße still zu halten und die Dinge ein wenig zu beobachten. Herauszufinden, ob er mir wirklich vertraute und auch woran er diese Entscheidung festmachte. Bis ich mehr wusste, würde ich mir so wenig Gedanken wie möglich machen. Es zumindest versuchen. Ich wollte ihm nämlich gar nicht misstrauen, ganz im Gegenteil. Er war die Liebe meines Lebens, da sollte man nicht den geringsten Zweifel an dem anderen haben.
„Melissa?", fragte er zaghaft. „Alles in Ordnung?"
Ich zuckte zusammen, war wohl mal wieder in Gedanken versunken.
„Ja, ja, alles ok. Wollen wir ein bisschen raus gehen und dann was Essen oder so?"
Jani steckte die Zigaretten in seine Hosentasche.
„Ich geh' mich schnell umziehen." Schon hastete er die Treppe hinauf. Nicht nur einmal hatte ich mich gefragt, wie häufig er wohl die Treppe rauf oder hinunter flog, denn seine Versuche, eben jene möglichst schnell zu bezwingen, waren regelrechte Stunts. Zu meiner Verwunderung hatte er sich allerdings, seit

ich hier war, nur diverse andere Verletzungen zugezogen, die Folgen eines Freifluges über die Treppe zählten nicht dazu.

Ich nutzte die Minuten seiner Abwesenheit, um meine Tasche zu inspizieren. Auf den ersten Blick konnte ich nichts erkennen, was anders war als sonst. Ich warf einen Blick aufs Handy, eine neue Nachricht. *Ich bin's, Antti. Hoffe, dir geht's gut. Maara lässt ausrichten, dass sie sich über einen Spaziergang mit dir freuen würde.*
Ich musste mir eingestehen, dass ich mich schon über die Nachricht freute, antwortete ihm, dass es mir gut ginge und ich mich melden würde, wenn ich Zeit hätte.

Zwei Arme umschlungen mich von hinten. „Bereit?"
Ich drehte mich in seine Richtung. „Klar, kann losgehen."
Die Sonne schien wieder, dennoch war es kalt. Janis Hand wärmte meine ein wenig, als wir am Hafen entlang schlenderten. Unsere Auseinandersetzung war seltsamerweise kein Thema mehr. Zumindest für ihn. Es war unschwer zu erkennen, wie sehr er sich bemühte, möglichst keinen Fehler zu machen. Immer wieder fand er neue Worte, die mir zeigen sollten, wie viel ich ihm bedeutete, er krönte seine Gefühle mit den Erinnerungen, die er an unsere gemeinsame Zeit hatte.

Wir schwärmten von unserem ersten Treffen und kamen dann auf den Tag, als er mich überredet hatte, mit nach Finnland zu ziehen. Zum ersten Mal erzählte er mir, wie aufgeregt er gewesen war und wie viele Sorgen er sich im Vorfeld schon gemacht hatte.
Was, wenn mir das Haus nicht gefallen hätte? Wenn das Land nicht meinen Erwartungen entsprochen hätte oder ich mit seinen Freunden nicht klar gekommen wäre? Er schien wirklich glücklich darüber zu sein, dass diese Probleme nicht

oder zumindest nur begrenzt aufgetreten waren. Mir fiel augenblicklich wieder ein, dass ich über eine Arbeit nachgedacht hatte und er strickt dagegen war, aber ich wollte ja einen Gang herunterschalten und nicht wieder damit anfangen. Er machte es mir leicht. Seine Worte waren zum Dahinschmelzen, seine Augen fesselten meine Seele – so wie es bereits von Anfang an gewesen war. Alles schien wieder perfekt zu sein, wenngleich auch eine gewisse Schwermütigkeit über uns beiden hing. Ob er sie auch spürte? Schließlich hatte er in meinen Sachen gewühlt und ich wusste davon. Wäre es nicht besser gewesen, darüber zu sprechen? Ich hatte kein Problem mit Aufrichtigkeit, doch wie genau nahm er es damit? Schlagartig fiel mir ein, dass ich ihn bezüglich Antti ebenfalls anlog. Meine bislang weiße Weste hatte dunkle Flecken bekommen. Ich war nicht mehr die ehrliche, liebe Freundin, die ihn niemals belügen würde.

Letztendlich hatte sein Verhalten mich dazu gebracht, aber was änderte das schon? Ich mochte die ganze Situation nicht und je mehr ich sie mir wieder zurück ins Gedächtnis holte, desto unwohler fühlte ich mich. Was, wenn unser Zusammensein nicht mehr als eine einzige Lüge war? Wenn wir uns irgendwo verloren hatten? Möglicherweise hatten wir uns auch erst gar nicht wirklich gefunden. Schließlich war alles so blitzschnell gegangen, regelrecht unüberlegt. Ich war ihm in ein fremdes Land gefolgt, bevor wir uns überhaupt kannten.

Was, wenn wir ganz unterschiedliche Prioritäten in einer Beziehung hatten? Würden wir einen Weg finden? Ihn überhaupt suchen, wenn wir jetzt – ganz am Anfang – schon nur mit Lügen funktionierten?

Ich schielte zu ihm, er erwiderte meine Geste sofort, streichelte mir über die Hand.

„Ich bin so glücklich mit dir", stellte er zufrieden fest. Ich wünschte, ich hätte ihm zustimmen können, aber es ging einfach nicht. Eine kleine Auseinandersetzung, eine Verkettung unschöner Worte und Aussagen hatten mein Bild von unserer Beziehung geschädigt und ich hatte furchtbare Angst, dass es sich möglicherweise nicht mehr ändern lassen würde und wir früher oder später aufgeben mussten.

***

Am Abend machte ich es mir im Wohnzimmer mit einer Kanne Tee und ein paar Zeitschriften bequem. Jani war oben, entweder war er mal wieder vor der Playstation versackt oder hatte einen anderen Zeitvertreib gefunden, als mein Handy klingelte.
„Hey Melissa, störe ich?" Anttis Stimme klang freundlich.
„Nein, tust du nicht", entgegnete ich.
„Nicht? Gut", hörte ich ihn sagen. „Ich habe den ganzen Tag über die Sache mit deinem Freund nachgedacht und es hat mir keine Ruhe gelassen, dass du dich nicht gemeldet hast. Wirklich alles in Ordnung, oder ärgert er dich schon wieder?"
Ich musste lächeln. „Wir haben geredet und den Tag zusammen verbracht. Aber du musst dir wegen mir keine Gedanken machen. Ich meine, wir kennen uns kaum und deine Fürsorge in allen Ehren..."
Es wurde still am anderen Ende der Leitung, gerade als ich fragen wollte, ob er überhaupt noch dran war, setzte Antti wieder zum Sprechen an.
„Na ja, ich gabele nicht jeden Abend ein halb erfrorenes Mädchen am Strand auf und nehme sie mit nach Hause. Ich wollte einfach nur wissen, wie es dir geht."
Wie konnte es sein, dass er so sensibel und einfühlsam war? Einfach so grundsätzlich zuvorkommend und nett? Mir war

ein Verhalten wie dieses in der Tat etwas unheimlich. Sympathie hin oder her, wir kannten uns nicht und ich hatte seine Gutmütigkeit möglicherweise letzte Nacht ausgenutzt, aber eine Gegenleistung hierfür würde er nicht bekommen. Jedenfalls nicht die, die mir in den Sinn käme. In meinem Kopf stapelten sich schon die Zweifel, sicherlich war Jani nicht unschuldig daran. Er hatte mir ja gerade erst bewiesen, dass ich nicht mal ihn richtig kannte und wie schnell eine Situation aus dem Ruder laufen konnte.
Ein Fremder, der einfach half – ja, klar. Das gab es bestimmt, doch sicher war es eine Rarität. Und was hatte es mit der nachhaltigen Besorgnis um mein Wohl auf sich? Ich war einfach verwirrt und ich hasste es, etwas nicht einordnen zu können. Außerdem war ich schon komplett ausgelastet mit den Sorgen um meine Beziehung. Da wollte ich mir nicht auch noch über Antti Gedanken machen müssen.
„Sorry, es war gar nicht so negativ gemeint, wie du es vielleicht aufgefasst hast." Ich versuchte, seine Niedergeschlagenheit etwas abzuwenden und während ich auf seinen nächsten Kommentar wartete, sah ich Janis Schatten an der Treppe.
„Kein Problem", entgegnete Antti. „Du weißt ja, wie du mich erreichen kannst, falls du Hilfe brauchen solltest."
„Ich danke dir. Wirklich."
Ich hatte ganz bewusst nicht versucht, das Gespräch zu beenden, als Jani ins Wohnzimmer gekommen war und mich beim Telefonieren beobachtet hatte. Hätte ich gesagt, dass ich aufhören müsste, hätte er sicher wieder wegen irgend etwas Verdacht geschöpft oder zumindest angenommen, dass ich über ihn gesprochen hatte oder ihm etwas verheimlichen wollte.
„Gern geschehen. Vielleicht sehen wir uns ja mal wieder." Anttis Stimme war leiser geworden, er wirkte fast

etwas beschämt.

„Sicher", beruhigte ich ihn. „Ich melde mich."

Nachdem ich das Handy auf dem Couchtisch abgelegt hatte, lächelte ich Jani an, der im Türrahmen lehnte.

„Fertig gezockt?", neckte ich ihn.

Schlagartig wurde er ernst. „Gibt es Probleme?"

Skepsis machte sich in mir breit. „Wieso meinst du?"

„Es klang so – als du telefoniert hast."

„Ach so", erklärte ich. „Das war eine alte Freundin von mir. Ich habe seit Ewigkeiten nichts mehr von ihr gehört und wir haben jetzt wieder so ein bisschen Kontakt. Sie hatte Bedenken, mich anzurufen, weil sie befürchtet hat, dass sie mir auf die Nerven gehen würde."

Ich hätte mir schon, bevor ich es ausgesprochen hatte, dafür in den Hintern treten können. Ich war eine so beschissene Lügnerin – selbst der unsensibelste Mensch der ganzen Welt hätte mir vermutlich angesehen, dass ich nicht die Wahrheit sagte, aber Jani schien sich blindzustellen.

„Verstehe, schön, dass ihr wieder Kontakt habt", sagte er überzogen freundlich. „Hab überlegt, Jussi anzurufen. Wollen wir nochmal weggehen?"

Ich verstand nicht ganz, was er meinte, ob er alleine weg wollte oder mit mir, aber die Fragerei war mir im Augenblick auch zu viel, also antwortete ich ganz geschickt, dass es mir egal wäre und er das entscheiden müsse.

Eine knappe Stunde später fand ich mich vor dem „Lost & Found" wieder, einer recht angesagten Mischung aus Club und Bar, der Stammladen der lokalen Musiker. Es war wie üblich richtig voll, aber Jussi hatte einen Tisch reserviert, also quälten wir uns durch die Menge. Komischerweise hatte Jussi wirklich den wohl einzigen Tisch bekommen, der nicht mitten im

Gewühl stand, sondern in einer der hinteren Ecken, die eher die Baratmosphäre des Ladens widerspiegelten.
Sina winkte mir zu, wir begrüßten uns und bestellten die ersten Getränke. Niemand verlor auch nur ein einziges Wort über den Streit mit Jani, nicht einmal einen fragenden Blick nahm ich wahr. Sicher hatte Jani seinem Bandkollegen schon am Telefon mitgeteilt, dass alles geklärt wäre. Ich fühlte mich dennoch ein bisschen unwohl, gerade nachdem Jani doch recht schlecht über Sina – Jussis Freundin – gesprochen hatte.
Nach einer Stunde hatte ich jeden Menschen in diesem Raum genauestens observiert – kurz gesagt, der Abend und die Gespräche, die ich größtenteils nicht verstand, langweilten mich. Themen wie Bandproben und eventuelle Veränderungen in den Songs waren ja noch halbwegs interessant, aber nachdem Jani dann zur Playstation und seinen aktuellen Rekorden beim Golf und Autorennen kam, nahm meine Aufmerksamkeit rapide ab.
Sina tippte mich an, sofort blickte ich auf.
„Wir waren vorhin shoppen. Hab ein paar wirklich tolle Sachen gekauft. Sie sind draußen im Auto, wenn's dir nicht zu kalt ist, komm mit und ich zeig sie dir."
Mein Blick schweifte zu Jani, der sich kaum abbringen ließ, sondern mir lediglich leicht mit der Hand zuwinkte.
Nicht, dass ich seine Zustimmung gebraucht hätte, aber ich interpretierte seine Geste dennoch als solche. Sofort stand ich auf und quetschte mich mit Sina nach draußen.
„Du siehst nicht gut aus", legte sie mit besorgtem Gesichtsausdruck sofort los, als wir im Freien standen und mir der kalte Wind ins Gesicht blies.
„Über diese Art von Komplimenten freut sich auch jeder", scherzte ich und auch Sina musste lachen.
„Ich meine es ernst – erzähl mir, was passiert ist."

Ich zuckte mit den Schultern. „Ich dachte, Jani hätte sich gestern schon bei euch ausgeheult."
„Erstens hat er nicht viel gesagt und zweitens ist mir deine Meinung viel wichtiger."
Ihre Reaktion stimmte mich nachdenklich. Beruhte Janis Abneigung ihr gegenüber also wohl doch auf Gegenseitigkeit?
„Ach, für den Moment ist wohl alles in Ordnung zwischen mir und Jani, ich bin einfach nur müde." Redete ich mich schließlich heraus? Falls ich mich dazu entschloss, ihr mein Herz auszuschütten, wollte ich in aller Ruhe unter vier Augen zusammen reden und mich nicht vor einem Nachtclub bei ihr ausheulen. Sie starrte auf den Boden, als ich wieder aufblickte, sah sie mir direkt in die Augen.
„Treffen wir uns morgen und du erzählst es mir, wenn dir dann danach ist?"
Ich nickte zufrieden, das klang um einiges besser.

***

Janis Wecker war ätzend. Er fing langsam an zu piepsen und wurde von Sekunde zu Sekunde schneller und lauter, endete schließlich in einem durchgehenden, schrillen Ton.
Irgendwie erinnerte mich der Wecker an die Geräte in Krankenhäusern, die den Herzschlag durch lautes Piepsen verdeutlichten und auch in einem schrillen Ton endeten – nämlich exakt dann, wenn kein Herzschlag mehr da war. Tagtäglich fragte ich mich, wie er zu diesem nervtötenden Ding gekommen war, und vor allem, wieso er es behielt. Er rechtfertigte es meist damit, dass er ohne den Wecker niemals wach werden würde und ließ sich auf keine weiteren Diskussionen ein.

„Mach das Scheißding aus!", brummte ich schließlich motzig. Augenblicklich streckte Jani den Arm aus, der Wecker fiel mit einem Schlag zu Boden. Ich seufzte erleichtert, als endlich Ruhe war, allerdings hielt dies nicht lange, denn das Piepsen begann schätzungsweise 30 Sekunden später aufs Neue.
Mit geschlossenen Augen griff ich zum Kissen neben mir und begann zu ziehen. Geplant hatte ich, mir das Ding über den Kopf zu halten, um dem Sound des Weckers damit endlich aus dem Weg zu gehen, aber irgendwie hing das Kissen wohl fest.
„Hey, das ist meins", beschwerte sich Jani verschlafen.
„Dann kill dieses verdammte Teil endlich!", fauchte ich ihn an. Ohne hinzusehen wusste ich, dass er in sich hineinlachte, sich über mich lustig machte – so, wie jeden Morgen.
Ich hasste den Wecker, nicht mehr und nicht weniger. Das Aufstehen an sich war nicht mein Fall und auch wenn ich jeden vorwarnte, dass es besser wäre, mich niemals direkt nach dem Aufwachen anzusprechen, so interessierte das Jani herzlich wenig. Er provozierte mich stattdessen mit einer Leidenschaft, die mich gerade morgens fassungslos machte.
Ich spürte, dass er sich aufsetzte, und einem Moment später herrschte endlich Stille im Raum. Erleichtert atmete ich auf, dachte daran weiterzuschlafen, als mich etwas am Arm packte und unsanft umdrehte.
„Janiiii, hör auf damit", quengelte ich, auch wenn es sinnlos war. Ich öffnete meine Augen ein wenig. Er kniete vor mir auf dem Bett und grinste triumphierend.
„Guten Morgen." Die Ironie war unüberhörbar, als nächstes folgte ein Kuss. „Es ist 8:20 Uhr, Zeit zum Aufstehen."
Was hat das mit mir zu tun?, fragte ich mich selbst.
„Ich komme nicht mit, also brauchst du mich mit deiner guten Laune nicht länger zu quälen." Netter hätte ich es einfach nicht ausdrücken können, dazu war ich noch viel zu verschlafen.

Janis Lächeln verflog augenblicklich.
„Warum? Was hast du vor?"
Ich zuckte, soweit es im Liegen ging, mit den Schultern.
„Erstmal Ausschlafen, bisschen entspannen, denke ich."
Eigentlich hatte ich erwartet, dass er mir jetzt zumindest vorheulen würde, wie gern er mich bei den Proben dabei hätte, aber er nickte nur und küsste mich erneut.
„Ok, dann mach dir einen schönen Tag."
Ich beobachtete aus dem Augenwinkel, wie er aufstand, und seine Klamotten aus dem Schrank zog. Bevor er hinausging, blickte er nochmal zu mir und winkte mir zu.
„Ich ruf dich später mal an."
Er schloss die Türe hinter sich und ich drehte mich wieder in meine Schlafposition. Der Tag hatte unerwartet gut angefangen – nämlich mit Weiterschlafen.

***

Ein lautes Klingeln weckte mich erneut aus meinen Träumen. Dieses Mal war es nicht der Wecker, sondern die Eingangstüre. Da ich nicht wusste, wie lange schon geklingelt wurde, stand ich relativ schnell auf und eilte nach unten. Ich schaffte es gerade noch, mich am Geländer festzuhalten, sonst hätte ich beim Stolpern über Janis Pullover einen eher weniger eleganten Flug Richtung Erdgeschoss absolviert.
Einen Vorteil erkannte ich sofort – nach diesem Schock war ich schlagartig hellwach. Hastig strich ich mir durch die Haare, hoffte, dass ich nicht ganz so verschlafen aussah, und öffnete die Haustüre. Vor mir stand eine perfekt gestylte, freundlich lächelnde Sina, die mich mit einem „Oh, hallo." begrüßte.
„Oh", stammelte ich sinnfrei zurück, während sie mich schuldbewusst musterte.

„Hab ich dich etwa geweckt? Tut mir leid. Ich dachte nur, es ist ja schon elf vorbei."
„So spät?" Ich war sichtlich überrascht. „Dann wurde es aber Zeit, dass mich jemand weckt."
Sina begutachtete mich; das viel zu große Bandshirt, das ich zum Schlafen getragen hatte, meine zerzausten Haare.
„Ich komme einfach später nochmal, hm?" Schon hatte sie sich umgedreht und wollte gerade loslaufen, als ich sie vorsichtig am Arm packte.
„Nein nein, komm rein. Musst mir nur zehn Minuten geben, dann sehe ich wieder aus wie ein Mensch."
Sie nickte. „Ich kann uns ja Frühstück machen in der Zeit."

Bei Kaffee und Kuchen unterhielten wir uns anfangs über belangloses Zeug. Ich rechnete es ihr hoch an, dass sie mich nicht sofort ausfragte, obgleich mir klar war, dass es sie brennend interessierte. Sie war mir, auch wenn wir uns noch gar nicht kannten, schon irgendwie ans Herz gewachsen. Zudem war sie neben Janis Schwester die einzige Frau, mit der ich hier zu tun hatte.
„Gehst du eigentlich nie zu den Bandproben?", wollte ich wissen. Entschlossenes Kopfschütteln von ihr.
„Ich fühle mich da wie im falschen Film, das ist ihr Job und ich störe nur, auch wenn sie es nie zugeben würden."
Erleichtert atmete ich auf. „Genau so sehe ich es auch und ich hoffe, Jani kapiert das auch endlich. Ihm wäre es am liebsten, wenn ich ununterbrochen um ihn herum schwirre. Wie ein kleines Hündchen, das immer hinterher läuft oder so."
Sie lachte. „Du motivierst ihn eben, bist seine Muse."
Ich wurde nachdenklich, sollte ich ihr etwas von dem Streit erzählen?
„Er sagt, er hätte furchtbare Angst, mich zu verlieren. Darum

hatten wir auch Streit. Es hat ihm nicht gepasst, dass ich mit dir alleine unterwegs war."
Sina bekam große Augen.
„Was? Das kann nicht sein Ernst sein, oder? Ihr habt nicht wirklich deshalb gestritten?"
Fast schon schuldbewusst nickte ich, auch wenn ich mir sicher war, dass ich mich zu keiner Zeit falsch verhalten hatte.
„In seinen Augen bin ich wohl auf der Suche nach jemandem, der besser ist als er und mit dem ich ihn betrügen könnte. Er hat mich, als ich nach unserem Treffen nach Hause kam, angeschrien, mir gesagt, dass er nicht will, dass ich weggehe. Na ja, so in etwa jedenfalls."
Ich hatte spontan beschlossen, ihr nicht zu sagen, wie er über sie gesprochen hatte. Stattdessen wollte ich es, so gut es ging, umschreiben, um sie nicht zu verletzen.
Aufgebracht und etwas wütend schüttelte sie den Kopf.
„Du hast ihm hoffentlich gesagt, dass er dir einen Scheißdreck vorzuschreiben hat."
Einen Moment wartete ich, bevor ich darauf einging.
„Habe ich, aber er hat es nicht verstanden. Dann wollte ich gehen, frische Luft schnappen, doch er hat versucht, mich zurückzuhalten."

Wir redeten noch eine ganze Weile darüber. Sina hatte ziemlich schnell Partei für mich ergriffen und predigte mir immer wieder vor, dass ich mir nichts vorschreiben lassen sollte. Mein Eindruck vom letzten Abend hatte sich bestätigt, sie mochte Jani nicht sonderlich und so hatte ich mir zumindest keinen Gesprächspartner ausgesucht, der mir sagen wollte, dass alles halb so schlimm war. Mir fiel allerdings auf, dass mich das Reden darüber erneut ziemlich aufwühlte. Ich hatte es weder vergessen noch ihm verziehen. Aber ich hegte die feste Absicht,

es in den Griff zu bekommen, indem ich das Problem lösen würde.
Sina fand es unverschämt, dass Jani in meiner Tasche herumgeschnüffelt hatte. Sie riet mir dazu, ihn direkt darauf anzusprechen. Er sollte sich verteidigen, es ginge schließlich um unsere Beziehung und wir waren uns beide einig, dass Geheimnisse in einer intakten Beziehung nicht existieren durften.
Verständlicherweise hatte sie mich auch gefragt, wo ich die Nacht verbracht hatte. Nachdem sie mir schon am Anfang unseres Gespräches versprochen hatte, dass alles unter uns bleiben würde, war ich ehrlich und erzählte ihr von Antti.
Sie hatte ihre Stirn in Falten gelegt und dachte nach.
„Also, ich weiß nicht, das ist alles sehr seltsam", stellte sie schließlich fest.
„In welcher Hinsicht?", hakte ich nach.
„Na ja. Er kennt dich gar nicht und dann diese übertriebene Hilfsbereitschaft. Vielleicht hat er sich... na ja..." Sie hielt inne und sah mir in die Augen.
„Du meinst, er könnte sich in mich verliebt haben?" Entsetzt musterte ich sie, doch bevor sie antworten konnte, sprach ich weiter. „Das kann gar nicht sein, so schnell verliebt man sich nicht. Das glaube ich einfach nicht."

Eine Weile dachten wir stumm nach, einigten uns darauf, dass ich sowohl die Sache mit Jani als auch Anttis Verhalten im Auge behalten würde. Ich musste mir eingestehen, dass Sina langsam aber sicher so etwas wie eine Freundin für mich wurde. Sie schien mich zu verstehen und offensichtlich wollte sie mir helfen, war ernsthaft besorgt.

Sonnenblumenglück

Fürs Erste war ich beruhigt. Eine Vertrauensperson war toll, besonders eine in einem fremden Land. Ich konnte zu ihr kommen, wenn ich Probleme hatte – das bedeutete mir viel.

***

Ich war wieder alleine, hatte mich gerade auf die Couch gesetzt und überlegte, was ich mit dem Tag noch anfangen könnte. Eigentlich genoss ich die Ruhe ab und an, doch in der momentanen Situation empfand ich es eher als eine Belastung. Ohne etwas zu tun zu haben, würde sich mein Verstand früher oder später wieder auf dieses eine Thema versteifen. Eben jenes, bei dem es derzeit keine Möglichkeit gab, es zu bearbeiten oder gar zu beheben. Ablenkung wäre sicherlich nicht die schlechteste Idee. Logischerweise kam mir Antti in den Sinn. Vielleicht sollte ich ihn anrufen, nachdem ich ihn am Abend vorher schon so abgespeist hatte, also wählte ich seine Nummer.
Mich wunderte es, dass er sofort ein Treffen anbot. Es war schließlich ein ganz normaler Wochentag und ich war davon ausgegangen, dass er wie jeder andere arbeitete. Wie auch immer, sein Vorschlag kam mir ja nicht gerade ungelegen und so fand ich mich eine halbe Stunde später zusammen mit ihm und Maara am Meer wieder. Die Sonne schien, es war angenehm warm.
„Freut mich, dass es geklappt hat", lächelte Antti.
„Mich auch", stimmte ich zu, während ich an meinem Becher Kaffee nippte, den ich vor unserem Spaziergang an einem Kiosk gekauft hatte.
„Weißt du was, Melissa?" Er grinste etwas verlegen. „Ich hatte ja angenommen, dass wir uns nicht wieder sehen würden. Aber ich wurde ja eines Besseren belehrt, auch mal eine schöne

Erfahrung."
Fragend musterte ich ihn. „Wieso das denn? Meinst du, ich quartiere mich bei jemandem ein und verschwinde dann einfach? Du hast mich schließlich gerettet." Wir mussten beide lachen, schwenkten während unseres Spaziergangs dann aber auf ernstere Themen um.
Antti hatte mir keine Wahl gelassen, er wollte wissen, wie das Zusammentreffen mit meinem Freund gelaufen war. Es war unschwer zu erkennen, dass er sich sehr zusammenreißen musste, um nicht aus der Haut zu fahren wegen der Geschichte mit meiner Handtasche. Bereits einen Augenblick, nachdem ich ihm von der Sache erzählt hatte, bereute ich es. Wahrscheinlich hätte ich beim ersten wirklich bösen Wort von ihm gegen Jani ohnehin Partei für meinen Freund ergriffen. Ich konnte es nicht leiden, wenn jemand schlecht über ihn redete oder ihn nicht mochte, egal was vorgefallen war. Irgendwie schien das eine Art Beschützerinstinkt in mir zu sein.
Hin und wieder beschlichen mich Zweifel und ein überaus schlechtes Gewissen, da ich so offen über unsere Probleme sprach und viel zu viel preisgab, doch ich erinnerte mich immer wieder daran, dass Antti gar nicht wusste, von wem ich sprach, und ich allein deshalb schon auf der sicheren Seite war. Ich hoffte zudem einfach, dass ich mich nicht zu sehr in ihm getäuscht hatte und er sein Wissen nicht irgendwann gegen mich verwenden würde.
„Sag mal, wie kommt's eigentlich, dass du tagsüber so spontan Zeit hast?", lenkte ich schließlich vom Thema ab. Antti räusperte sich. „Wird das ein Verhör?"
Überrascht und ungläubig musterte ich ihn. „Nein? Was arbeitest du eigentlich? Haben die dich einfach gehen lassen?"
Er nickte. „Sicher. Warum fragst du? Ist etwas nicht in Ordnung?"

Nun wurde es mir doch ein wenig suspekt. Er schien sich, aus welchen Gründen auch immer, angegriffen zu fühlen.

„Nein, ich wollte doch nur wissen, was du beruflich machst", rechtfertigte ich mich, auch wenn mir der Grund dafür so gar nicht einfallen wollte.

Wieder nickte er. „Ich bin..." Kurzes Schweigen. „Bin selbstständig, Computersachen und so. Nichts Spannendes. Arbeite von zu Hause aus."

Zufrieden zwinkerte ich ihm zu. „Siehst du? Geht doch."

Während wir weiter spazierten, waren die Gedanken in meinem Kopf bereits auf einer Achterbahn unterwegs. Warum war er so erschrocken über meine Frage? Und wenn er selbstständig war – wieso hatte er auf den Zettel geschrieben, dass er auf der Arbeit wäre? Von einem Moment auf den anderen hätte ich mich ohrfeigen können. Wie war dieses übermäßige, paranoide Misstrauen auf einmal entstanden? Das war nicht normal. Nie war ich gegenüber anderen so voller Argwohn gewesen. Ich hatte nie einen Grund gehabt, jemandem nicht zu glauben. Vielmehr war es in der Vergangenheit so gewesen, dass ich zu leicht Vertrauen geschenkt hatte und dementsprechend oft enttäuscht wurde.

Die Dinge schienen sich geändert zu haben – ich war misstrauischer und vorsichtiger geworden und etwas in mir ließ mich wissen, dass die letzte Auseinandersetzung mit Jani einen großen Teil dazu beigetragen hatte.

Als wir uns gerade auf einer Bank niederließen, klingelte mein Handy. Da es Jani war, gab ich Antti zu verstehen, dass ich gleich zurück wäre und ging ein paar Schritte am Meer entlang.

„Na, meine Liebe, was treibst du?", säuselte Jani sichtlich gut gelaunt durchs Telefon.

„Bin am Strand und ihr scheint gut voran zu kommen, oder?"

„Ja, denke schon, läuft ganz gut, aber du fehlst mir."
Ein Kribbeln machte sich in meinem Bauch bemerkbar. „Du mir auch."
„Hör mal." Er hielt kurz inne und mir war sofort klar, dass nun etwas weniger Erfreuliches folgen würde. „Es haben sich kurzerhand ein paar Termine für die nächsten Wochen ergeben. Wollte dir das erst heute Abend sagen, aber wenn ich dich jetzt schon am Telefon habe." Er redete weiter, bevor ich reagieren konnte. „Sind eigentlich nur ein paar Interviews, aber ich muss viel reisen, und ich... na ja, wollte... wollte dich eben fragen, ob du mitkommst."
Beinahe hätte ich den Schluck Kaffee, den ich gerade im Mund hatte, in hohem Bogen ausgespuckt, so erschrocken war ich über seine vorsichtige Art, mir klarzumachen, dass ich mitkommen sollte. An sich hätte ich gar nicht damit gerechnet, eine Wahl zu haben, aber nun, da er mich fragte, konnte ich mir ja erst einmal ansehen, wo es hingehen würde und dann ganz gönnerhaft ja sagen.
„Ja, mal gucken", lächelte ich, ein bisschen wollte ich ihn zumindest zappeln lassen. Ob er wusste, dass er mich sowieso zu beinahe allem überreden konnte, wenn er es nur richtig anstellte? Gemurmel drang übers Telefon zu mir durch, anscheinend war Jani nicht mehr alleine. In leicht aggressivem Ton entgegnete er etwas auf Finnisch, was wohl ausschließlich für seine Bandkollegen bestimmt war.
„Die nerven mich schon wieder", erklärte er mir im Anschluss daran. „Sind gerade so gut beim Proben und ich denke, wir sollten mal weitermachen. Wir sehen uns dann später daheim, ja?"
Nach ausgiebiger Verabschiedung schlenderte ich zurück zu Antti, der auf der Bank der Sonne entgegen blinzelte.
„Jani?", fragte er sofort. Ich nickte und setzte mich trotz des

halben Herzstillstandes, den ich gerade erlitten hatte, neben ihn.
„Woher weißt du das?", schoss es aus mir heraus.
Er lachte. „Ich bin Hellseher. Schwachsinn – ich habe geraten, was sonst?"
Das beruhigte mich in keiner Weise.
„Das glaub ich dir auch, aber ich will trotzdem wissen, woher du seinen Namen kennst."
Leicht nervös und unsicher drehte Antti seinen Kopf zur Seite und streichelte Maara.
„Ach so. Du wirst mir seinen Namen dann wohl gesagt haben. Wo ist das Problem?"
„Habe ich nicht!" Ich schrie fast, so aufgebracht war ich in diesem Moment. „Ich weiß, dass ich dir seinen Namen nie verraten habe!"
Mag vorkommen, dass ich Dinge vergaß, aber in dieser Sache war ich mir absolut sicher. Schon von der ersten Minute an, in der ich Antti kennengelernt hatte, hatte ich mich schließlich entschlossen, ihm nicht zu sagen, wer mein Freund war.

Antti hatte mir auch eine Minute später noch keine Antwort auf meine Frage gegeben, er starrte hinaus aufs Meer und schien mich gar nicht wahrzunehmen. Mir reichte es fürs erste, ich war verwirrt und da ich von ihm offensichtlich keine Auskunft bekam, konnte ich auch gehen.
Keine Sekunde, nachdem ich meinen Entschluss gefasst hatte, war ich auch schon aufgestanden.
„Wo willst du hin?" Überaus sinnvolle Frage, schoss es mir durch den Kopf, aber ich stellte mich stur und machte mich auf den Weg.
„Melissa, warte!" Auch das konnte mich nicht aufhalten. Allerdings hatte er mich ziemlich schnell eingeholt und sich so gekonnt vor mich gestellt, dass ich wohl oder übel stehen

bleiben musste.

„Tut mir leid." Er zuckte mit den Schultern. „Ich bin ein Idiot."

„Richtig", stimmte ich zu und verstärkte meine Ablehnung, indem ich die Arme verschränkte.

„Es war mir nur etwas peinlich, weißt du."

„Was war dir peinlich?"

„Ich hab euch zusammen gesehen, dich und Jani. Aber weil du's mir nicht gesagt hast, dachte ich irgendwie, dass dir das unangenehm wäre, wenn ich wüsste, wer er ist. Ach, blöd zu erklären."

Einen Augenblick lang dachte ich nach, ganz so unlogisch klang das nun auch wieder nicht. Um mich zu vergewissern, dass er mich nicht anlog, wollte ich mehr Informationen.

„Wo hast du uns denn gesehen?"

Er strich sich mit dem Finger über die Schläfe.

„Gestern Abend, in der Nähe vom Lost & Found. Bist du mir sehr böse, weil ich's dir nicht gesagt habe?"

Seine Augen flehten mich förmlich an, wie sollte ich ihm da also böse sein?

„Schon in Ordnung. Es ist nur, weil eben alles so komisch gelaufen ist in der letzten Zeit. So viele Dinge, die ich nicht verstehe. Ich denke, ich suche einfach überall nach Erklärungen und bin dementsprechend etwas misstrauisch."

Er blickte mich nachdenklich an, plötzlich spürte ich, wie er mir mit der Hand vorsichtig über den Rücken strich.

„Das verstehe ich vollkommen. Ich könnte damit nicht so einfach umgehen wie du."

- 8 -

Ich griff in die kleine schwarze Box und fischte drei Umschläge heraus. Janis Briefkasten war sehr mit Vorsicht zu genießen, denn seit geraumer Zeit hatte ihn eine nicht gerade kleine Spinne zu ihrem Heim auserkoren und das letzte, was ich wollte, war, dieses Tier zu sehen oder gar näheren Kontakt mit ihm zu haben.
Es war schon fast dunkel, als ich die Haustüre aufschloss.
Nach der etwas suspekten Auseinandersetzung mit meinem neuen Bekannten Antti hatte ich mich noch zu einem „Alles-ist-wieder-in-Ordnung"-Kaffee überreden lassen und anschließend auf dem Heimweg noch im Supermarkt ein paar Kleinigkeiten eingekauft. Im Haus war es dunkel und still, Jani war also noch nicht zu Hause. Wie üblich drehte ich die Anlage im Wohnzimmer auf, legte seine Post auf den Esszimmertisch und ließ mich auf die Couch fallen.
Es dauerte nicht lange, bis mir mein Magen durch ein leises, aber bestimmendes Knurren signalisierte, dass es an der Zeit wäre, sich um das Abendessen zu kümmern. Ich und kochen – als würde das zusammen passen, sprach ich zu mir, begab mich dann aber doch recht entschlossen und voller Enthusiasmus in die Küche.

Dass Jani besser kochen konnte als ich, gab ich gerne und bei jeder Gelegenheit zu. Das Problem war nicht, dass ich es nicht konnte, sondern vielmehr die Tatsache, dass ich nicht wollte.
Meine einzige Spezialität war es, wahllos alle Dinge, die die Küche hergab, zusammenzumischen und dann darauf zu hoffen, dass das Ergebnis daraus noch irgendwie genießbar sein würde.
Gesagt, getan – ich kochte Nudeln und einen Topf Gemüse ab,

im Anschluss daran füllte ich alles in eine Auflaufform, verteilte tonnenweise Salami und Käse darüber, würzte einmal quer durchs Regal und packte dann alles in den Backofen.
Als ich nach Vollbringung meines Werkes zurück ins Wohnzimmer schlenderte, sah ich Jani gerade zur Tür hereinkommen.
„Da bist du ja endlich, wollte schon eine Vermisstenmeldung aufgeben", begrüßte ich ihn.
Er stürmte auf mich zu, packte mich an den Handgelenken und presste mich mit Leichtigkeit gegen die Wand hinter mir.
„Gott, habe ich dich vermisst!", lachte er und drückte mir einen leidenschaftlichen Kuss auf die Lippen.
„Wenn, dann Göttin, mein Lieber", scherzte ich und verlor mich in seinen Augen.
Nach ein paar weiteren Küssen ließ er schließlich von mir ab, streckte seine Nase in die Luft und runzelte die Stirn.
„Rieche ich hier etwa Essen?"
Ein Nicken meinerseits bestätigte seinen Verdacht.
Mit mir an der Hand marschierte er zum Backofen.
„Sieht lecker aus, fertig müsste es auch sein", freute er sich.
„So zuversichtlich wäre ich an deiner Stelle nicht. Schließlich habe ich selbst gekocht."
Kopfschüttelnd zwickte er mich spielerisch in die Seite. „Ich mag dein Essen, egal, was du sagst."

Nach dem Mahl – welches unerwarteterweise gar nicht schlecht geschmeckt hatte, kuschelten wir uns zusammen aufs Sofa.
Bei der Auswahl der Möbel für sein Domizil hatte Jani wirklich auf Bequemlichkeit und Komfort geachtet. Ich konnte mich zwar bis heute nicht entscheiden, ob nun das Bett oder die Couch der bequemere Schlafplatz war, aber ich dankte dem

lieben Gott wirklich jedes Mal dafür, dass er Menschen mit Fähigkeiten ausgestattet hatte, die es ihnen ermöglichten, solch bequeme Möbel zu konstruieren.
Da besagtes Objekt in U-Form gestellt war, konnte Jani am einen Ende der Couch bequem liegen, ich mit dem Kopf auf seinem Schoß. Er zappte etwas unschlüssig durchs Fernsehprogramm. Egal wie viele Sender wir hatten, er fand nichts, das ihn interessierte, und drückte mir somit ziemlich bald die Fernbedienung in die Hand. Meine Wahl fiel auf einen vielversprechend aussehenden Film, der laut Programmzeitung als „Romanze mit Hindernissen" beschrieben wurde.
Ein junges, gutaussehendes Paar kurz vor der Hochzeit, herrlich verliebt bis über beide Ohren, bis zu dem Moment, in dem der Trauzeuge (der ehemals beste Freund des Bräutigams) auftauchte und sich Hals über Kopf in die Braut verliebte.
Dass Jani nicht nach fünf Minuten eingeschlafen war, wunderte mich wirklich. Solchen Filmen konnte er nicht viel abgewinnen, für mich hingegen war es einfach seichte Unterhaltung und somit gerade richtig, um mich aufs Zubettgehen vorzubereiten.

„Der Film ist blöd", nörgelte er schließlich.
„Warum denn? Gut, ein Highlight ist er nicht, aber dafür sind die Darsteller attraktiv."
Er schnaubte unüberhörbar, „Ach komm, ich guck mal, ob ich nicht was Besseres finde." Seine Stimme kam einem Jammern gleich, seine Hand war schon auf dem Weg zur Fernbedienung.
„Hey! Und wenn ich den Film gerne zu Ende sehen würde?"
Missmutig seufzte er und lehnte sich wieder zurück.
Kurze Zeit darauf begann er mit seinen Fingern durch meine Haare zu streichen. Er drehte einzelne Strähnen und beobachtete mich dabei. Ich schielte kurz zu ihm, dann wieder zum Fernseher. Meinetwegen konnte er gerne damit weiter

machen. Als seine Fingerspitzen dann die Konturen meines Gesichtes nachzeichneten und mir nach und nach immer mehr Gänsehaut und Bauchkribbeln bescherten, blickte ich fragend zu ihm. Er grinste frech und setzte seine Erkundungstour fort. Ganz zufällig widmete er sich meinem Oberkörper. Vom Nacken aus strich er über meine Schultern, an den Seiten hinab und dann zielsicher zu meiner Brust.
„Hey!", unterbrach ich ihn, gespielt empört.
„Hm?" Unschuldig trafen sich unsere Blicke.
„Ich weiß genau, was du vorhast, Freundchen." Warnend erhob ich meinen Zeigefinger.
„Ach ja? Und das wäre?" Er streichelte spielerisch weiter über mein Shirt. Ich musste mich wirklich zusammenreißen. Natürlich machte es mich ziemlich an und ich liebte es, wenn aus einer ganz normalen Situation heraus die Leidenschaft wie ein Feuer entfacht wurde.
„Du tust echt alles, damit ich diesen Film nicht sehen kann. Dazu ist dir jedes Mittel recht, du Spinner." Ich zog ihn damit auf, wusste ja, dass ich mit meiner Aussage zumindest teilweise recht hatte.
„Alles klar, habe es verstanden." Er nahm sofort seine Hände von mir und ließ sie neben seinem Körper auf dem Sofa ruhen. „Dann eben nicht."
Wie schon erwähnt – lügen konnte er. Schauspielern hingegen nicht, dementsprechend wusste ich, dass er nicht wirklich gekränkt oder eingeschnappt war.

Im Film hatte der Trauzeuge gerade einen ausgedehnten Einkaufsbummel mit der Braut hinter sich und befand sich nun alleine mit ihr in einem Aufzug, der völlig unerwartet auch noch steckenblieb, was wie in jedem Film dazu führte, dass sich die Darsteller näherkamen.

„Oh Mann, bitte!" Erschrocken blickte ich zu Jani, er hatte sich während seinem erneuten Gemaule nun die Hand vor die Augen gehalten. „Lass mich bitte umschalten."
Ich schüttelte lächelnd den Kopf. „Was ist denn los? So schlimm kann's doch gar nicht sein."
„Du hast ja gar keine Ahnung...", erklärte er kalt.
Ich kannte ihn nun doch schon gut genug, um zu wissen, dass ihn etwas beunruhigte, also erlöste ich ihn vom Fernseher. Dafür wollte ich natürlich gleich wissen, wovon ich seiner Meinung nach keine Ahnung hatte.
„Ach, nichts", murmelte er nur.
„Nichts?" Langsam ärgerte ich mich über sein Verhalten, aber ich wusste auch, dass man bei ihm vorsichtig sein musste. Er sprach nicht gern über gewisse Dinge und gerade eben schien ich ein solches Thema anzubahnen.
„Sag's mir", forderte ich ihn erneut auf.

Er zuckte mit den Schultern und starrte auf den schwarzen Fernseher. „Ist nur dieser blöde Film... Hat irgendwie Erinnerungen geweckt. Unschöne Sache."
Da ich immer noch mit dem Kopf auf seinem Schoß lag, nutze ich die Nähe zu ihm und strich ihm sanft über die Wange.
„Erzähl's mir, ja?"
Er atmete tief ein. „Und wenn du mich danach für ein Arschloch hältst?"
Meine Augen weiteten sich, wie zur Hölle kam er auf so einen Blödsinn?
„Red nicht so einen Quatsch! Es gäbe nichts, das ändern könnte, was ich für dich empfinde, und das weißt du auch."
Er nickte, nahm einen Schluck Cola und lehnte sich dann wieder zurück.
„Ist schon ein paar Jahre her, das Ganze. Ich hatte einen

besten Freund, Juha. Wir spielten schon im Sandkasten miteinander, waren in der Schule befreundet und auch danach noch. Irgendwann hatte er seine erste Freundin, Tiina hieß sie." Er verstummte für einen Moment. Ich hatte ihn die ganze Zeit beobachtet. Er schien hellwach, es war deutlich zu erkennen, dass es ihm nicht leicht fiel, darüber zu sprechen, doch bisher hatte ich auch noch nicht die leiseste Ahnung, worum es genau ging. Er legte seine Hand auf meinen Bauch, strich leicht darüber und erzählte dann weiter:

„Jedenfalls waren die beiden schon eine Weile zusammen. Wir verbrachten viel Zeit miteinander, zogen um die Häuser und so. Auf Juha konnte ich mich echt verlassen, er war immer für mich da und wir hatten nie wirklich Streit. Bis zu diesem einen denkwürdigen Abend. Er war früher gegangen, musste zu irgendeiner Familienfeier und ich blieb noch eine Weile mit Tiina in diesem Club. Danach war irgendwie nichts mehr wie zuvor." Wieder machte er eine Pause und blickte in meine Augen.

„Du hast was mit der Freundin deines besten Freundes angefangen?", fragte ich vorsichtig nach, er nickte augenblicklich.

„Ich weiß nicht, wie das passieren konnte, aber ich konnte auch nichts dagegen tun. Und es war ja auch nicht so, als hätte es ihr etwas ausgemacht. Wobei, ich will das nicht entschuldigen, ich habe Scheiße gebaut."

„Was ist dann passiert? Wie ging es weiter?" Natürlich war ich neugierig, auch wenn es sich sicher nicht um eine Geschichte mit Happy End handeln würde.

„Na ja, wir waren uns zwar nahe gekommen, ich hatte ein wahnsinniges Knistern zwischen uns gefühlt, doch wirklich gelaufen ist da erst einmal nichts. Irgendwann war Juha aber ein paar Tage unterwegs, also haben Tiina und ich zu zweit etwas unternommen. Da ist es dann irgendwie passiert – wir haben uns geküsst und ich habe ihr aus einer Laune heraus gestanden, dass ich mich in sie verliebt hatte. Sie sagte, sie empfände dasselbe für mich, verlangte aber von mir, es Juha fürs erste nicht zu sagen. Sie würde das selbst in die Hand nehmen, ihm alles beichten, sobald sie den richtigen Zeitpunkt gefunden hätte."

„Das klingt nicht gut. Wann hat sie es ihm gesagt?"

„Gar nicht. Sie hat uns beide hingehalten. Mich wollte sie immer irgendwo treffen, wo uns niemand sehen konnte, und mit ihm war sie weiterhin zusammen. Ich habe mich so beschissen gefühlt bei dem Ganzen. Juha war doch mein bester Freund und ich hatte etwas mit seiner Freundin am Laufen. Ich hab's irgendwann nicht mehr ausgehalten, bin zu ihm gegangen und habe mein Gewissen erleichtert. Er ist auch gar nicht ausgetickt oder so. Er war einfach nur traurig, doch das wirklich Irre an der Sache war, dass er sich dann ernsthaft bedankt hat, dass ich ehrlich war und es ihm gesagt habe."

Ich wusste nicht so recht, wie ich reagieren sollte. In erster Linie fragte ich mich, warum mir Jani das nicht vorher schon erzählt hatte.

„Ich finde auch, dass es richtig war, ehrlich zu sein", bemerkte ich. Um meiner Meinung mehr Ausdruck zu verleihen, griff ich mit meiner Hand nach seiner, die immer noch auf meinem Bauch ruhte. „War sicher eine schlimme Zeit für dich."

Wieder nickte er zustimmend

„Leider ist das noch nicht das Ende der Geschichte. Es vergingen ein paar Tage, nachdem ich reinen Tisch gemacht hatte. Irgendwie hatte ich mich nicht getraut, mich bei ihm zu melden, aber dann hat er mich angerufen. Er schlug vor, dass wir uns zu dritt zusammensetzen und darüber reden sollten.

Wir müssten eine Lösung finden, wir waren doch Freunde. Ich war ziemlich überrascht darüber, weil ich eben befürchtet hatte, dass damit alles in die Brüche gehen würde. Es kam also zu diesem Treffen. Wir waren bei Juha zu Hause, er, Tiina und ich. Er fing an über Freundschaft zu philosophieren, wie wichtig ich ihm wäre und dass er Tiina aufrichtig liebe. Plötzlich ist sie einfach aufgesprungen, hat ihm ins Gesicht geschrien, dass sie ihn nie geliebt hätte und sie mit mir zusammen sein wollte. Da ihrer Meinung nach nun die Fronten geklärt wären, könne sie das auch zugeben. Ich bin aus allen Wolken gefallen. Eigentlich hätte es mich ja freuen sollen, aber dieses Zusammentreffen lief einfach so was von schief. Juha war wie üblich die Ruhe selbst, hatte sie nochmal gefragt, ob sie das ernst meinte, aber sie musste ja noch einen draufsetzen und ihm diverse Dinge an den Kopf werfen. Er wäre in ihren Augen gar kein richtiger Mann und sie sei nur mit ihm zusammen gewesen, um näher an mich heranzukommen. Ich war total geschockt. Ich dachte, sie liebten sich wirklich."
Jani war komplett in Gedanken versunken, während er erzählte. Es machte ihm sichtlich zu schaffen.
„Tut mir leid." Ich versuchte, zu ihm durchzudringen, doch die richtigen Worte fehlten mir.
„Tiina ist aufgesprungen, hat mich an der Hand gepackt und mit sich gezogen. Sie meinte, dass wir da nichts mehr verloren hätten. Juha sagte kein Wort, er stand auf und als ich mich zu ihm umdrehte, starrte er mir so intensiv in die Augen, dass ich stehenbleiben musste. Ich habe mich entschuldigt für alles, er meinte nur: Ich bin nicht böse auf dich, mein Freund. Schicksal oder Karma, das ist es. Ein einziger Wahnsinn war das damals."
„Das glaube ich dir", stimmte ich zu. „Ich hoffe, du hast dir nicht auf ewig Vorwürfe wegen der Sache gemacht."

Schließlich drehte er den Kopf zu mir. „Ich habe mir sehr lange Vorwürfe gemacht, schlimme Vorwürfe und das zu Recht. Während ich zu beschäftigt damit war, Tiinas Erwartungen und meine Hoffnungen in dieser Verbindung zu erfüllen, hatte ich keine Ahnung davon, wie es Juha ging. Aus den Augen, aus dem Sinn sozusagen. Eines schönen Tages rief seine Mutter bei mir an, um mir mitzuteilen, dass Juha mit seinem Auto auf der Autobahn vor Helsinki in den Gegenverkehr geraten war. Er hatte schwere Verletzungen, musste lange im Krankenhaus bleiben. Er wollte sich umbringen wegen der Scheiße, die ich abgezogen hatte. Verstehst du?"

Ich nickte, etwas antworten konnte ich nicht. Es hatte mir schlichtweg die Sprache verschlagen.

„Juha ist ein paar Monate nach all dem zum Studium nach Amerika gegangen. Ich habe mich nie getraut, ihn zu besuchen oder mich bei ihm zu melden. Mein schlechtes Gewissen hat mich schier aufgefressen. Ich war sogar froh, als er Finnland verlassen hat."

„Das ist wirklich schlimm, ich kann mir nur ansatzweise vorstellen, was du deshalb durchgemacht hast, aber es ist eben auch eine Weile her. Juha hat bestimmt ein neues Leben. Ich bin mir sicher, dass er dir das heute nicht mehr nachtragen würde. Du hast eben einen Fehler gemacht, tun wir das nicht alle ab und an? Bist du mit Tiina dann wenigstens eine Weile zusammengeblieben?"

„Tiina?" Er schnaubte empört. „Vergiss es. Ich habe sie nun über fünf Jahre nicht gesehen. Wir waren damals auch nie richtig zusammen. Früher hatte sie immer so toll auf mich gewirkt, so besonders, doch in Wirklichkeit war sie total gefühlskalt und berechnend. Menschlich konnte ich plötzlich nichts mehr mit ihr anfangen. Mein schlechtes Gewissen hat sicher auch seinen Teil dazu beigetragen, dass sich unsere Wege recht schnell trennten. Anfang letzter Woche habe ich sie in der Stadt getroffen."

„Echt? Und wie war euer Zusammentreffen?" Ich wunderte mich darüber, dass er es mir nicht einfach gesagt hatte.

„Na ja, sie hat sich gefreut, mich zu sehen, mir zu unserem Erfolg gratuliert und mir dann ziemlich schnell erzählt, dass ihr Bruder noch Kontakt zu Juha hätte. Er hätte in Amerika ziemlich gut Fuß gefasst, einen guten Job hätte er außerdem und würde nicht einmal Weihnachten seiner Familie zuliebe nach Finnland kommen. So wie das klang, hat er das von damals immer noch nicht überwunden, sonst würde er seine Heimat nicht fürchten."

„Das glaube ich nicht. Vielleicht gefällt ihm Amerika auch einfach nur besser. Mach dir keinen Kopf deswegen, erst recht nicht, wenn wir nur einen Film sehen, in dem jemand seinem Freund die Frau ausspannt. So was passiert täglich."

Jani sah mich an. „Ja, aber um ehrlich zu sein, denke ich schon seit ein paar Tagen über die Sache nach, gerade nachdem ich Tiina wieder gesehen habe. Das hat alte Wunden aufgerissen. Mir wurde schlagartig bewusst, welche Angst ich habe, dass ich dich verlieren könnte. Du bist das Wichtigste für mich."

Ich musste lächeln. „Wegen Karma? Meinst du, er hat noch heute eine Voodoo-Puppe von dir, mit der er immer mal spielt, wenn es ihm in den Sinn kommt? Juha hat dich sicherlich längst vergessen und lebt einfach sein Leben und du deines. Mal davon abgesehen, Jani, ich will und werde dich nicht verlassen, du machst dir also schon allein deshalb vollkommen umsonst Sorgen. Mich wirst du so schnell nicht mehr los."

„Das ist schön." Er zwang sich dazu, mein Lächeln zu erwidern. „Ich geb dich auch nicht mehr her."

***

So seltsam das alles auch klingen mochte, ich konnte ihn verstehen. Manche Erlebnisse blieben einem einfach im Gedächtnis. Man vergaß sie nie. Gerade, weil Jani sich als Auslöser dafür sah, dass die vermeintlich intakte Beziehung seines besten Kumpels in die Brüche gegangen war und dieser daraufhin einen Suizidversuch unternommen hatte, war es fast nachvollziehbar, dass er immer mal darüber nachdachte, ob ihm etwas Ähnliches widerfahren könnte. Seine immer noch anhaltenden Schuldgefühle diesem Juha gegenüber fand ich allerdings gänzlich unnötig. Vielleicht gab es so etwas wie Schicksal, möglicherweise hatte Jani aber auch über die letzten Jahre selbst schon genug erlebt in Sachen Liebe, um diese – in seinen Augen existierende – Schuld beglichen zu haben? Ich wusste es nicht, konnte es schwer beurteilen, doch ich konnte mit absoluter Sicherheit sagen, dass weder Karma noch der Geist eines früheren Freundes unsere Beziehung gefährden würden.

- 9 -

„Guten Morgen", flüsterte er in mein Ohr.
„Hey", murmelte ich wie üblich gequält zurück. „Ist dieses Mistding kaputt?"
Er lachte. „Ich habe den Wecker ausgemacht, bevor er klingeln konnte. Ich weiß ja, wie sehr du ihn liebst."
Ich flüsterte ein fast überhörbares „Danke" und vergrub meinen Kopf im Kissen. Das Wackeln des Bettes verriet mir auch so, dass er am Aufstehen war.
„Du?"
Ich öffnete die Augen. „Was denn?"

„Wegen dem Ausflug in meine Vergangenheit haben wir ganz vergessen über die anstehenden Termine mit der Band zu sprechen."
„Stimmt", stellte ich fest.
„Wie wär's, wenn du später einfach mal bei den Proben vorbeischaust?" Sein Vorschlag klang mehr als angenehm. Hatte er wirklich akzeptiert, dass ich nicht jeden Morgen mit ihm zur Arbeit gehen wollte?
„Kann ich machen, ja."
Er packte die Klamotten unter seinen Arm, kroch nochmal zurück ins Bett, um mir einen Kuss zu geben, wünschte mir einen schönen Tag und ließ mich weiter schlafen.
Ja – so gefiel mir dieses Leben schon um einiges besser.
Allerdings hatte ich mir dieses Mal fest vorgenommen, nicht wieder den halben Tag im Bett zu verbringen, also stellte ich mir dieses nervige kleine Ding namens Wecker auf 9:30Uhr.

Ich begann meinen Tag mit einem starken Kaffee und einer Dusche. Wenn ich darüber nachdachte, wie mein Alltag ausgesehen hatte, bevor ich Jani begegnet war, konnte ich nur lachen. Ich hatte neun Stunden am Tag gearbeitet, konnte so gut wie nie ausschlafen und den Luxus, einfach zu tun, was ich wollte, hatte ich gar nicht gekannt. Im Bademantel tapste ich die Treppe nach unten, gab Janis Pullover, der nun schon drei Tage lang auf einer der Stufen ruhte, einen Tritt, so dass er Richtung Keller und Waschmaschine flog, schnappte mir mein Handy und setzte mich auf die Couch.
Zwei neue Nachrichten sprach ich zu mir selbst und begann zu lesen. Antti hatte sich nach meinem Befinden erkundigt. Sina wollte wissen, ob sie mich abholen und zum Proberaum mitnehmen sollte. Klares ja dafür, dass ich nicht Laufen musste.

Als ich gerade dabei war, meinen Mantel anzuziehen, klingelte es an der Tür. Mit drei großen Schritten hatte ich sie schon erreicht und geöffnet. Ein freundlicher, netter Mann im roten Overall hielt mir einen eher überdimensional großen Karton entgegen.

„Mit den besten Grüßen", kommentierte er. Zu meiner Überraschung war die Lieferung nicht annähernd so schwer, wie es auf den ersten Blick gewirkt hatte. Mühe machten mir lediglich die Gegenstände, die auf meinem Weg ins Wohnzimmer im Weg standen, da ich wegen dem Karton, den ich vor meinem Körper trug, kaum etwas sehen konnte. Somit riskierte ich unweigerlich, mit etwas zusammenzustoßen.

Ich stellte das Paket auf dem Tisch ab, holte eine Schere und begann, das Paketband an den Kanten einzuritzen, um den Karton vorsichtig öffnen zu können.

Zum Vorschein kam schließlich ein in endlos viel Papier eingewickelter Strauß voller wunderschöner Lilien. Ich war hin und weg. Ich liebte Blumen und neben Sonnenblumen waren Lilien meine absoluten Lieblinge.

„Wow!", seufzte ich, zu Tränen gerührt. Ich wusste nicht, dass man solche Blumen hier in Helsinki überhaupt kaufen konnte und dann auch noch im Herbst? Es waren mindestens zwanzig Lilien, alle verschieden in Farbe und Schattierungen. Besonders angetan hatten es mir die in leuchtendem Pink, die einen sehr schmalen weißen Blütenrand hatten. Aber auch die gelb-rot gemusterten Blumen waren so besonders und auffällig, dass ich sie hätte stundenlang anschauen können. Ich befreite den Rest des Straußes vom Papier und entdeckte dabei die Karte. Nach kurzem Überlegen entschied ich mich allerdings, den armen Blumen erst einmal Wasser zu holen. Es war gar nicht so einfach, etwas in Janis Haus zu finden, das man hätte als Blumenvase benutzen können. Dass er eine Vase im

eigentlichen Sinne besaß, hatte ich gar nicht erst in Betracht gezogen. Wie sollte ein Mann auch darauf kommen, sich eine Blumenvase ins Haus zu stellen?
Es dauerte wirklich eine ganze Weile, bis mir etwas annähernd Akzeptables ins Auge fiel. Ein bisschen Grünzeug besaß Jani ja dennoch, wenngleich ich mich auch wunderte, wie dieses überhaupt überleben konnte, da er so gut wie nie zu Hause war. Kurzerhand stahl ich dem Ficus den Übertopf. Danach widmete ich mich der Karte.
Für ein wenig Farbe im trüben finnischen Herbst. Ich hoffe, sie gefallen dir, auch wenn sie nicht im Entferntesten an deine Schönheit herankommen. In Liebe, dein chaotischer Spinner.

Sina war von Janis Geste schwer beeindruckt, als sie kurz darauf vor meiner Tür stand. Durch die Aktion mit den Blumen hatte ich sie nicht wie besprochen schon an der Straße abgefangen. Da sie schon geparkt hatte und im Haus stand, bot ich ihr einen Kaffee an, sie lehnte allerdings ab.
Wider Erwarten hatte sie es eilig – sie wollte nämlich vor dem Besuch bei den Bandproben unbedingt noch einen neuen Klamottenladen mit mir in Augenschein nehmen. Ihr Interesse war verständlich, schließlich wollte man dort die Kunden mit allerhand attraktiven Eröffnungsangeboten locken.
Ich hatte nichts gegen den kleinen Abstecher einzuwenden, immerhin war shoppen mit Sina ganz nach meinem Geschmack, denn sie hatte in etwa die gleiche Philosophie beim Einkaufen wie ich. Was gefällt, wird mitgenommen. Anprobieren war was für Anfänger oder Menschen mit einer Menge Geduld. Da wir beide zu keiner dieser Gruppen gehörten, kehrten wir mit vier vollen Tüten zum Auto zurück.
„Kommst du eigentlich mit auf Tour?", fragte ich auf der Fahrt. Sina lächelte. „Weiß nicht so recht. Du?"

Ich nickte. „Aber ich habe es Jani noch nicht gesagt."
„Er zittert sicher schon beim Gedanken daran, dass du nein sagen könntest", spottete sie und auch ich konnte mir ein Grinsen nicht verkneifen.
„Also, wenn du mitkommst, gehe ich auch. Da können wir die Städte unsicher machen, während die Herren arbeiten."
„Klingt gut", freute ich mich. „Warst du schon oft mit dabei auf Tour?"
Sina überlegte. „Nicht wirklich, es ist ziemlich stressig, gerade weil wir öffentlich eigentlich nicht als Paar gesehen werden sollen. Ich meine, wir lieben uns und müssen das zwar nicht in die weite Welt hinausposaunen, aber auf diese Lügennummer à la ich habe keine Freundin habe ich auch nur bedingt Lust. Der andere negative Punkt ist, dass sie auf einer Tour so eingespannt sind, dass wenig Zeit bleibt, um zusammen etwas zu unternehmen. Bin richtig froh, dass es dich jetzt in Janis Leben gibt – da habe ich jemanden, mit dem ich meine Zeit verbringen kann. Und das tue ich zudem auch noch sehr sehr gerne."
Was sie sagte, schmeichelte mir, ich mochte sie ja auch gerne, aber diese eine Sache brannte mir immer noch unter den Nägeln. Je mehr ich Sina als Freundin sah, desto häufiger dachte ich über Janis Worte nach. Darüber, dass sie ihren Freund betrog. Ich fühlte mich schlecht dabei, Sina nicht einmal darauf angesprochen zu haben. Ich wollte sie keinesfalls verärgern, aber es interessierte mich eben brennend und ich wollte nicht, dass etwas zwischen uns stand.
„Und wenn du nicht mit auf Tour bist? Nicht eifersüchtig, oder so? Ist ja nicht so, als hätten die Jungs keine attraktiven Fans." Es hatte mich einiges an Überwindung gekostet, doch Sina lächelte weiterhin freundlich.
„Oh ja, sehr viele hübsche Fans, die weiß Gott was für eine

Nacht mit ihnen geben würden. Da gehört eine Menge Vertrauen dazu. Ganz unter uns, ich frage mich oft, woher ich die Kraft dazu nehme. Andererseits – Jussi muss mir ja auch vertrauen können, schließlich gibt es auch hier in Helsinki andere Männer."

Skeptisch zerpflückte ich ihre Antwort in meinem Kopf. Was genau konnte ich daraus erfahren? Dass sie sich vertrauten und nie betrügen würden? Oder etwa gerade das Gegenteil? Es hatte keinen Zweck, ich musste ins Detail gehen.

„Ist denn mal… ich meine… gab es mal einen Grund? Eine Situation, in der euer Vertrauen auf die Probe gestellt wurde? Ich finde, so ein Tourleben ist schon schwierig, für euch beide. Ich bin zwar jetzt nicht wahnsinnig eifersüchtig, aber wenn ich mir vorstelle, dass wir beide lange Zeit getrennt wären – ich weiß nicht."

Sina schüttelte den Kopf. „Ihr seid ja nicht lange getrennt, da brauchst du dir also keine Gedanken drüber zu machen. Jussi und ich – wir sind über vier Jahre zusammen, haben uns nie betrogen und sind auch nie auf den Gedanken gekommen. Und was ganz wichtig ist – wir haben uns geschworen, dass, sollte es doch einmal so weit kommen, wir es dem anderen sofort sagen. Soviel Ehrlichkeit sollte es in einer Beziehung nämlich geben. Ohne Vertrauen und Ehrlichkeit funktioniert es nicht."

Sina hatte mit so einer Überzeugung in ihrer Stimme gesprochen, dass ich irgendwie keinen Zweifel am Wahrheitsgehalt hatte. Sie hatte Jussi also gar nicht betrogen.

„Ja, da hast du recht", stimmte ich zu, bevor ich in meiner Gedankenwelt verschwand. Was sollte das Ganze? Hatte Jani mich etwa angelogen? Und wenn dem so wäre, warum? Er konnte doch nicht einfach etwas erfinden, das nicht stimmte?

Sonnenblumenglück

Oder hatte Jussi gesagt, dass Sina ihn betrogen hätte, obwohl das gelogen war? Aber wo wäre darin der Sinn?
Ich kam einfach nicht weiter – die Vermutung, dass Jani nicht die Wahrheit gesagt hatte, machte mich jetzt schon fast verrückt. Mein Magen tat augenblicklich weh. Herrlich – und in ein paar Minuten würde ich auf die Jungs treffen und heucheln müssen, dass ich gerne mit ihnen auf Tour gehen würde.

„Und die Sonne geht auf...", schmachtete Jani mich an, nahm mich in den Arm und setzte zum Kuss an. Ich drehte meinen Kopf so geschickt zur Seite, dass er nur meine Wange erwischte.
„Was ist denn los?", wollte er sofort wissen. „Hast du mein kleines Präsent bekommen?"
Es dauerte einen Augenblick, bis mir die Blumen überhaupt wieder ins Gedächtnis kamen. Wie hatte ich sie vergessen können?
„Ja, habe ich, danke." Ich schluckte, sehr überzeugend war ich mit meiner Reaktion sicherlich nicht gewesen, aber es war eindeutig der falsche Ort, um mit ihm darüber zu reden, was mir wirklich durch den Kopf ging. Ich musste damit warten, bis wir alleine waren.
„Was ist los? Etwas nicht in Ordnung?" Das Lächeln war längst aus seinem Gesicht verflogen.
„Nichts", antwortete ich schnell und hoffte, dass er mir das abnahm. Er blieb wie angewurzelt vor mir stehen, sah mir direkt in die Augen, dann fuhr er mir mit den Fingern über die Wange.
„*Nichts* sieht anders aus", flüsterte er sanft. „Also?"
Überzeugt schüttelte ich den Kopf. „Wir sind hier wegen den Terminen, also sollten wir uns auch darum kümmern."

Er hatte meine Geste verstanden, nahm meine Hand in seine und zog mich in Richtung Couch. Mir war klar, dass er es nicht darauf beruhen lassen würde, doch für den Augenblick hatte er es, wie es schien, aufgegeben.
„Also", begann er und deutete auf das Blatt in seiner Hand. „Montag geht's los in London, dann weiter nach Amsterdam, Berlin, Köln, Paris, Zürich, Wien, ein kleiner Abstecher nach Spanien. Danach geht es wieder zurück. Bist du dabei?"
Ich starrte auf das Blatt, konnte aber eigentlich nichts lesen. Tatsache war nur, dass ich ihm antworten musste. Sollte ich nun davon ausgehen, dass sich die Dinge geklärt hätten, bis wir auf Tour gingen? Vielleicht stellte sich heraus, dass Jani noch bei ganz anderen Dingen gelogen hatte. Ich wusste auf einmal gar nichts mehr.
„Bitte, bitte." Er lächelte leicht amüsiert.
„Ja, sicher, war nur gerade etwas in Gedanken", rechtfertigte ich meine späte Antwort.
„Sehr überzeugt klingt das nicht." Die anfängliche Freude in seinem Gesicht war in Besorgnis umgeschlagen. Er sah zu den anderen Jungs, die mit Sina zusammen an einem kleinen Tisch standen und ebenfalls gerade den Tourplan durchgingen.
„Melissa kommt mit, könnt also alles wie besprochen buchen. Sind gleich wieder da."
Seppo nickte ihm zu. „Perfekt, dann machen wir's so."
„Gut." Jani wandte sich wieder mir zu. „Und wir suchen uns jetzt ein ruhiges Fleckchen, damit du mir sagen kannst, was zur Hölle los ist."
Eine Wahl hatte ich nicht, mein Freund war in solchen Dingen mehr als stur. Er hatte ein sehr gutes Gespür dafür, wenn etwas nicht in Ordnung war. Bei mir wusste er, dass er nur hartnäckig genug sein musste, um zu erfahren, wo der Schuh drückte.

Wir gingen ein paar Schritte um das Fabrikgebäude herum und blieben an einem kleinen Wandvorsprung stehen.

„Also?" Erwartungsvoll durchbohrte er mich mit seinem Blick.

„Müssen wir wirklich jetzt darüber reden? Du willst doch arbeiten. Und es ist ja nicht so, als hätten wir später keine Zeit mehr." Ich wollte mich gar nicht herausreden, nur fand ich die ganze Situation ziemlich unangenehm.

„Ich denke schon, dass wir jetzt reden müssen. Schließlich sehe ich dir an, dass etwas nicht stimmt. So leicht lasse ich dich nicht wieder hier abhauen." Während er sprach, hatten sich seine Gesichtszüge wieder etwas entspannt, doch seine Worte bestätigten nur, was ich ohnehin befürchtet hatte. Er wollte eine Erklärung.

Andererseits, warum sollte ich mich zurückhalten? Ich würde mit ihm sowieso darüber reden müssen, also warum dann nicht jetzt?

„Na gut, sagen wir mal so, ich habe Neuigkeiten für dich", sagte ich überzogen ironisch. Sofort bildeten sich kleine Fältchen auf seiner Stirn. Da er nicht nachfragte, konnte ich gleich loslegen.

„Sina hat Jussi gar nicht betrogen. Ich habe sie gefragt. Es ist nie etwas passiert. Bitte komm jetzt nicht auf die Idee, dass sie lügen könnte. Ich habe schon ein wenig Menschenkenntnis und ich glaube ihr das, zweifellos."

Jani wirkte wie erstarrt, keinerlei Regung war zu erkennen. Schließlich schüttelte er den Kopf und drehte sich ein Stück von mir weg.

„Das kann nicht sein, Melissa."

„Was kann nicht sein? Hast du mich etwa angelogen? Warum stellst du eine derartige Behauptung auf? Alles nur, weil dir nicht passt, dass ich Zeit mit ihr verbringe? Willst du mich als nächstes mit Gewalt von ihr fern halten?" Die Anspannung fiel

langsam von mir ab, wurde durch Wut und Enttäuschung ersetzt.
„So ist das nicht und ich habe auch nichts erfunden."
„Aber es ist eine Lüge!" Ich schrie beinahe. „Warum tust du das? Du siehst doch, dass es sich so oder so klärt. Du machst alles kaputt, indem du mich belügst. Sag mir wenigstens, warum! Erkläre es mir!"
Er machte noch einen Schritt näher zu mir, blickte mir hilflos wie ein kleines Kind in die Augen.
„Ich war mir nicht bewusst, dass ich dich anlüge."
Nun erschien mir die ganze Sache erst recht kompliziert.
„Was soll das denn nun schon wieder heißen?"
Wieder atmete er tief durch, rieb sich die Augen.
„Ich kann dir das so nicht erklären. Ich..." Er zuckte mit den Schultern. „Ich habe so ein blödes Foto gesehen, auf dem Sina einen anderen küsst. Was hätte ich denn denken sollen? Ich konnte Jussi ja schlecht darauf ansprechen. Erstens geht es mich nichts an und dann hätte ich womöglich mit dem, was ich gesehen habe, schon wieder eine Beziehung zerstört."
Die Verwunderung war mir förmlich ins Gesicht geschrieben.
„Ein Foto? Wo denn? Wieso hast du es mir nicht gezeigt?"
„Melissa." Er atmete tief ein. „Was soll ich dir sagen? Es war in der Post und für mich war es Beweis genug. Dass du mir unterstellst, dass ich lüge; das finde ich hingegen nicht besonders schmeichelhaft."
„Was soll ich denn bitte denken? Dein Verhalten ist..." Ich fühlte mich angegriffen, er machte mir Vorwürfe, statt auf meine zu reagieren.
„Mein Verhalten? Soweit ich mich erinnern kann, glaube ich dir, wenn du mir etwas sagst. Du allerdings..." Er sprach nicht weiter, überließ den Rest des Satzes meiner eigenen Interpretation. Leider dämmerte mir langsam aber sicher, dass

er mit seiner Behauptung nicht ganz Unrecht hatte. Ich hatte Sina zur Rede gestellt und ihr geglaubt. Somit also Janis Glaubwürdigkeit in Frage gestellt. Natürlich kränkte ihn das. Er war mein Partner, ich sollte ihm vertrauen.

„Du hast ihr ohne Zweifel sofort geglaubt und mich als Lügner bezeichnet." Während er sprach, schaute ich zu Boden, dann trafen sich unsere Blicke wieder. Er war gekränkt, die Tragweite des Ganzen war mir nicht bewusst gewesen. Ich hatte niemanden verletzten wollen, schon gar nicht Jani, doch diese Mischung aus Lügen, Wahrheit, Behauptungen, Anschuldigungen und nicht existierenden Beweisen, gepaart mit den jeweils eigenen Gefühlen und Ängsten der Beteiligten, überforderte mich einfach maßlos.

„Es tut mir leid", gab ich kleinlaut zu. „Aber du hättest mir einfach gleich die Wahrheit sagen und vor allem zeigen sollen."

„Ich habe Angst, Melissa. Angst, dich zu verlieren." Trotz allem war seine Stimme stark und selbstbewusst, er fühlte sich sicher. „Mag sein, dass ich deshalb das ein oder andere Mal überreagiere oder nicht ganz objektiv urteilen kann, aber ich weiß, was ich gesehen habe."

„Dann zeig mir einfach dieses blöde Foto und wir schaffen diese Sache gemeinsam aus der Welt." Langsam aber sicher war mir egal, ob es nun der Wahrheit entsprach oder nicht. Ich wollte diesem Durcheinander wirklich ein Ende setzen und um Himmels willen nicht länger mit Jani diskutieren müssen. Genauso wenig wollte ich, dass wir uns darin verlören oder gar voneinander entfernen würden. Und Vertrauen war ein Thema, über das wir uns nur zu leicht streiten konnten.

„Wie du willst." Er zuckte mit den Schultern. „Wir reden später."

Für den Moment gab ich auf. Wenn er nicht wollte, würde er auch nichts dazu sagen, aber immerhin hatte er mich auf später vertröstet und das würde ich sicher nicht vergessen.

Sina hatte ihre Zusage für die Termine gegeben und wollte langsam auch wieder aufbrechen. Ich entschied mich der Bequemlichkeit halber wieder mit ihr zu fahren.

Jani hatte auf dem Weg zurück in den Proberaum kaum ein Wort gesprochen. Einmal war er stehengeblieben, hatte mich kopfschüttelnd angesehen.

„Ich habe das doch nicht erfunden! Wieso denkst du das von mir?"

„Das habe ich doch gar nicht. Ich habe dich nur gefragt, weil ich diesen ganzen Mist einfach nicht verstehe!" Meine Verzweiflung ließ eine erste Träne über meine Wange kullern. Ich hatte das so nicht gewollt.

„Nein." Jani nahm mein Gesicht in seine Hände und strich die Träne mit den Fingerspitzen weg. „Es tut mir leid. Das letzte, was ich möchte, ist, dich zum Weinen zu bringen."

Ich schluckte, unterdrückte meine Traurigkeit, versuchte, mich zu konzentrieren.

„Ich liebe dich." Er küsste mich auf die Stirn, so liebevoll und zärtlich wie nur er es konnte. „Vergiss das bitte nie."

***

Ich persönlich glaubte gar nichts mehr. Meine gerade noch perfekte neue Welt schien sich mehr und mehr in Lügen und Ungewissheiten zu verstricken. Ich hatte Misstrauen dem Menschen gegenüber, den ich am meisten liebte, das konnte nicht gut sein. Der Optimist in mir allerdings hoffte, dass sich alles klären und wieder „gut" werden würde.

„Habt ihr etwa gestritten?", fragte Sina schließlich, nachdem ich zehn Minuten lang im Auto kein Wort gesprochen hatte.
„Frag lieber nicht", antwortete ich knapp.
„Tu ich aber – also?"
„Ich glaube, ich muss das erst einmal mit mir selbst ausmachen. Wenn's okay ist, heule ich mich eventuell danach dann bei dir aus." Wir mussten beide grinsen.
„Ist genehmigt", erwiderte sie. „Kannst mich jederzeit anrufen."
Mit diesen Worten verabschiedeten wir uns und ich betrat Janis Haus.
Als ich den immer noch umwerfend schönen Lilienstrauß erblickte, liefen mir schlagartig ein paar Tränen übers Gesicht. Er hatte sich solche Mühe gegeben, um mir eine Freude zu machen und ich hatte ihn, statt mich angemessen zu bedanken, als Lügner betitelt. Wow, das konnte ja kaum besser laufen. Ich war offensichtlich eine wahre Expertin im Beziehungführen.

Nach einer halben Stunde Grübeln auf der Couch lief ich im Wohnzimmer auf und ab. Gebracht hatte das bisher nicht viel.
Ich plagte mich eine Weile mit Selbstvorwürfen, dann versuchte ich wiederum die Situation mit klarem Kopf zu analysieren.
Ich fragte mich, ob es tatsächlich möglich war, dass Jani wegen eines Fotos so ausgerastet war? Das war mein Stichwort – das Foto. Wenn es eines gäbe, hätte er es doch sicher irgendwo aufgehoben.
Ich warnte mich selbst. Das konnte ich doch nicht tun! In seinen Sachen herumzuschnüffeln! Genau deswegen hatte ich mich über ihn aufgeregt und jetzt dachte ich selbst daran. Doch ich musste es tun, auch, wenn ich mich dafür schon wieder selbst verurteilte.

Morgan Stern

***

Neben dem Schlafzimmer war eine Art Arbeitszimmer, in dem er sich oft aufhielt. Ich beharrte darauf, es sein Spielzimmer zu nennen, denn die meiste Zeit widmete er sich dort der Playstation oder seinem Laptop. Während der Fernseher auf der einen Seite des Raumes stand und die Mitte durch ein Sofa abgeteilt wurde, war die rechte Seite des Zimmers mit Regalen ausgefüllt. Ich wagte einen Blick in die einzelnen Fächer, die meisten davon waren mit Steuererklärungen, Rechnungen, Verträgen und Kontoauszügen gefüllt.
Es war etwas schwer nachzuvollziehen, dass das Janis Werk war, denn im Normalfall war er nicht gerade ordentlich. In einigen Schubfächern stapelten sich alte CDs, in anderen waren Fotoalben. Ich blätterte ein paar durch, Jani als Zehnjähriger, Jani beim Schwimmen. Sollte mir den Platz mal merken und bei Gelegenheit nochmal die Fotos durchgucken, war ja richtig süß, ihn als Kind zu sehen.
So spannend diese Sucherei auch sein mochte, sie hatte noch nicht zum Ziel geführt, also musste ich weiter machen. Nachdem ich alles bis auf das Bücherregal durch hatte, stand ich ratlos vor der Schrankwand. „So schwer kann das doch nicht sein."
Mein Blick schwenkte über die Regalreihen, alles in Finnisch, keine Ahnung, welche Bücher das überhaupt waren. Eines aus der Reihe weckte meine Neugier allerdings doch. Ich sah nur den Einband, dieser bestand aus vielen verschiedenen Farben und hob sich eindeutig vom Rest ab. Ich streckte mich, versuchte, das Buch zu greifen. Das klappte nicht ganz, denn es fiel mir nämlich entgegen – zusammen mit einer Klarsichthülle, die offensichtlich darin gesteckt hatte.
„Nee, oder?", fragte ich mich selbst lachend und überlegte kurz,

ob ich mich erst dem Buch oder dem geheimen Inhalt der Hülle widmen sollte. Auf dem Cover des Buches waren die Polarlichter zu sehen, darum also die bunten Farben. Frage geklärt – weiter zu dem Inhalt der Klarsichthülle.

Ich zog einen weißen Umschlag heraus – adressiert an Jani.
Vorsichtig öffnete ich ihn, zog ein weißes Blatt heraus; ein einziger Satz in Finnisch. Wäre ja auch zu einfach gewesen, wenn ich so schnell schon am Ziel gewesen wäre. Mit der finnischen Sprache konnte man mir echt eins reinwürgen und ich ärgerte mich nach wie vor darüber, dass mein Sprachtalent nicht vorhanden war.
Die nächsten beiden Umschläge beinhalteten das gleiche, vermutlich ebenfalls Briefe, beim vierten schließlich fand ich das so lange Gesuchte.

Ein Polaroid – ich erkannte Sina von der Seite und einen blonden Jungen, den sie im Arm hielt. Rechts unten im Foto stand das Datum – ich überlegte kurz – um die vier Wochen her. Auf dem weißen Rand des Fotos war wieder etwas auf Finnisch geschrieben.
Wer verwendete heute eigentlich noch Polaroids? War nicht mehr ganz so zeitgemäß oder gehörte das zum Retro-Trend?
Erneut analysierte ich das Bild. Konnte man schlecht sagen, was Sina mit diesem Typen verband, aber er wirkte recht jung. Und sie? Man sah ihre Gesichtskonturen zwar undeutlich, konnte sie aber erkennen, einzig ihre Haare waren länger als sie sie jetzt trug. Da stand etwas auf dem Foto. Ich kniff die Augen zusammen. Wieder Finnisch...
Ich hatte die Wahl zwischen Google oder jemanden anrufen, der sich damit auskannte.

Letzteres erschien mir aus mehreren Gründen als sinnvoller, denn in Frage kam nur die Person, um die es letztendlich ging: Sina.

„Sinas Kummertelefon, wie kann ich behilflich sein?", begrüßte sie mich sofort.
„Hey, eigentlich würde ich dich gern um einen Gefallen bitten." Ich ignorierte ihren Scherz, ich war einfach zu aufgebracht und gleichermaßen neugierig.
Ich erzählte ihr, dass ich einen Zettel gefunden hatte, auf dem ein Satz auf Finnisch stand, und bat sie, es mir zu übersetzen. Trotz meiner Bemühungen beim Vorlesen dauerte es einen Augenblick, bis sie mir den Sinn wiedergeben konnte: „Also, ich weiß ja nicht, klingt wohl seltsam, aber es heißt: *Was macht deine Freundin ohne dich?*"
Ich konnte nichts antworten, ich war viel zu schockiert.
„Mel?", fragte sie nach. „Bist du noch dran?"
„Ja", antwortete ich hastig.
„Was ist denn? Wo steht der Satz drauf?"
„Auf einem Foto – einem von dir."
„Was?", schallte es durchs Telefon. „Von mir? Ich bin schon auf dem Weg!"
Ohne zu zögern hatte sie das Gespräch beendet. Mir war es unangenehm, dass sie wegen mir schon wieder ins Auto steigen musste, aber so gäbe es zumindest eine Chance, dass sie Licht in die Sache bringen konnte.

***

Sina riss mir das Polaroid fast aus der Hand und starrte darauf.
„Ach, darum geht's?" Sie schüttelte lachend den Kopf. „Das ist ein uraltes Bild. Der Typ ist Aki, mein Partner vom Schulabschlussball. Wann war das nochmal? Oh je, das ist

schon ein paar schöne Jährchen her."

„Das Datum sagt etwas anderes." Ich deutete mit dem Finger auf die roten Ziffern rechts unten am Bildrand und sofort bekam Sina große Augen.

„Oha, da hat sich aber einer große Mühe gegeben und ein aktuelles Datum eingefügt. Ein Hoch auf die Bildbearbeitung. Aber ganz ehrlich, schon allein wegen meinen Haaren kann es nicht erst ein paar Wochen alt sein."

Eben diese Tatsache war mir auch schon aufgefallen. Auf dem Bild waren ihre Haare nicht nur länger, sondern auch richtig hellblond. Es dauerte nicht lange, bis sie mich nach der ganzen Geschichte fragte. Ich erklärte ihr, was Jani am Abend unseres Streites über sie gesagt hatte und dass dieses Bild wohl der Auslöser dafür gewesen war.

Verständlicherweise regte es sie auf, dass Jani ihr eine Affäre unterstellte und sie als Betrügerin abgestempelte, aber wir waren uns beide auch einig darüber, dass hier jemand ein ganz mieses Spiel mit Jani abzog.

Die Variante, dass Jani selbst das Foto manipuliert hatte, fiel weg – wenn dem so gewesen wäre (was schon krank wäre), dann hätte er es mir auch gezeigt und nicht so versteckt, damit ich es nicht finden würde.

So seltsam es auch klingen mochte, in mir breitete sich ein Gefühl der Erleichterung aus. Er hatte mich nicht belogen. Dieses Bild existierte wirklich und ich hatte auch noch an ihm gezweifelt. Ich sollte mich nicht gut fühlen, schon alleine deshalb, weil ich ihm misstraut hatte. Doch andererseits beruhigte es mich, dass weder er noch Sina gelogen hatten und ich somit also doch etwas auf meine Menschenkenntnis vertrauen konnte.

„Aber ganz ehrlich, Melissa." Sina kratzte sich die Stirn. „Er ist ein Star, ist das nicht eher so etwas wie sein täglich Brot, dass Gerüchte verbreitet werden? Fotos tauchen auf und erfundene Geschichten werden in der Klatschpresse abgedruckt? Ich meine, er sollte doch da drüberstehen."

„Offensichtlich kann er das in dem Fall aber nicht", stellte ich gedankenverloren fest.

„Und es geht bei der ganzen Sache ja nicht mal um ihn, oder besser gesagt um dich. Ich bin doch nur die Freundin seines Freundes. Wie so ein lächerlicher Wisch ihn da so aus der Fassung bringen kann ist und bleibt mir ein Rätsel."

„Mir käme auch lediglich seine Verlustangst in den Sinn. Ob das seine Reaktion allerdings rechtfertigt, ist eine andere Frage. Er hat von einem ehemaligen Kumpel erzählt, dem er vor einer gefühlten Ewigkeit mal die Freundin ausgespannt hat. Man könnte beinahe glauben, dass ihn diese Geschichte regelrecht traumatisiert hat." Händeringend suchte ich nach Antworten.

„Hm." Sina überlegte kurz. „Ich hab die Story mal gehört. Hat dieser Freund nicht versucht, sich das Leben zu nehmen? Wenn sich Jani die Schuld dafür gibt – das kann ganz schön auf die Psyche gehen."

„Er gibt sich die Schuld dafür, nur wissen wir immer noch nicht, in welchem Zusammenhang das mit unserer aktuellen Situation steht." Ich musste grinsen. „Wir sollten vielleicht zum Detektiv umschulen und uns mit einer Agentur selbstständig machen."

„Guter Punkt." Sie sah mich etwas wehmütig an. „Ich freue mich ja, dass du das noch mit Humor nehmen kannst, dennoch würde ich dir gern helfen."

„Das ist lieb von dir. Ich denke, ich muss erst einmal wirklich ehrlich mit ihm sprechen, hoffen, dass wir danach schlauer sind und sich ein paar Zusammenhänge erschließen."

Für den Augenblick konnte ich nichts tun.
Leider hatten wir auf den anderen Zetteln, die mit dem Foto zusammen in der Hülle waren, keine Hinweise darauf gefunden, dass ihn jemand erpressen wollte oder gar bedrohte. Es waren wohl einfach irgendwelche Notizen, sogar von Jani selbst geschrieben und er hatte sie hier abgeheftet. Die Polizei würde uns mit hoher Wahrscheinlichkeit auch nicht weiterhelfen können, es ging ja um rein gar nichts außer ein paar Unterstellungen.

Ich legte das Buch wieder an seinen ursprünglichen Platz ins Regal zurück, behielt das Foto allerdings bei mir. Dann machte ich mir einen Kaffee und setzte mich ins Wohnzimmer. Meine Überlegungen wurden durch mein Handy unterbrochen.
„Ich wäre gerade in der Nähe, du hättest nicht zufällig Zeit und Lust, etwas zu unternehmen?" Antti hatte ich gänzlich vergessen in dem ganzen Durcheinander.
„Denke nicht, ich weiß nicht, wann Jani nach Hause kommt." Diesen Wink würde er hoffentlich verstehen. Auf Smalltalk jeglicher Art hatte ich keine Lust.
„In Ordnung", gab er kleinlaut bei, in diesem Moment klingelte es an der Tür. Mit dem Telefon in der Hand eilte ich hin, öffnete und blickte in die leuchtenden Augen von Antti. Seine blonden Haare reflektierten das Licht der Sonne und blendeten mich fast ein bisschen.
„Ähm", stotterte ich.
„Ähm zurück", lachte er. „Dachte, ich hol dich aus deiner miesen Stimmung zumindest für ein paar Minuten heraus. Du klangst am Telefon gerade deprimiert."
Ich musterte ihn ungläubig. „Und wie hast du so schnell herausgefunden, wo ich wohne?"
Wieder lachte er. „Jeder weiß, wo der berühmte Jani wohnt."

Das war ein Argument, Helsinki hatte in dieser Hinsicht absolut Dorfcharakter.

„Schlimm, dass ich hergekommen bin?" Schuldbewusst schaute er mich an.

„Nein, ich warte nur auf meinen Freund und... na ja, davon abgesehen weiß er noch gar nichts von dir."

Antti nickte gespielt verständnisvoll. „Schon verstanden, ich bleib nur ein paar Minuten, dann brauchst du dir keine Sorgen zu machen, dass ich ihm über den Weg laufen könnte. Wir wollen den lieben Herren ja nicht eifersüchtig machen."

Er drehte eine kurze Runde durchs Wohnzimmer und begutachtete alles. „Schön habt ihr es hier."

Mein schlechtes Gewissen plagte mich, schließlich stand ich immer noch wegen der Übernachtungsmöglichkeit in seiner Schuld.

„Willst du einen Kaffee? Ich hab gerade einen gemacht."

Kein Finne lehnte so ein Angebot jemals ab, also war die Frage an sich schon überflüssig.

Während er an seiner Tasse nippte, löcherte er mich in regelmäßigen Abständen immer wieder mit Fragen, die in irgendeiner Art und Weise mit meiner Beziehung zu tun hatten. Zum einen war es mir schlicht und ergreifend unangenehm, darüber zu sprechen. Zum anderen fragte ich mich wirklich, ob ich für ihn entweder ein offenes Buch war, in dem er nach Lust und Laune lesen konnte, oder ob er einfach keinerlei Zurückhaltung kannte und grundsätzlich immer sofort aussprach, was ihm in den Sinn kam.

Auf unerklärliche Weise schien ihn die Tatsache, dass ich ihm nichts erzählen wollte, nur noch mehr zu motivieren. Seine Fragen wurden zwar nach und nach subtiler, doch ich durchschaute seine Intentionen. Wieso sonst sollte er mich

auch alle paar Minuten nach meinem Befinden fragen?
Ich musste ihn irgendwie auf eine andere Fährte bringen und vermeiden, dass ich für ihn auch nur einen Hauch berechenbar wurde. Schon alleine die Tatsache, dass er unangemeldet einfach vor meiner Tür gestanden hatte, war ein absolutes No-Go für mich. Ich war Antti nach wie vor dankbar dafür, dass er mir geholfen hatte, dass er einfach da war, doch ich wollte ihn keinesfalls weiter in mein – oder besser gesagt unser – Leben lassen. Und erst recht nicht, solange ich mit Jani noch nicht vernünftig darüber hatte reden können.
Ich beschloss, seine Hartnäckigkeit – zumindest in seinen Augen – zu belohnen. Ich berichtete ihm von der kleinen Tour, die anstand, und die meine Premiere in Sachen Promotion werden würde; täuschte vor, diesbezüglich nervös und unsicher zu sein. Bald hatte er angebissen, ich hatte die Sache überzeugend verkauft und er fragte nicht mehr weiter nach.

Ich war sichtlich erleichtert, als er ging. Es hatte sich so absolut falsch angefühlt, ihn hier in Janis Haus zu haben. Ob es nur daran lag, dass die Bekanntschaft zu diesem Mann immer noch mein Geheimnis war? Von der Tatsache, dass ich bei ihm übernachtet hatte, mal ganz zu schweigen. Würde es eigentlich jemals einen richtigen Augenblick für dieses Geständnis geben? Vielleicht würde dies auch auf ewig unausgesprochen bleiben müssen, ich wusste es nicht.

***

„Hey", begrüßte mich Jani erschöpft. Draußen war es mittlerweile dunkel geworden.
„Hallo", entgegnete ich und drehte mich in seine Richtung. Er hatte seinen Rucksack in der einen, einen weißen Umschlag in der anderen Hand.

„Was ist das?", fragte ich
„Die Post – was denn sonst?", konterte er belustigt.
„Seltsam", kommentiere ich sofort. „Ich hab vorhin schon Post aus dem Briefkasten genommen. Kommen die schon zwei Mal am Tag mittlerweile?"
„Klar, aber nur zu mir." Schon war er auf dem Weg in meine Richtung, beugte sich herunter und gab mir einen langen Kuss. Ich stieß ihn ein Stück von mir weg.
„Wollen wir eine Pizza bestellen?"
Er nickte. „Sicher, suchst du mal die Karte?"
Ich quälte mich auf und schlenderte in die Küche, während Jani den Brief in seiner Hand öffnete.

„So, da hab ich sie", freute ich mich und ging auf ihn zu. Er fuchtelte mit seiner Hand herum, knüllte den Brief zusammen und ließ ihn hastig in seiner Hosentasche verschwinden.
„Was war das denn gerade eben?" Die Verwunderung war mir sicherlich sehr deutlich ins Gesicht geschrieben.
„Nichts." Kurz und knapp, seine Antwort.
„Nichts?", äffte ich ihn nach. „Entweder du hast einen Liebesbrief bekommen oder wieder eine dieser anonymen geheimnisvollen Nachrichten?"
Erschrocken riss er seine Augen weit auf. „Woher weißt du davon?"
„Ich habe nach dem Foto gesucht und den Brief dabei gefunden. Es tut mir leid, aber ich konnte nicht warten. Warum verheimlichst du mir etwas?"
„Und? Wenigstens fündig geworden?", fragte er schnippisch.
„Ja – das Bild ist schon ein paar Jahre alt, jemand hat das Datum darauf manipuliert."
„Woher willst du das wissen?" Er hakte sofort nach und vergaß dabei erst einmal komplett, dass er mich vermutlich

gerade anmeckern wollte, weil ich in seinen Sachen herumwühlte.

„Sina war hier, ich habe ihr alles gezeigt." Eigentlich hatte ich meinen Satz noch gar nicht beendet, da drehte sich Jani von mir weg und richtete seinen Blick nach draußen in den dunklen Garten.

„Was soll das, Melissa? Wir haben gerade über das Thema Vertrauen gesprochen und du durchsuchst meine Sachen, um sie Sina zu zeigen?" Er rieb sich die Schläfe. „Ich weiß nicht, was mit dir los ist. Mit uns. Was ist passiert?"

„Es geht doch um sie, natürlich musste ich es ihr zeigen. Es ist ein uraltes Bild, sie hat Jussi nicht betrogen und das ist doch das, was zählt, richtig?" Ich näherte mich ihm, während ich sprach, doch blieb ein Stück hinter ihm stehen.

„Ist das so? Bis eben warst du eigentlich alles, was für mich gezählt hat."

„Bitte verwende meine Worte nicht gegen mich!" Ich seufzte. „Ich glaube dir, dass du verletzt bist, und es tut mir ehrlich leid, aber bitte, überleg doch mal! Das Foto, dieser Brief; da treibt jemand ein ganz mieses Spielchen mit dir."

Er starrte weiterhin nach draußen. Ob er mir überhaupt ein Wort glaubte? Was, wenn er längst beschlossen hatte, dass ich die Böse in dieser Angelegenheit war? Vielleicht hatte er unsere Beziehung längst abgehakt und suchte nur noch nach einem letzten triftigen Grund, um mich schnellstmöglich loszuwerden, ohne sein eigenes Gewissen zu sehr damit zu belasten? Nein, daran wollte ich beim besten Willen keinen weiteren Gedanken verschwenden, das durfte einfach nicht sein. Unsere Geschichte konnte unmöglich zu Ende sein. Nicht jetzt. Nicht so.

Er drehte sich schließlich zu mir, sah mich stumm an, griff dann in seine Hosentasche und zerrte das zerknüllte Blatt Papier wieder heraus. Mit Seelenruhe faltete er es auseinander, hielt es mir einen Augenblick lang demonstrativ vor die Nase.
„Weißt du, was darauf steht?"
Ich schüttelte den Kopf.
„Da steht: *Sie vertraut dir nicht, dabei ist sie die Lügnerin.* Was hat das zu bedeuten? Und wieso das alles? Wer schreibt diese Briefe und woher weiß diese Person so viel über uns? Was soll das?"
Ich musste schlucken, was sollte ich darauf bloß antworten?
„Ich wünschte, ich könnte es dir sagen." Ich zuckte mit den Schultern. „Bitte nimm das nicht ernst. Ich bin hier und wir werden das gemeinsam schaffen – sofern du das noch willst."
„Lügst du mich denn an?" Ernst und mit Nachdruck stellte er seine Frage, während er mich mit seinen Augen fixierte.
„Nein, ich liebe dich doch." Ich fühlte mich wie in einem Verhör. „Ich..."
„Stopp!" Mit erhobenem Zeigefinger unterbrach er mich. „Das ist alles, was ich wissen wollte."
„So einfach ist das aber nicht." Ich legte die Stirn in Falten. „Wir müssen etwas tun. Herausfinden, was das alles soll und diesem Wahnsinn ein Ende bereiten."
„Weißt du, Melissa..." Sanft strich er mir durch die Haare, mein Bauch begann angenehm zu kribbeln, „wenn jemand meint, mit mir oder uns sein Spielchen treiben zu können, dann werden wir einfach nicht länger mitmachen. Wenn wir uns lieben, werden wir dafür sorgen, dass niemand dazwischenfunken kann."

Ich wollte ihm glauben, mehr als alles andere, doch mir war klar, dass es mit Liebe alleine nicht zu regeln war. Es war sehr wohl der wichtigste Baustein, die Basis unserer Beziehung und ich war heilfroh, dass er mich liebte und ich mir meiner Gefühle ihm gegenüber ebenso sicher war, dennoch hatten die vergangenen Tage uns an diverse Grenzen geführt. Seiten des jeweils anderen ans Licht gebracht, die zuvor gänzlich unbekannt gewesen waren.

Ich hatte ein Geheimnis vor ihm, eines, das ich nicht wollte, aber auch nicht einfach so loswerden konnte. Zu allem Überfluss wollte jemand offensichtlich einen Keil zwischen uns treiben. Misstrauen zu schaffen war ein Leichtes und hatte ja bereits zum Erfolg geführt. Wir stritten uns unaufhörlich und standen derzeit an einem nicht gerade einfachen Punkt in unserem gemeinsamen Leben.

- 10 -

„Oh, mein Kopf." Janis Stimme klang äußerst gequält. Verschlafen zwang ich mich dazu, meine Augen zu öffnen. Wir lagen auf dem Sofa, ich mit dem Kopf, wie üblich, in seinem Schoß, er verdreht unter mir, während er sich die Schläfen massierte.

„Man könnte meinen, ich hätte den Kater meines Lebens."
Gemächlich richtete ich mich auf, küsste ihn vorsichtig auf die Wange.

„Mein armes Baby", neckte ich ihn dabei. Während ich mich in die Küche schleppte, um eine Kanne starken Kaffee aufzusetzen, dachte ich über den Verlauf des Abends und der Nacht nach. Wir hatten viele Stunden damit verbracht, alle möglichen Hinweise zusammenzusuchen, zu analysieren und aufzuschreiben. Egal, wie sehr wir uns den Kopf auch zerbrachen, so wirklich Sinn machte die ganze Geschichte einfach nicht. Auch wenn es für mein Empfinden sehr weit hergeholt war, äußerte ich den Verdacht, dass dieser ehemalige Freund, dem Jani mal die Freundin ausgespannt hatte, etwas damit zu tun haben könnte. Eine späte Rache vielleicht? Schließlich wusste man ja nie, was in den Menschen wirklich vorging. Psychopathen erkannte man in der Regel nicht auf den ersten Blick. Ich wollte schlicht und ergreifend nichts übersehen und jede noch so kleine Option aufgreifen.

„Die Wahrscheinlichkeit, dass es irgendein weiblicher Fan ist, ein Stalker, was weiß ich, ist weitaus größer." Jani glaubte nicht an einen Rachefeldzug, auch wenn er sich nach wie vor schuldig fühlte.

„Kannst du dir da sicher sein?" Ich war es jedenfalls nicht.

„Relativ sicher." Er seufzte. „Wir sind Finnen, wir klären Probleme. Oder wir laufen davon. Aber wir manipulieren keine Fotos und streuen Gerüchte, das ist wirklich eher ein Frauending."

Wahrscheinlich hatte er recht. Ich hätte allerdings nicht sagen können, ob mir meine Vermutung nicht lieber gewesen wäre. Schließlich wüssten wir dann, mit wem wir es zu tun hätten. Handelte es sich hingegen um einen Fan, einen vermeintlichen Stalker, so stünden wir mit leeren Händen da. Wir wussten exakt gar nichts und solange keine direkte Gefahr bestünde, würde uns die Polizei sicher kaum helfen können.

***

Arme legten sich von hinten um meine Taille, ich konnte seinen Atem in meinem Nacken spüren.

„Wir sollten nach dem Frühstück direkt ins Bett gehen." Belustigt biss er mir in den Hals.

„Hey." Ich stieß einen leisen Schrei aus. „Zu Hilfe, ein Vampir!"

„Echt? Wo?" Er hatte noch nicht fertig gesprochen, schon konnte ich seine Zähne wieder auf meiner Haut spüren. „Wenn du so einen Hunger hast, kümmer dich ums Essen!" Ich griff hinter mich und zwickte ihm in den Bauch. „Wer will schon Essen, wenn er dich haben kann?" Er ließ von mir ab, packte mich an den Schultern und drehte mich in seine Richtung. Es war schwer, ihm zu widerstehen. Das konnte ich mit absoluter Gewissheit sagen. Fakt war aber auch, dass mein Kopf voller Sorgen und Gedanken war und ich mich nicht in der Lage fühlte, diese abzuschütteln. Sicher hätte es mich abgelenkt, doch etwas in mir konnte weder Ruhe noch Ablenkung finden, solange irgendjemand da draußen unsere Beziehung sabotieren wollte. Ich küsste Jani, stoppte seine Hand allerdings umgehend, als seine Fingerspitzen meine nackte Haut berührten.
„Was ist los?", fragte er irritiert.
„Ich kann das nicht, das ist gerade alles zu viel." Ich schluckte, wusste ja selbst nicht, wie ich mich erklären sollte.
„Zu viel? Ich?" Er machte einen Schritt rückwärts, blickte mich ernst an.
„Nein, die Situation. Ich bin verwirrt. Und... ach, ich weiß es nicht."
„Wegen den Briefen?" Er runzelte die Stirn, ich nickte zustimmend. „Das ist nur Papier. Wir haben das für uns geklärt, oder? Haben wir doch, nicht wahr?"
Wieder nickte ich, antworten ließ er mich allerdings nicht.
„Also gibt's auch keinen Grund zur Sorge. Vergessen wir es einfach. Alles ist gut, solange wir zusammen sind."
Sein Optimismus in allen Ehren, aber ich nahm ihm seine Überzeugung einfach nicht ab. War er nicht gerade erst furchtbar eifersüchtig gewesen? Das zählte jetzt nicht mehr, aber warum? Es wäre ja schön, wenn wir das Thema geklärt

hätten und meine Freundschaft zu Sina darum auch kein Problem mehr für ihn darstellen würde. Doch ganz ehrlich – das wäre alles zu leicht und untypisch für Jani gewesen.

„Was, wenn das erst der Anfang war?" Ich verschränkte die Arme und wartete auf seine Reaktion.

„Anfang? Wovon denn?" Er verstand mich nicht.

„Was, wenn es ein richtiger Stalker ist? Jetzt hatte er es auf unsere Beziehung abgesehen, wenn das aber nicht mehr reicht? Was, wenn er es auf dich abgesehen hat?"

„Dein Ernst?" Er lachte auf. „Das ist Helsinki, das vergisst du immer. Die Menschen sind hier anders, hier geht man vor die Tür, haut sich eine rein und danach säuft man weiter zusammen und die Sache ist vergessen. Hier gibt es keine Stalker."

„Und die Briefe? Hast du selbst geschrieben oder wie?" Er nahm mich wirklich nicht ernst.

„Quatsch", antwortete er kopfschüttelnd. „Ich bin mir sicher, dass es irgendein Fan war. Ein Versuch, uns auseinanderzubringen. Kläglich gescheitert. Diejenige wird das sehen und akzeptieren müssen. Wir sind zusammen und niemand wird das ändern."

„Du glaubst gar nicht, wie sehr ich mir wünsche, dass du recht hast." Ich schaltete die Kaffeemaschine ab, nahm die Kanne und unsere Tassen und stellte alles auf den Esszimmertisch.

„Bleib einfach bei mir, dann kann niemand zwischen uns kommen." Für Jani schien die Sache einfach – wieso auch immer.

***

„Ich habe den Jungs für heute abgesagt. Lass uns irgendwo hinfahren. Worauf hast du Lust?" Jani saß mir gegenüber, wir hatten längst gefrühstückt und hingen beide unseren Gedanken nach.

„Kannst du das so einfach?", fragte ich interessiert.

„Klar, ich bin der Boss", grinste er zufrieden.

„Wissen das die anderen auch?"

Empört schüttelte er den Kopf. „Provozierst du mich etwa schon wieder? Ich kann mir das mit dem Ausflug auch noch mal durch den Kopf gehen lassen. Stichwort Folterkeller und so."

„Und da sind sie wieder, seine leeren Versprechen." Ich streckte ihm die Zunge heraus, schon war er aufgesprungen und hatte begonnen, mich wie ein Irrer zu kitzeln.

Nachdem unser kleines Duell beendet war, entschied er spontan, wohin unser Ausflug gehen sollte. Zugegebenermaßen war es mir auch herzlich egal, ich freute mich über eine Abwechslung und hoffte einfach, dass sich meine Gedanken auch würden ablenken lassen. Wenig später saßen wir in seinem Wagen und ließen Helsinki bald hinter uns.

„Willkommen in Porvoo", erklärte er stolz, als ich die ersten Häuser erblickte. „Die zweitälteste Stadt Finnlands und ein Mekka für Künstler. Es wird dir gefallen, da bin ich mir sicher."

Was ich bisher sah, hatte für mich wenig mit Kunst zu tun. Große Bauten reihten sich aneinander, Porvoo unterschied sich nicht von Helsinki. Jani parkte den Wagen schließlich, lotste mich durch ein paar Straßen und dann erkannte ich, was er gemeint hatte.

Direkt am Fluss gelegen lagen eine Vielzahl roter Holzhäuser, die Bauwerke dahinter wirkten nicht weniger imposant. Kopfsteinpflaster, kleine Gässchen, wunderschöne winzige Läden voller Design, Kunst und Accessoires. Ich war schwer beeindruckt, das hatte ich nach meinem ersten Eindruck nicht erwartet.

„Gefällt es dir hier?" Jani zog mich an sich heran und küsste mich.

„Sehr", stimmte ich zu. „Wie aus einer anderen Zeit."

„Ja, das finde ich auch. Es ist fast, als würden hier die Uhren ganz anders gehen, als wäre man außerhalb der Welt."

Das Städtchen war durchaus ein Touristenmagnet, dennoch blieb alles sehr überschaubar. Die Gassen waren gut gefüllt mit Menschen, aber wie das hier so üblich war, hatte es niemand sonderlich eilig. Einen Finnen rennen zu sehen war vermutlich ein Ding der Unmöglichkeit. Jedenfalls konnte ich es mir beim besten Willen nicht vorstellen.

Wir schlenderten durch die Straßen, schauten uns einige Bilder und Einrichtungsgeschäfte an und vergaßen wirklich für eine Weile alles andere. Am Nachmittag entschieden wir uns für ein Essen auf einem alten und wunderschönen Boot, das in Porvoo im Hafen lag. Das sanfte Wanken des Schiffes und dieses Gefühl von Freiheit und Unbeschwertheit hüllte uns ein. Ich war dankbar dafür, dass Jani mich hierher gebracht hatte. Es schien genau das gewesen zu sein, was ich gebraucht hatte.

Als wir auf dem Nachhauseweg waren, fühlte ich mich unbesiegbar. Wir hatten uns und wir waren so glücklich. Jetzt verstand ich, was Jani schon am Morgen klar geworden war. Solange wir uns liebten, konnte nichts geschehen.

***

„Schatz, dein Handy."

Ich stand in der Küche und packte ein paar Sachen aus, die wir gekauft hatten.

„Was ist damit?", rief ich zurück.

„Es klingelt."

Ich griff verwundert zu meiner Handtasche, blickte hinein.
„Hier klingelt nichts."
„Ich würde auf Richtung Sofa tippen", lachte Jani.
Gemütlich schlenderte ich zu ihm, hörte nun auch den unverkennbaren Sound meines Handys. Der dumpfe Klang sprach dafür, dass es irgendwo zwischen den Sofakissen liegen musste. Hatte ich es den ganzen Tag gar nicht dabeigehabt? Und es war mir nicht einmal aufgefallen? Wow.
Der Klingelton verstummte – bevor ich es gefunden hatte.
„Ruf mich mal an, sonst wird das nichts", forderte ich. Jani zückte sofort sein Telefon und ich setzte die Suche fort. Aus einer Sofaritze zerrte ich schließlich das Handy heraus. Wir mussten beide lachen. Sicher war das Teil, während wir hier die Nacht über recherchiert und später eingeschlafen waren, dort hineingerutscht. Hätte es nicht geklingelt, wäre es bestimmt noch eine Weile verschollen geblieben.
Ich entsperrte es und erkannte die über zwanzig entgangenen Anrufe – alle von Antti. Vorsichtig schielte ich zu Jani hinüber, doch er blätterte seelenruhig in einer Zeitung und beachtete mich nicht weiter. Kurz überlegte ich, ob ich ihn zurückrufen sollte. Wenn er so oft versucht hatte, mich zu erreichen, musste es dringend sein. Aber was hätte er schon groß von mir wollen können?
„Was passiert?", fragte Jani ohne aufzusehen.
„Ich hoffe nicht", antwortete ich ihm und beschloss, dass eine Nachricht reichen müsste. Ich wollte jetzt nicht mit Antti sprechen, egal, um was es ging. Denn das letzte, was ich an diesem Tag wollte, war, meinen Freund anzulügen. Ich war glücklich und genau so sollte es auch bleiben.
Es war längst dunkel geworden, als wir es uns unter einer Decke mit Tee und Mikrowellenpopcorn vorm Fernseher gemütlich machten. Es war mir egal, was er aussuchen würde.

Mein Plan war ohnehin, binnen kürzester Zeit auf seinem Schoß einzuschlafen – so wie ich es häufig tat.
Ich wagte einen letzten prüfenden Blick auf mein Handy, doch Antti hatte immer noch nicht auf meine Nachricht geantwortet. Da er auch nicht erneut angerufen hatte, ging ich davon aus, dass sich sein Problem auf irgendeine andere Art und Weise gelöst haben musste.
Ich war gerade am Eindösen, als es an der Tür klingelte. Erschrocken setzte ich mich auf und blickte fragend zu Jani.
„Erwartest du Besuch?"
Kopfschüttelnd erhob er sich und machte sich auf den Weg zur Haustür. Ich hangelte nach der Fernbedienung, drückte die „Mute"-Taste und lauschte den Geräuschen. Wie befürchtet fand das Gespräch auf Finnisch statt, was mich automatisch ausgrenzte. Ich lehnte mich wieder zurück und kuschelte mich in die Wolldecke, während ich hoffte, dass mein menschliches Kissen bald zurückkommen würde.

„Ist sie hier?", drang es zu mir durch. Ich verstand den Sinn der Worte und ich kannte diese Stimme. „Melissa?"
Mit einer gekonnten Bewegung entledigte ich mich der Decke und schon stand ich auf den Beinen. Das Entsetzen über Anttis Erscheinen war mich sicherlich ins Gesicht geschrieben.
„Was... machst... du hier?", stotterte ich etwas verloren.
„Maara ist weg. Ist sie hier?" Er war aufgebracht, stand unter enormem Stress, seine Augen spiegelten seine Angst wieder.
„Nein." Ich schluckte. „Ich bin mir..."
„Wieso gehst du nicht an dein Telefon? Ich versuche seit Stunden, dich zu erreichen!", unterbrach er mich unfreundlich. „Du musst mir helfen, sie zu finden."
„Ganz ruhig, mein Freund." Jani blieb zwischen uns beiden stehen und musterte den Fremden von oben bis unten. „Wer

bist du und was zur Hölle willst du von meiner Freundin?"
Antti würdigte ihn keines Blickes, er fixierte mich dafür umso mehr mit seinen Augen. So hatte ich mir den Abend nun wirklich nicht vorgestellt. Was sollte ich tun?
„Melissa, los!", drängte er. „Ihr kann weiß Gott was passiert sein."
„Es tut mir leid." Sichtlich verlegen räusperte ich mich, blickte zu Jani, dann wieder zu Antti. „Ich wüsste nicht, wie ich dir helfen sollte. Was ist denn überhaupt passiert?"
„Sie ist weg. Das ist passiert." Er schüttelte den Kopf. „Du willst mir gar nicht helfen. Ich dachte, wir wären Freunde."
„Kann mich verdammt nochmal jemand aufklären?" Jani hatte die Arme mahnend vor seiner Brust verschränkt und wurde zusehends ärgerlicher. Klar, er hatte auch allen Grund dazu.
„Sein Hund Maara ist weg." Ich tat mein Bestes, um irgendwelche passenden Worte zu finden, doch mir dämmerte bereits, dass ich vollkommen chancenlos war. Egal, was ich auch sagte, es würde nur noch mehr Fragen aufwerfen und Jani würde nicht verstehen, weshalb ich ihm etwas verschwiegen hatte.
„Schön", schnaubte er. „Und er ist bitte wer?"
„Du schuldest mir was!", ermahnte mich Antti. Ich wusste, worauf er hinaus wollte. Wenn ich ihm nicht helfen würde, wäre er sofort bereit, meinem Freund alles zu erzählen. Ich selbst hatte ihm erzählt, wie eifersüchtig Jani sein konnte. Auch wenn seine Erpressung wirklich das Allerletzte war, so hatte ich keine Wahl. Ich musste irgendwie darauf eingehen.
„Bitte, warte draußen. Ich bin in zwei Minuten da." Ich starrte ihn eindringlich an. Antti drehte sich sofort um und verschwand aus meinem Blickfeld.
„Du willst mich verarschen, oder? Das muss ein schlechter Scherz sein!" Jani biss sich auf die Unterlippe. Wie gerne hätte

ich ihm mit einem Satz erklärt, wie harmlos es wirklich war und ihn davon überzeugt, dass er sich wirklich keine Sorgen machen musste. Ich konnte nicht. Es gab keine einfache Erklärung.

„Es tut mir leid, ich muss ihm helfen", entschuldigte ich mich.

„Bitte?" Ungläubig kniff er die Augen zusammen.

„Sein Hund ist alles für ihn, deshalb dreht er gerade so am Rad. Ich hoffe, wir finden ihn, dann erkläre ich dir alles." Nervös und gleichermaßen schuldbewusst sah ich ihn an, hoffte, dass er mich verstehen würde.

„Wer zur Hölle ist das? Und komm nicht auf die Idee, mich anzulügen", forderte er ernst.

„Wir haben uns unterhalten, beim Gassigehen. Am Meer. Nichts weiter." Was sonst hätte ich sagen sollen?

„Und weil du so ein Menschenfreund bist, hast du ihm gleich mal unsere Adresse, Telefonnummer und vielleicht noch die Bankverbindung gegeben?"

„Wir reden später, bitte!" Tränen sammelten sich in meinen Augen, ich durfte jetzt nicht schwach werden. „Bitte lass mich gehen."

„Bitte lass mich gehen? Wer bin ich? Dein Zuhälter? Du bist ein freier Mensch, wenn du mit diesem Typ gehen willst, dann wirst du das wohl tun müssen." Mit diesen Worten wandte er sich von mir ab, ging in die Küche. Ich kämpfte gegen mich selbst, wollte nicht gehen. Würde dieser Wahnsinn irgendwann enden? Es sah gerade nicht danach aus. Ganz im Gegenteil. Es wurde nur schlimmer. Wieso sollte ich Antti noch helfen, was hatte ich davon? Egal, womit er mich unter Druck setzen würde, es könnte nicht mehr beschissener werden als es ohnehin schon war.

***

„Es tut mir so leid", flüsterte er schuldbewusst, als er mit gesenktem Kopf draußen vor der Eingangstüre in die Dunkelheit starrte.

„Was sollte dieser Auftritt? Du ziehst alle Register und bringst mich damit in eine furchtbare Situation!" Meine Stimmlage spiegelte Wut und Verzweiflung wieder. Wieso sollte ich mich bemühen, das zu verstecken?

„Ich sagte doch, es tut mir leid. Ich habe so furchtbare Angst, dass ich Maara nie wiedersehen werde. Das wäre der blanke Horror für mich." Er schluchzte laut auf. „Ich habe nur sie. Ich könnte mir nie verzeihen..."

„Wir werden sie schon finden", versuchte ich ihn zu beruhigen. Ich musste seine Anspannung und Hoffnungslosigkeit einfach dafür verantwortlich machen, wie er reagiert hatte. Unter normalen Umständen wäre er bestimmt niemals einfach so bei uns aufgetaucht. Er wusste doch, dass ich noch nicht mit Jani gesprochen hatte. Auf diese Art und Weise vor vollendete Tatsachen gestellt zu werden – das war die sichtlich schlechteste Variante gewesen.

„Was ist passiert?", fragte ich, während wir auf die Straße gingen.

„Hm?" Hörte er mir nicht zu?

„Wo ist sie verschwunden?"

„Ach so, am Steg unten. Nicht weit davon, sie war auf einmal weg." Wenigstens hatten wir so einen Ausgangspunkt, einen Weg, den wir zuerst einschlagen konnten.

„Ist sie schon einmal weggelaufen? Gibt es andere Plätze, die sie vielleicht kennt?"

Er schüttelte den Kopf. „Nein, ich kann es mir auch nicht erklären."

Wir suchten einen großen Teil der Strandpromenade ab, riefen nach ihr, aber leider ohne Erfolg. Es war furchtbar kalt, der Wind blies mir unaufhörlich ins Gesicht, was dazu führte, dass meine Haut bald anfing wie verrückt zu brennen. Ich wollte nach Hause – auch wenn ich wusste, dass dort ein erboster Jani auf mich wartete. Beim Gedanken daran, was er tun würde, lief es mir eiskalt den Rücken hinunter. Vielleicht war seine Paranoia mit ihm durchgegangen und er hatte in seiner Wut meine ganzen Sachen längst gepackt und vor die Tür geschmissen? Wer konnte schon sagen, was in ihm wirklich vorging? Konnte man das überhaupt bei irgendjemandem?
„Und wenn sie nach Hause gelaufen ist?", fragte ich in den Wind.
„Ich glaube nicht, dass sie den Weg alleine findet."
„Wir können leider nicht die ganze Nacht hier bleiben. Ich denke, wenn sie jemand findet, wird er sie ins Tierheim bringen. Maara ist ein so freundlicher Hund, sicher wurde sie längst irgendwo aufgegriffen oder sie sitzt wirklich schon bei dir zu Hause und wartet darauf, dass du ihr aufmachst." Natürlich mutmaßte ich nur, Maara hätte alles Mögliche zugestoßen sein können. Woher sollte ich das wissen? Allerdings stand ich hinter der Aussage, dass wir nicht noch den Rest der Nacht in der Kälte verbringen konnten. Immerhin war Maara ein Hund, hatte ein Fell, das sie wärmte und hier und jetzt konnten wir leider nichts mehr tun.
„Ich danke dir." Antti war stehengeblieben. „Dass du da warst, auch wenn wir sie nicht gefunden haben."
„Geh nach Hause, telefonier die Tierheime ab. Morgen ist auch noch ein Tag. Ich bin mir sicher, dass du sie finden wirst."
Er nickte halbherzig. „Ich bring dich heim."
„Nein, alles gut." Ich zwang mich zu lächeln. „Es ist nicht weit. Ich kann die Ruhe jetzt gebrauchen.

Gedanken ordnen und so."

„Oh." Ihm schien erst jetzt wieder einzufallen, wie unschön unsere Begegnung in Janis Haus verlaufen war. „Du kannst auch gerne mit zu mir."

Entschieden schüttelte ich den Kopf. „Nicht nötig, ich muss und möchte jetzt die Dinge mit ihm klären. Diese ganze Geheimnistuerei war sowieso eine dumme Idee. Ich hätte gleich ehrlich sein sollen. So etwas geht immer schlecht aus."

- 11 -

In meiner Eile hatte ich komplett vergessen, irgendetwas mitzunehmen. Ich war dementsprechend ohne Handy, Schlüssel, Geld und Papiere unterwegs. Toll. Wenn mich jetzt ein Serienkiller angreifen und abschlachten würde, würde es ewig dauern, bis man überhaupt wusste, wen der Typ da auf dem Gewissen hatte. Optimismus war schon immer eine meiner Stärken gewesen. Hastig blickte ich mich um. Weit und breit war niemand zu sehen. Wer war auch schon so bescheuert, mitten in der Nacht bei dieser Kälte spazieren zu gehen? Die Serienkiller mal ausgenommen.

Je näher ich meinem Ziel kam, desto mehr machte sich ein Gefühl der Erleichterung in mir breit. Ich sehnte mich nach Geborgenheit, aber war ich bei Jani sicher? Würde er mich jetzt überhaupt bei sich haben wollen?

Ohne zu zögern drückte ich auf die Klingel.

Das Licht schien durch das kleine Glas in der Eingangstür, ich erkannte seine Umrisse, als er mir entgegenkam. Endlich öffnete sich die Tür.

Müde Augen blickten mich an.

„Du siehst – um es mal nett zu sagen – richtig fertig aus", stellte er fest. „Nicht mal das Handy hast du mitgenommen."

„Es tut mir leid." Meine Haut schien zu Eis geworden zu sein.
„Am besten, du nimmst ein heißes Bad." Er trat beiseite und ließ mich eintreten. Ich wunderte mich über seine Reaktion, hatte mit Vorwürfen, Beschimpfungen, vielleicht auch mit Drohungen gerechnet, aber nichts dergleichen prasselte auf mich ein.
„Ich möchte es dir erst erklären." Die Wärme kroch zwar allmählich über meine Kleidung in meinen Körper zurück, doch meinen Mantel ausziehen wollte ich noch nicht. Zu lange hatte ich gefroren. Keine Ahnung, wie lange ich mit Antti durch die Nacht gestiefelt war.
Jani schüttelte entschieden den Kopf.
„Leg dich in die Badewanne, du holst dir sonst den Tod."
„Aber...", stotterte ich, doch er fiel mir ins Wort: „Tu, was ich dir sage!"
Unsere Blicke trafen sich für einen Augenblick. Ich erkannte, dass er es ernst meinte und ich ihm besser nicht widersprechen sollte. Schwerfällig streifte ich schließlich meinen Mantel ab, ließ ihn gedankenverloren aufs Sofa fallen und nahm vorsichtig die Stufen nach oben. Ich ließ das Badewasser ein, zog mich aus und prüfte mit einem Fuß die Temperatur. Langsam machte ich es mir im Wasser bequem, mein Körper schmerzte dennoch. Meine Haut brannte. Meinen Muskeln schienen weder die Kälte noch der lange Marsch gut bekommen zu sein, zudem überkam mich urplötzlich eine bleierne Müdigkeit. Wie gerne hätte ich die Augen geschlossen, doch mich beschlich das Gefühl, dass ich vermutlich wirklich hätte einschlafen können, was in einer vollen Badewanne nicht unbedingt eine gute Idee gewesen wäre.

Jani tauchte im Türrahmen auf, stellte dann eine Tasse am Badewannenrand ab. Der Geruch von Pfefferminze stieg mir

in die Nase. Herrlich, mein Lieblingstee. Mit schwachen Fingern nahm ich die Tasse, atmete noch einmal den angenehmen Geruch ein und trank einen Schluck daraus.
Er blieb im Türrahmen stehen, lehnte sich an und sah mir emotionslos zu. Seine Hände hatte er in die Hosentaschen gesteckt, er wirkte beinahe so erschöpft, wie ich mich fühlte.
„Ihr habt den Hund nicht gefunden, oder?", begann er.
„Nein", entgegnete ich. „Ich hoffe, jemand anderes hat mehr Glück und bringt ihn ins Tierheim."
Zustimmend nickte er, schien aber mit seinen Gedanken bereits woanders zu sein.
„Was läuft da mit ihm?" Ohne Umschweife fragte er geradeheraus. Mein Herz begann automatisch schneller zu schlagen.
„Gar nichts", erklärte ich ihm. „Wir waren nur spazieren, mit dem Hund. Du kannst mir glauben."
„Wieso hast du es mir dann nicht erzählt?"
Eine wirklich gute Frage, ich hatte sicher keine Antwort parat, die ihm gefallen würde. Gab es die überhaupt?
„Ich wollte nicht, dass du dir Sorgen machst. Du warst doch schon so eifersüchtig. Ich wollte nicht, dass deine Angst dadurch noch größer wird."
„Man hält nur etwas geheim, wenn man es eigentlich nicht tun sollte. Bitte sei ehrlich zu mir. Sei es wenigstens jetzt." Er klang gefasst. Fast so, als wäre ihm jede Antwort recht gewesen, solange er nur überhaupt eine bekommen würde.
„Das bin ich. Du musst dir keine Sorgen machen."
Er kam ein paar Schritte auf mich zu, ging dann neben der Badewanne auf die Knie. Unsere Gesichter waren somit auf gleicher Höhe und ich verlor mich im Grün seiner Augen.
„Habt ihr euch geküsst?"
„Oh Gott, nein! Nichts dergleichen."

Er glaubte mir nicht.

„Ist er in dich verliebt?"

„Auch wenn ich besser nein sagen sollte, ich weiß es nicht. Es spielt aber keine Rolle, da ich nichts, aber auch rein gar nichts von ihm will." Ich schluckte schwer, er war mir immer noch so nah und es lag eine Spannung in der Luft, die mich unsicher werden ließ. Ich fühlte mich hilflos und verletzlich, nicht nur, weil ich nackt in der Badewanne lag.

Seine Finger berührten sanft meine Wange.

„Egal, wer er ist, oder was er will – ich teile dich nicht. Mit niemandem", flüsterte er mir mit einer Entschlossenheit ins Ohr, die mir trotz des heißen Wassers beinahe das Blut in den Adern gefrieren ließ.

„Jani." Entsetzt schaute ich ihn an. „Das verlangt doch auch niemand."

„Ich will, dass du das nicht vergisst. Nie." Er küsste mich auf den Mund, kurz und nicht so, als wäre die Sache für ihn auch nur annähernd geklärt. Dann erhob er sich und ließ mich alleine.

***

Das Haus war dunkel, Jani lag längst im Bett, als ich aus dem Badezimmer kam. Erschöpft kroch ich unter die Decke und hielt kurz inne, um herauszufinden, ob er schon schlief, oder noch wach war. Seine Atmung war regelmäßig. Gut möglich, dass ihn diese Nacht nicht weniger angestrengt hatte als mich und er schon eingenickt war. Ich lehnte mich ein Stück näher zu ihm, um in sein Ohr zu flüstern. „Es tut mir wirklich leid."

Er drehte den Kopf augenblicklich in meine Richtung. „Was tut dir leid?"

„Wie das heute gelaufen ist. Dass er hier aufgetaucht ist und ich es dir nicht früher gesagt habe."

„Hm." Seine Finger strichen durch meine Haare, am Hinterkopf packte er jedoch unsanft zu und zog mich so näher an sich heran. „Welche anderen Geheimnisse hast du?"

„Gar keine?" Zwar schmerzte es nicht, doch missfiel mir sein Ton. „Würdest du mich bitte loslassen?"

In der Dunkelheit konnte ich nur seine Umrisse sehen, seine Gesichtszüge, doch seine Emotionen blieben mir weitestgehend verborgen. Ich wusste nicht, was er vorhatte, oder ob er überhaupt etwas plante. Sicher war lediglich, dass er nach wie vor ein großes Problem mit der Gesamtsituation hatte. Vorsichtig versuchte ich, mich aus seinem Griff zu lösen und Jani ließ schließlich von mir ab. Ich wollte mich gerade aufsetzen und zu einem weiteren Erklärungsversuch ausholen, als er mich grob am Arm packte und zurück in die Kissen stieß.

„Hey!", protestierte ich, empfand das keineswegs als Spaß. In mir entstand das ungute Gefühl, dass er meine Ansicht diesbezüglich teilte.

Statt auf mich einzugehen, schwang er sich über mich und fixierte meinen Körper damit regelrecht auf dem Bett. Ungläubig schüttelte ich den Kopf, fasste in seine Richtung und wollte ihn so von mir herunterschubsen. Er vereitelte meinen Versuch, umgriff blitzschnell meine Handgelenke und drückte sie über mir zusammen.

Gegen ein wenig Nervenkitzel und ein paar Spielchen hier und da hatte ich nichts einzuwenden, doch ich war mir sicher, dass er etwas ganz anderes beabsichtigte.

„Du tust mir weh!", schrie ich ihn an, während ich weiterhin versuchte, mich von ihm zu befreien.

Ehe ich mich versah, hatte er mir seine noch freie Handfläche direkt auf den Mund gepresst. Prompt reagierte mein Körper mit Gänsehaut und ein kalter Schauer lief mir den Rücken hinunter.

„Ganz ruhig!", ermahnte mich Jani, erhöhte zur Verdeutlichung seiner Aussage noch einmal den Druck auf meine Handgelenke. Mir war längst klar, dass ich in dieser Position nahezu chancenlos war, doch ich drehte und wendete mich unter ihm dennoch ein weiteres Mal, bevor ich mich geschlagen geben musste. Er war grob und ungehalten in allem, was er gerade tat. So kannte ich ihn nicht. Ich musste mir eingestehen, dass mir diese Seite an ihm keineswegs gefiel. Ganz im Gegenteil.

Hastig atmend sah ich ihn an, er hatte seine Hand immer noch auf meine Lippen gedrückt, hinderte mich somit daran, auch nur den leisesten Ton von mir zu geben. Ich wollte mich nicht so fühlen, nicht jetzt. Und ich wollte keine Angst vor ihm haben. Was zur Hölle hatte er vor? Er würde mir doch nichts tun, oder? Wir liebten uns. Egal, wie irrational seine Angst um mich hätte sein können, er war doch nicht der Typ Mensch, der sich über Gewalt Gehör verschaffen musste. Und schon gar nicht bei mir. Was war in ihn gefahren?

Konnte Eifersucht zu so etwas heranwachsen? Dazu führen, dass man dem anderen körperlich wehtun wollte?

Blöde Frage. Selbstverständlich.

Ich dachte an Zeitungsberichte über Frauen, die von ihren Partnern schwer misshandelt wurden, jahrelang darüber geschwiegen hatten. Nicht unbedingt wenige mussten sogar mit ihrem Leben bezahlen und in den meisten Fällen will dann im Nachhinein niemand etwas mitbekommen haben.

So etwas geschah sicher viel häufiger, als man dachte, spielte sich hinter verschlossenen Türen ab. In der Dunkelheit. Zu Hause. In fremden Betten. Und hier.

Unter seinen Fingern versuchte ich, mir Gehör zu verschaffen, aber es kam nur ein Brummen heraus.
Meine Anstrengungen entlockten ihm lediglich ein müdes Lächeln. War ja schön, wenn ihn das amüsierte, ich hatte längst die Schnauze voll. Vielleicht hätte ich ihn treten oder beißen können, doch sicherlich nicht mehr, nachdem er mich so festgehalten hatte, wie er es nun tat. Meine Chance zur Gegenwehr hatte ich verstreichen lassen – weil ich gar nicht davon ausgegangen war, dass er irgendetwas dergleichen im Sinn hatte.
„Und? Wie fühlt sich das an?"
Was sollte seine Frage? Er ließ mich ja gar nicht antworten.
„Hilflos? Beängstigend? Oder macht dich das an?"
Wunderbar. Wenn er Selbstgespräche führen wollte, könnte ich auch gerne einfach gehen. Der Anflug von Angst, den ich verspürt hatte, war längst durch Wut und Trotz ersetzt worden. Ich fühlte mich, als würde er mich vorführen, zum Narren halten. Wie erniedrigend es doch war, dass er mir sogar mühelos den Mund zuhalten konnte, während er mich ganz ohne jegliche Hilfsmittel in dieser Position fixierte.
Ich konzentrierte mich auf meine Arme, versuchte, all meine Kraft einzusetzen, um ihn mit den richtigen Bewegungen dazu zu bringen, mich loszulassen. Wieder scheiterte ich kläglich. Langsam wurde mir das alles zu viel, ich wollte das nicht. Eine Träne lief mir übers Gesicht. Ein eindeutiges Zeichen meiner Frustration. Jani saß einfach über mir, hielt mich offensichtlich ohne große Mühe fest und beobachtete den Kampf, den ich vielmehr mit mir selbst als mit ihm austrug.
In der Dunkelheit suchte ich das Funkeln seiner Augen, starrte ihn förmlich an. Er wirkte entspannt, locker und nahezu belustigt.
„Hör mir zu", sagte er schließlich im ernsten Ton. „Das ist

genau der Grund, weshalb ich nicht möchte, dass du alleine unterwegs bist. Da draußen laufen zigtausend Typen herum, die dich im Bruchteil einer Sekunde überwältigen, vergewaltigen oder umbringen könnten. Und du? Kannst nichts, aber auch gar nichts dagegen tun. So, wie du gegen mich auch nicht den Hauch einer Chance hast."
Er seufzte, ließ dann von mir ab und rollte sich ohne ein weiteres Wort wieder auf seine Bettseite zurück. Dann zog er die Decke zurecht und drehte mir den Rücken zu.
„Gute Nacht."
Ich wollte ihm nicht antworten, er hatte mir schließlich gerade ein nicht unbedingt schönes Erlebnis vorgespielt – falls es ein Spiel hatte sein sollen. Für mich hatte es sich echt angefühlt, viel zu sehr. Ich hatte ein paar Mal wirklich befürchtet, dass ich mich derart in ihm getäuscht haben könnte und dies seinen wirklichen Charakter nun erst zum Vorschein gebracht hätte. Dem war nicht so, tief in meinem Inneren hatte ich es gewusst. Dennoch fand ich die Art und Weise, wie er mir in dieser Nacht gezeigt hatte, dass meine Aktionen gefährlich waren, überaus fragwürdig. Eine simple Konversation wäre mir wirklich lieber gewesen. Trotz alledem musste ich ihm in einem Punkt recht geben – ich hatte meine eigenen Kräfte und Möglichkeiten überschätzt.
Auch wenn es mir schwer fiel, es zuzugeben, Jani wusste das. Wenn es jemand darauf anlegen würde, mir etwas anzutun, so wäre ich absolut leichte Beute. Aber wie hoch war denn die Wahrscheinlichkeit schon, dass irgendjemand ausgerechnet mir etwas zuleide tun wollte?
So gering, dass ich mir gar keine Sorgen darüber machen musste? In meinem bisherigen Leben hatte ich mich mit genau diesen Überlegungen immer wieder von sämtlichen Ängsten befreien können. Mir war nie etwas zugestoßen. Hieß das nicht,

dass ich zumindest zum Teil ebenfalls recht hatte?
Worum war es Jani dann gegangen? Um sein gekränktes Ego, weil ich ihm etwas verheimlicht hatte? Oder um seine Angst, mich zu verlieren? Und wenn dem so wäre, woher rührte sie? Wovor hatte er wirklich Angst? Davor, dass ich mich in jemand anderen verlieben könnte, oder davor, dass irgendein kranker Spinner mich als sein Opfer auswählen würde?
Für mich waren beide Optionen in gleichem Maße irrelevant. Für ihn nicht, sonst hätte er nicht so einen Aufstand gemacht.
Irgendwann schlief ich ein.

***

Als ich am Morgen wach wurde, war es noch nicht einmal richtig hell draußen. Der Himmel wirkte farblos, dicke Regentropfen hatten sich an der Fensterscheibe gesammelt. Jani schlief noch tief und fest, also versuchte ich, möglichst leise aus dem Schlafzimmer zu verschwinden.
Wie hypnotisiert schaute ich dem Kaffee zu, der in die Kanne tröpfelte und den angenehmen Geruch der gemahlenen Bohnen im ganzen Haus verteilte. Ich goss mir schließlich eine Tasse ein und setzte mich damit auf die Arbeitsplatte, so dass ich durchs Küchenfenster hinaus in den Vorgarten blicken konnte. Wenn ich nicht unbedingt musste, würde ich freiwillig keinen Fuß vor die Tür setzen bei diesem Wetter. Die nächtliche Suchaktion gestern steckte mir noch genauso in den Knochen wie der Streit zwischen Jani und mir. Die Ignoranz, die er mir danach entgegengebracht hatte, schmerzte noch immer. Mehr noch als die Erinnerung an das erniedrigende Gefühl, ihm körperlich unterlegen zu sein.

Eine ganze Weile wartete ich vergebens auf ihn. Irgendwann hörte ich, dass die Dusche im ersten Stock lief. Er war also aufgestanden. Ich hatte mir währenddessen einen Toast gemacht und mich mit einer weiteren Tasse Milchkaffee aufs Sofa zurückgezogen. Mein Handy lag noch genauso auf dem Tisch, wie ich es am Abend zuvor zurückgelassen hatte. Ich wagte einen Blick, keine Nachrichten. Ich öffnete die App und fragte Antti, ob er Maara schon gefunden hatte. Schließlich machte auch ich mir Sorgen um sie und hoffte inständig, dass sie längst wieder aufgetaucht war und friedlich in ihrem Körbchen schlummerte.

Es dauerte nicht lange, bis ich eine Antwort bekam.

Nein, leider nicht. Hat er dir den Kopf abgerissen?

Ich wusste, was er meinte. Logischerweise war ihm nicht entgangen, welche Kettenreaktion sein Auftritt bei uns zu Hause ausgelöst hatte. Bevor ich darauf reagieren konnte, hörte ich Schritte auf der Treppe. Ich legte das Telefon zurück auf den Tisch und widmete mich meinem Kaffee.

Die Geräusche waren bald verstummt, ich spürte seine Anwesenheit direkt hinter mir.

„Hey, Traumfrau", gähnte er. Ich drehte meinen Kopf in seine Richtung.

„Nicht wirklich."

„Für mich bist du es." Er legte seine Hände auf meine Schultern, begann dann vorsichtig zu massieren. Es fiel mir schwer, mich ihm hinzugeben, denn ich war innerlich immer noch aufgebracht. „Verzeihst du mir meine unkonventionelle Art der Demonstration letzte Nacht?"

„Charmant ausgedrückt", entgegnete ich und rollte mit den Augen.

„Ich hatte solche Angst um dich! Und dann hattest du nicht einmal das Handy dabei! Leichtsinniger geht's ja wohl kaum.

Ich hätte dich niemals finden können."
Seine Finger auf meiner Haut fühlten sich gewohnt sanft und zärtlich an, irgendwie konnte ich ihn ja auch verstehen.
„Ich weiß, deshalb tut es mir ja auch leid." Ich lehnte meinen Kopf so weit nach hinten, dass ich ihm in die Augen sehen konnte. „Aber wir hätten auch einfach darüber reden können. Ich habe das Gefühl, du vertraust mir kein bisschen. Und ob du es glaubst oder nicht, das tut wirklich weh."
Er seufzte, verschwand in der Küche und kam mit einer Tasse Kaffee in der Hand zurück. Ein Stück entfernt von mir setzte er sich hin, nahm einen Schluck und widmete sich dann wieder mir.
„Gut, lass uns reden."
Zustimmend nickte ich. „Er heißt Antti, ich habe ihn vor ein paar Tagen beim Spazierengehen kennengelernt. Seine Hündin mochte mich, so kamen wir ins Gespräch. Dass sie verschwunden ist, weißt du ja bereits."
„Und was ist dazwischen passiert?" Der Unterton seiner Stimme gefiel mir nicht, ich fühlte mich unter Druck gesetzt, aber vielleicht bildete ich mir das auch nur ein.
„Passiert?", wiederholte ich. „Gar nichts ist passiert. Wir haben ein paar Nachrichten hin- und hergeschrieben. Nichts weiter."
„Du willst mir nicht ernsthaft weiß machen, dass außer ein paar Nachrichten so gar nichts war und er dann mir nichts dir nichts hier mitten in der Nacht auf der Matte steht? Was hast du ihm erzählt? Dass du alleine wohnst? Oder gleich sämtliche Geheimnisse und privaten Details über mich?"
„Was hältst du denn von mir?" Trotz seiner vorwurfsvollen Worte wirkte Jani nach wie vor sehr ruhig und gefasst. Vermutlich machte mich gerade diese Tatsache wütend. Das war so gar nicht er.
„Ich frage lediglich nach", sagte er schließlich und musterte

mich erwartungsvoll.
„Er wusste, wer du bist. Natürlich auch, dass wir zusammen sind. Nicht von mir, sondern, weil er uns abends beim Lost & Found gesehen hat. Wieso er hierherkam? Er sagte, jeder wisse, wo du wohnst. Ich denke, er war einfach verzweifelt und kopflos wegen Maara."
„Dem Hund?"
„Ja, dem Hund."
Er nickte und dachte einen Moment lang nach.
„Habt ihr euch geküsst? Miteinander geschlafen? Ich meine, einen Seitensprung kann man eventuell verzeihen, eine Lüge dieser Art allerdings nicht."
„Nein!" Entschieden schüttelte ich den Kopf. „Wie ich dir bereits erklärt habe, lief gar nichts. Und nein, er hat es noch nicht einmal versucht. Die Fronten waren von Anfang an geklärt. Du machst dir – auch wenn es dir schwer fällt, das zu glauben – tatsächlich völlig umsonst Sorgen. Ich liebe dich."
„Du hättest es mir erzählen müssen."
Ich musste mir eingestehen, er hatte recht. Wenn man wusste, dass der Partner Geheimnisse so gar nicht ertragen konnte – wie kam es dann, dass man irgendwann dennoch der Meinung war, gewisse Dinge nicht oder nicht sofort zu erzählen?
„Nach unserem Streit dachte ich, es wäre besser, erst einmal wieder Ruhe einkehren zu lassen. Ich wollte dir nichts verheimlichen oder dich gar anlügen."
Ich hatte nicht den blassesten Schimmer davon, was in seinem Kopf vor sich ging. Er reagierte nicht auf meine letzten Worte, blickte etwas verloren auf den Boden. Sicher war, dass ihm meine Erklärungsversuche nicht gefielen, dennoch hatte ich eben nichts anderes zu beichten als das, was ich ihm bereits gesagt hatte.

„Ich glaube nicht an die Existenz platonischer Freundschaften zwischen Mann und Frau." Während er sprach, hatte er seine Position nicht verändert. Er starrte weiterhin auf den Boden.
„Aber selbst zu einem Seitensprung braucht es in der Regel mehr als eine Person."
„Ich schätze, der Punkt geht an dich." Er zwang sich zu einem verhaltenen Lächeln und suchte endlich Augenkontakt. Kurz darauf streckte er mir seine Hand entgegen, so dass ich meine eigene hineinlegen konnte. Schnell schloss er seine Finger um meine, zog mich dann in seine Richtung. Ich verstand den nicht unbedingt dezenten Hinweis, rutschte auf dem Sofa näher zu ihm.
„Ich liebe dich so sehr", sagte er leise, küsste mich anschließend. „Viel zu sehr."
„Kann man überhaupt zu sehr lieben?", entgegnete ich, wenngleich es auch vielmehr meine Gedanken waren, die ich hier zum Ausdruck brachte. Für mein Empfinden war zu viel in Sachen Liebe bei Jani gar nicht möglich. Wie sollte er mich denn zu sehr lieben? Ich konnte mir einfach nicht vorstellen, dass ich jemals genug von ihm bekommen würde, geschweige denn zu viel.
„Natürlich." Er führte seine Kaffeetasse an den Mund. „Dann ist es keine Liebe mehr, sondern Sucht. Eine Droge, die nach und nach kaputt macht, weil man sie einfach zu sehr braucht."
„So empfindest du also?" Ich war verwirrt, seine Worte hatten einen sehr negativen Beigeschmack.
„Manchmal", antwortete er nüchtern. „Wenn ich Angst habe, dich zu verlieren."
„Du verlierst mich aber nicht." Während ich sprach, kuschelte ich mich an ihn, legte meinen Kopf auf seine Schulter. Konnten wir nicht die Zeit zurückdrehen? Irgendwohin, wo wir glücklich waren? Gerade noch war doch alles perfekt.

Ohne andere Menschen, ohne Geheimnisse und ohne diese ominösen Briefe.
Vielleicht mussten wir einfach nur an uns festhalten? An uns und unsere Liebe glauben und nicht zulassen, dass irgendetwas zwischen uns kommen könnte?

- 12 -

Die Zeit war etwas sehr Seltsames. Manchmal kam es einem vor, als renne sie nur so dahin. Wie Sandkörnchen, die einem durch die Finger glitten, zerrannen dann Stunden, Tage, Wochen. Und dann gab es diese Lebensabschnitte, Zeiten, in denen es sich anfühlte, als würde rein gar nichts geschehen. Beinahe, als würde die Zeit um einen herum stillstehen. Ich meinte hierbei allerdings nicht die guten Momente, in denen man vor Glückseligkeit und Freude einfach vergessen konnte, dass es ein Leben außerhalb dieses Augenblickes gab. Ich sprach von den Stunden, in denen man mit sich selbst alleine war. Ich hatte ein besonderes Talent dafür, dieselbe Problematik in meinem Kopf immer und immer wieder auseinanderzupflücken. Damit konnte ich mich wirklich lange herumschlagen, ganz gleich, ob mit oder ohne Erfolg. Ich biss mich regelrecht fest, versuchte jede Einzelheit zu verstehen, um das Problem danach lösen zu können. Sobald Gefühle mit ins Spiel kamen, war irgendwie gar nichts mehr mit Logik zu erklären oder gar zu lösen. Irrationalität an jeder Ecke, dort, wo Emotionen aufeinander prallten. Niemand verstand den anderen wirklich. Konnte es nicht. Wollte es nicht. Oder beides.

Ich hatte nie erwartet, dass eine Beziehung von selbst funktionieren würde. Zusammenleben war harte Arbeit, der

Alltag bestand sicher nicht nur aus Sonnenschein und Filmabenden mit Popcorn, aber genau in jenem täglichen Leben erkannte man letztendlich die Qualität der Beziehung. Konnten wir den rauen Alltag, den Frust und die Lust überhaupt gemeinsam meistern? Oder mussten wir uns eingestehen, dass wir nur harmonierten, wenn wir in einem geschützten Umfeld waren?

Wir hatten diesen Alltagstest nie durchlaufen können und müssen. Schließlich hatte ich mein Leben aufgegeben, als ich Teil seines wurde. Ich passte mich wohl oder übel an seinen Ablauf an, genoss die Freiheit, das tun zu können, was ich wollte, doch seit geraumer Zeit fehlte mir eben doch das eigene Leben. Irgendetwas, das nur mir gehörte. Nur mir vorbehalten war. Etwas, von dem Jani wusste, aber nicht zwingend beteiligt war.

Die wenigen Versuche, die ich in Richtung Jobsuche bislang unternommen hatte, waren nicht gerade von Erfolg gekrönt gewesen. Mein Freund lehnte die Idee ohnehin kategorisch ab, was es definitiv nicht einfacher machte, und dann war da noch die Tatsache, dass seine Argumente gegen eine Festanstellung durchaus Hand und Fuß hatten. Der Gedanke, dass er wochenlang auf Tour wäre, während ich alleine in Helsinki sitzen und meine acht Stunden pro Tag arbeiten würde, widerstrebte mir. Wenn ich nur daran dachte, fühlte ich mich schon einsam und allein. Das konnte dementsprechend nicht die Lösung für mich sein.

***

Wir sprachen nicht über Antti. Auch nicht darüber, ob und wie es weitergehen sollte. Es war, als existiere dieses Thema nicht mehr. Jani hatte nie wieder davon angefangen, wollte weder wissen, ob wir noch Kontakt hatten, noch was aus der Sache mit seinem Hund geworden war.

Doch er beobachtete mich. Anders als vorher. Häufiger. Intensiver. Jedes Mal, wenn mein Handy piepste, wurde auch Jani aufmerksam. Zwar hatte ich ihn nie dabei erwischt, wie er meine Nachrichten las oder etwas auf meinem Telefon suchte, doch ich konnte an seinem Blick erkennen, dass er versuchte, anhand meiner Mimik und Gestik abzulesen, mit wem ich schrieb und wie ich mich dabei fühlte. Die ganze Geschichte bereitete mir Magenschmerzen. Ich hasste mich dafür, Jani dabei zuzusehen, wie er mich beobachtete. Es hatte etwas so Lächerliches, Erniedrigendes und war schlicht und ergreifend etwas, das in einer intakten Beziehung keinen Platz haben sollte.

Meine Gefühle hatten sich nicht verändert. Ich war fest entschlossen, auch weiterhin für uns zu kämpfen. Allerdings konnte ich nur hoffen, dass es Jani genauso ging. Die meiste Zeit des Tages war er mit den Vorbereitungen zur Tour beschäftigt. Die Jungs von Frozen Fire mussten proben, natürlich. Er fragte mich nicht, ob ich ihn begleiten würde, sondern verließ am Morgen das Haus und tauchte irgendwann nach Anbruch der Dunkelheit wieder auf. Zwischendurch schrieb er mir hin und wieder eine Nachricht.

Wenn wir zusammen waren, fühlte ich mich sicher. Geliebt. Aber ich konnte seine immer noch vorhandenen Zweifel spüren. Er beteuerte oft, dass er derzeit sehr gestresst wäre und sich müde und ausgelaugt fühle, ihm einfach die Kraft fehle, um neben der Arbeit noch irgendwelche Aktivitäten mit mir zu unternehmen. Ich wusste nicht, ob ich ihm das glauben sollte.

Es war Tag vier, nachdem Antti in Erscheinung getreten war. Auch von ihm hatte ich seitdem weder einen Anruf noch eine Nachricht erhalten. Ich hockte zu Hause am Küchentisch und

blätterte lustlos in einer Modezeitschrift, als es an der Türe klingelte.
Ich öffnete und mich begrüßte ein schwarzes Fellbündel überschwänglich. Maara.
„Heeeey, da bist du ja wieder", freute ich mich, während ich in die Hocke ging, um sie zu knuddeln. Antti stand mit den Händen in den Jackentaschen vor mir und beobachtete das Szenario grinsend.
„Dachte, wir kommen mal vorbei", erklärte er schließlich, während er versuchte, an mir vorbei ins Haus zu schielen.
„Ich bin echt froh, dass sie wieder da ist. Wo hat sie denn gesteckt?"
„Keine Ahnung, ich habe die letzten Tage jeden Tierarzt und alle Tierheime ununterbrochen angerufen. Gestern Abend wurde sie abgegeben. Ich habe sie natürlich sofort geholt. Meine kleine Ausreißerin." Er strich Maara über den Kopf, sah dann zu mir.
„Und bei dir? Wie geht es dir? Alles okay?"
Ich zuckte mit den Schultern. „Wenn ich das wüsste."
„Oh nein", seufzte er verständnisvoll. „Und ich bin schuld daran, weil ich Blödmann mitten in der Nacht komplett kopflos hier aufgetaucht bin."
„Na ja, sagen wir mal so, es war nicht unbedingt der beste Auftritt." Ich zwang mich zu einem Lächeln. Im Grunde genommen hatte er recht, es war seine Schuld, denn wäre ich gleich ehrlich zu Jani gewesen, dann hätte sich das ganze Problem erst gar nicht ergeben.
„Das tut mir echt entsetzlich leid. Kann ich was für dich tun? Mit deinem Freund reden und es ihm erklären?" Ich überlegte kurz, während Maara mich am Knie schubste, um noch mehr Streicheleinheiten einzukassieren.
„Nein, das ist nicht nötig. Wir haben eigentlich alles geklärt."

„Okay", nickte er. „Aber wenn ich doch etwas tun kann, weißt du ja, wie du mich erreichen kannst. Wir gehen dann mal, das Meer ruft."
Ich musste nicht wirklich lange überlegen. Zwar war das Wetter derzeit extrem herbstlich und eher weniger einladend, doch ein wenig Bewegung an der frischen Luft würde mir wirklich gut tun. Ich eilte zurück ins Haus, zog mich möglichst warm an und ging mit Antti zum Strand. Ich konnte nicht genau sagen, weshalb, doch ein richtiges Gespräch kam zwischen uns nicht zustande. Ich für meinen Teil hatte irgendwie kein passendes Thema parat. Meine Gedanken drehten sich nur noch um meine Beziehung. Ich musste damit aufhören, das wusste ich selbst, doch die letzten Tage hatte ich zu viel Zeit alleine verbracht, um nicht permanent über mich und Jani nachzudenken. Zwar hatte ich in Erwägung gezogen, Sina nach einem Treffen zu fragen, doch sie steckte wie die Jungs in den Vorbereitungen zur Tour. Bei ihr sah das allerdings anders aus. Sie hatte einen festen Job in Helsinki. Um nicht zu viele Urlaubstage für die Tour opfern zu müssen, hatte sie beschlossen, bis dahin so viele Überstunden wie nur irgendwie möglich zu erarbeiten, um diese dann abfeiern zu können. Keine schlechte Idee, da stimmte ich zu. Allerdings stand sie für mich als potenzielle Ablenkung derzeit nicht zur Verfügung.
Und Antti? So leid es mir auch tat, ich wollte mit ihm nicht über meine Beziehung sprechen. Es fühlte sich einfach falsch an, auch wenn er sich größte Mühe gab, mich weder zu bedrängen noch auszufragen.

„Oder was meinst du?", fragte er schließlich. Super. Wovon redete er eigentlich?
„Hm?" Ich räusperte mich und blickte schuldbewusst zu ihm.

„Sorry, ich hab nicht zugehört."
„Ich habe gefragt, ob wir einen kurzen Abstecher zu mir machen können, um miteinander zu schlafen."
Ich musste mich verhört haben, machte große Augen. Er brach in Gelächter aus.
„Es tut mir leid, ich konnte es mir nicht verkneifen."
„Aha." Skeptisch musterte ich ihn, er ergriff aber gleich wieder das Wort.
„Ich hatte gefragt, ob wir einen Kaffee trinken wollen oder ich dich lieber nach Hause bringen soll."
„Weder noch. Ich muss noch etwas einkaufen, nach Hause finde ich von hier schon alleine. Keine Sorge."

Wir verabschiedeten uns und ich stapfte mehr oder weniger ziellos davon. Nach einer gefühlten Ewigkeit nahm ich die nächste Querstraße Richtung Innenstadt. Ich hatte wirklich über Einkaufen nachgedacht, doch die Vorstellung, mit so vielen fremden Menschen konfrontiert zu werden, gefiel mir dann doch so gar nicht. Ich hatte eine der Haupteinkaufsstraßen erreicht, blickte mich um. Überall waren Leute unterwegs, schleppten Tüten, unterhielten sich. Mich störte, dass ich sie nicht verstehen konnte. Ich fühlte mich sehr ausgegrenzt.
Vor einer Shopping Mall blieb ich stehen, ich war hier schon einige Mal gewesen, wusste, dass im Untergeschoss fast nur Gastronomie angesiedelt war.
Während ich in der Schlange des Coffee Shops wartete, kam mir die Sache mit den anonymen Briefen wieder in den Sinn. Wir hatten nicht weiter geforscht, gar nichts getan. Unsere eigenen Beziehungsprobleme und sein Zweifeln an mir hatte alles andere als unwichtig erscheinen lassen. Andererseits war die Sache für Jani auch davor schon mehr oder weniger

abgehakt gewesen, oder nicht? Er war sich auf einmal sicher, dass es irgendein Fan sein musste, der sich spaßeshalber in unser Leben einmischte. Nichts Ernsthaftes, nichts Gefährliches. Ich hatte Mühe, ihm das zu glauben.

Als ich in der Nacht mit Antti unterwegs gewesen war und nach Maara suchte, hatte Jani mir vorgeworfen, dass ich kein Handy dabei hatte. Er hätte mich nicht finden können, die Welt war aus heiterem Himmel ein gefährlicher Ort geworden. Ich war so gedankenverloren, dass mich die Verkäuferin gleich drei mal nach meinen Wünschen bezüglich Kaffee fragen musste, bis ich reagierte. Mit meinem Becher und einem Muffin setzte ich mich auf den nächstbesten freien Platz im Center.
Er hatte Angst um mich, natürlich. Das war ja verständlich und nicht unbedingt schlecht, doch hatte er Angst, weil er vermutete, dass es doch einen Stalker gab? Jemanden, der mir etwas antun wollte?
Ich blickte mich um; überall Menschen. Viele Menschen. Ich fühlte mich sichtlich unwohl. Was, wenn mich jemand beobachtete? Oder was, wenn es die Person auf Jani abgesehen hätte? Ihm etwas antun wollte? Wir hatten dieses Thema einfach vergessen, waren nachlässig geworden.
Ich zog mein Handy aus der Jackentasche und wählte Janis Nummer. Nach ein paar Mal Klingeln hob er ab.
„Hey, Liebes."
Ich musste schlucken, leichte Panik stieg in mir auf.
„Melissa? Alles ok?", klang es besorgt durchs Telefon.
„Ich bin... im FORUM Center. Kannst du mich abholen?" Ich stotterte fast ein wenig.
„Sicher", antwortete er. Ich hörte, dass er sich schon in Bewegung gesetzt hatte. „Was ist passiert?"

„Nichts." Mir war nach Weinen zumute, doch ich konnte es gerade noch unterdrücken. „Ich möchte nur bei dir sein."
„Ich bin in ein paar Minuten da. Draußen vor dem Eingang?"
„Ja." Ich beendete das Gespräch, nahm mit zittrigen Händen meinen Pappbecher Kaffee und den noch nicht angerührten Muffin und eilte die Rolltreppen hinauf. Die kalte Luft vor der Eingangstüre schlug mir förmlich ins Gesicht, was sich in Anbetracht meiner aktuellen Gefühlslage befreiend anfühlte.

***

Ich war erleichtert, als ich den weißen Lexus an der übernächsten Ampel sah. Jani setzte den Blinker und kam direkt vor meinen Füßen zum Stehen. Schnell stieg ich ein, zog die Tür hinter mir zu und atmete erst einmal tief durch.
„Was ist denn los? Du hast mir einen ziemlichen Schrecken eingejagt." Während er die zweispurige Straße entlangfuhr und an unzähligen Ampeln und Zebrastreifen anhalten musste, hatte er genügend Gelegenheit, um mich eindringlich anzusehen.
„Ich weiß auch nicht." Ich blickte aus dem Fenster. „Eigentlich wollte ich nur einen Kaffee trinken und dann sind mir diese Briefe eingefallen. Plötzlich fühlte ich mich so, als würde mich jemand beobachten."
„Beobachten? Hast du jemanden gesehen? Ist dir etwas aufgefallen?" Er wurde hellhörig.
„Ich weiß doch gar nicht, ob da jemand war, oder ich es mir nur eingebildet habe. Vielleicht werde ich ja langsam paranoid, was weiß ich?"
Er dachte nach, spielte mit seinen Fingern auf dem Lenkrad, während wir auf die nächsten Grünphase warteten.
„Ich bringe dich jetzt erst einmal nach Hause", murmelte er.

„Und du?", fragte ich sofort.
„Was und ich?" Er schien mir nicht folgen zu können.
„Musst du wieder weg?", erkundigte ich mich.
„Ich bin ohne ein Wort zu sagen gegangen, ich sollte also schon nochmal bei den Jungs vorbeischauen."
Er hatte ja recht, immerhin hatte er alles stehen und liegen gelassen und war mir zu Hilfe gekommen. Dass er alle seine Verpflichtungen deshalb automatisch vergessen konnte, war wohl einfach nicht drin. Er blickte zu mir.
„Wir können auch jetzt vorbeifahren und dann zusammen nach Hause, wenn dir das lieber ist."
War es mir, zweifellos. Ich ließ mir nichts anmerken, begrüßte die Jungs so freundlich wie möglich. Jani erklärte, dass es mir nicht gut ginge und er gerne mit mir nach Hause gehen möchte. Allgemeines Verständnis und Mitleid prallten mir entgegen. Zum Glück konnten wir bald darauf nach Hause.

„Möchtest du irgendwas? Tee? Oder etwas zu essen?" Jani stand mit fragendem Blick vor mir. Ich hatte gerade die Schuhe ausgezogen und mich in meine Lieblingsecke des Sofas gekuschelt.
„Dich", flüsterte ich. „Sonst nichts."
Seine Lippen formten sich zu einem Lächeln, er ließ sich neben mich auf die Couch fallen und zog mich in seine Arme.
„In ein paar Tagen sind wir hier weg. Bin mir sicher, dass es danach so gut wie vergessen ist. Alles, meine ich." Er gab mir einen Kuss auf die Stirn und ich fühlte mich so geborgen wie seit langem nicht mehr. Nur zu gern hätte ich ihm einfach geglaubt, ihm jedes seiner Worte ohne einen Anflug von Zweifel abgenommen. Leider wusste mein Verstand, dass manche Dinge sich eben nicht von selbst regelten. Trotzdem hoffte ich, Jani würde recht behalten.

***

Ich brauchte Zuspruch, die Meinung einer Person, die einfach so gar nicht involviert war. Mein schlechtes Gewissen ließ mich zögern, doch ich wusste, dass einzig und allein Eva die Person war, mit der ich sprechen wollte. Ich hatte mich ewig nicht bei ihr gemeldet. Nicht einmal eine Nachricht geschrieben. In der Tat, ich war eine miese Freundin. Dass sie mir erst in einer Notsituation wieder in den Sinn kam, verdeutlichte meine nicht vorhandenen Qualitäten als Freundin nur noch. Ich trat mir dennoch selbst in den Hintern und schrieb ihr – selbstverständlich mit einer ausschweifenden Erklärung, weshalb ich mich nicht früher gemeldet hatte.
Nach einigem Hin und Her rief ich sie schließlich an. Jani war in seinem Spielzimmer verschwunden und ich konnte meiner Freundin somit nach Lust und Laune mein Leid klagen und mein Herz ausschütten. Es tat wirklich unheimlich gut, ihre Stimme zu hören. Dass sie einfach zuhörte und mich zumindest teilweise verstehen konnte, war weitaus mehr, als ich erwartet hatte. Wieso nur hatte ich nicht früher mit ihr gesprochen?
Sie teilte meine Bedenken, was einen vermeintlichen Stalker anging. Jedoch ließ sie mich auch unvermittelt wissen, dass sie nicht viel davon hielt, Jani weiterhin anzulügen, was die Nacht bei Antti anging. Nun, in Anbetracht der Tatsache, dass sie Jani kaum kannte und weder seine Eigenarten noch seine Eifersucht einzuschätzen wusste, nahm ich ihr das keineswegs krumm. Es war letztendlich ohnehin meine Sache und nach dem aktuellen Stand konnte ich mir nicht vorstellen, dass Ehrlichkeit in dieser Hinsicht irgendetwas besser machen würde. Wir unterhielten uns sicherlich über eine Stunde, ich fühlte mich danach wirklich besser. Offensichtlich setzte mir

dieses mangelnde Sozialleben in Finnland doch mehr zu, als ich mir selbst eingestehen wollte.

***

„Wir könnten nach der Tour eigentlich zwei oder drei Wochen in die Karibik fliegen, meinst du nicht?" Während er sprach, starrte er wie gebannt auf den Fernseher. Was auch immer er spielte, es forderte seine Konzentration. Allerdings nicht genug, um meine Anwesenheit nicht zu bemerken.
„Karibik?" Ich war noch nie außerhalb von Europa gewesen. „Klingt gut, aber ist das nicht eher so ein Honeymoon Ding?"
„Wir können gerne vorher heiraten." Er lächelte sanft.
„Soll das ein Antrag sein?", neckte ich ihn.
„Nicht, dass ich nicht wollen würde, aber ein klein bisschen einfallsreicher würde ich das dann schon gestalten."
„Wirklich? Ich dachte so Playstation, Kippe im Mund, Bierchen auf dem Tisch – das wäre doch genau dein Ding."
Augenblicklich sprang er auf, warf dabei fast den kleinen Tisch um und kämpfte sich in abenteuerlichem Tempo zu mir durch.
„Irgendwann, mein Fräulein...", brummte er finster, „werde ich ihnen ihren hübschen Hintern doch noch richtig versohlen."
Ich lachte laut auf, pikste ihm mit einem Finger in die Seite, während ich ihm die Zunge herausstreckte und dann aus dem Zimmer rannte. Vor Jani hatte ich keine Angst, dafür aber jede Menge Respekt vor seiner Treppe und meiner nicht vorhandenen Hand-Fuß-Koordination. Das Zusammenspiel aus beidem konnte jederzeit und ohne jegliche Vorwarnung zu einem unschönen Sturz Richtung Erdgeschoss führen.
Ich hielt mich zur Sicherheit am Geländer fest, als ich die Stufen hinuntereilte. Komischerweise hörte ich ihn gar nicht hinter mir. Eigentlich hatte ich mit seinem Fluchen gerechnet,

zumindest lautstarkes Gemeckere oder sonstige leeren Versprechungen waren eigentlich immer drin. Ich blieb am Durchgang zur Küche stehen und lauschte den Geräuschen im Haus. Keine Schritte, kein Gepolter. Gar nichts. Beinahe beängstigend.
Ich bemühte mich, leise zu sein, als ich zurück zur Treppe schlich. Auch hier schien alles ruhig. Plötzlich sprang Jani von oben wie aus dem Nichts auf mich zu.
„Hahaaaaaa!", schrie er lauthals. „Zum Angriff!"
Es dauerte einen Moment, bis ich erkannt hatte, dass er sich meinen pinkfarbenen Schal um den Kopf gebunden und jeweils zwei schwarze Makeup-Striche auf die Backen gemalt hatte. In der einen Hand hielt er einen Kleiderbügel, in der anderen den Besen.
„Okay, jetzt habe ich Angst!", prustete ich los. Er hatte so herrlich viel Blödsinn im Kopf, konnte man ihn nicht lieben?
„Das will ich dir geraten haben! Der Sieg ist mein!" Mutig nahm er die ersten drei Stufen auf einmal nach unten. Ich sah ihn schon fallen, viel hatte nicht gefehlt, doch er konnte sich gerade noch am Geländer abfangen.
„Soll ich vielleicht jetzt besser schon den Krankenwagen rufen? Oder die Herren mit den netten weißen Jäckchen?"
Empört schüttelte er den Kopf.
„Du weißt wohl nicht, mit wem du es hier zu tun hast!" Voller Stolz wollte er sich mit der Hand auf seine stählerne Brust schlagen, vergaß dabei aber den Kleiderbügel. Um ein Haar hätte er sich diesen ins Gesicht gerammt. Ich konnte ihn nicht bedauern, ich war zu sehr mit Lachen beschäftigt.
„Mit wem denn? Dem Schusselkönig? Oder dem Putzteufel vielleicht?"
Er zeigte sein finsterstes Gesicht, warf dann erst den Kleiderbügel, dann den Besen einfach neben sich und rannte

los in meine Richtung. Ehe ich mich versah, hatte er mich gepackt und über die Lehne des Sofas geworfen. Ich hatte Tränen in den Augen, konnte nicht mehr aufhören zu lachen. Selbst die Tatsache, dass mir der Arm nach seiner spontanen Aktion etwas weh tat, hielt mich nicht davon ab, weiter zu kichern.

„Herr Putzteufel, darf ich ihnen ihre Krone richten?", spottete ich, während ich den neonpinken Schal, der mittlerweile auch gut als Augenklappe hätte funktionieren können, wieder etwas höher schob.

Unbeeindruckt zerrte er am Schal und ließ ihn hinter sich fallen. Wir sahen uns tief in die Augen, dann küssten wir uns. So, als würde die Zeit still stehen.

Ich fühlte mich sicher, geborgen, zu Hause. Wie sehr hatte ich dieses Gefühl vermisst. Bei all diesem Durcheinander, das die letzten Wochen so massiv beeinflusst hatte, schien es fast so, als hätten wir uns gerade erst wieder gefunden. Wir brauchten keine Worte, keine Gesten, um dem anderen verständlich zu machen, was uns gefiel. Wir wussten es einfach. Es war, als würden unsere Körper genauso harmonieren wie unser Geist. Jani fühlte wie ich, ich wusste es einfach, und ich schämte mich fast dafür, dass ich auch nur im Ansatz daran gezweifelt hatte.

„Wir sollten es wirklich ausnutzen, solange wir noch ungestört stundenlang hier herumliegen können." Jani legte seinen Kopf auf meinen Bauch, rückte die Decke über mir wieder in die richtige Position. Gerade noch hatten wir uns geliebt. Ich wehrte mich dagegen, es irgendwie anders zu nennen. Es war nicht miteinander schlafen oder Sex haben. Es war Liebe. Romantik lag uns beiden zwar nur bedingt, doch meine Gefühle waren echt. Und ich hatte das dringende Bedürfnis, das, was uns verband, auch so zu würdigen.

„Was sollte uns davon abhalten?", fragte ich schließlich.

„Na ja, unsere Kinder irgendwann, meinst du nicht." Er grinste. „Die Fußballmannschaft."
„Willst du zum Fußballtrainer umschulen? Anders wird das nämlich nichts."
Gespielt empört schüttelte er den Kopf. „Werden wir ja noch sehen."

- 13 -

Die Tage bis zum Tourauftakt plätscherten vor sich hin. Der kleine Vorfall im Einkaufszentrum hatte Spuren hinterlassen. Ich tat mich schwer, alleine etwas zu unternehmen. Zu Hause bleiben, während Jani arbeitete, war zwar möglich, doch ich mochte es nicht. Ihm kam das sicher entgegen, er freute sich jedenfalls, als ich ihn wieder zu den Proben begleitete. Kein spitzer Kommentar, keine Bemerkung, die mich hätte kränken können, kam je über seine Lippen. Ich wusste das zu schätzen.
Ob das Personal der Tankstelle, die gegenüber des Proberaumes war, mich vermisst hatte? Immerhin hatte ich geraume Zeit durch Abwesenheit geglänzt. Wenn man bedachte, dass ich zuvor wirklich täglich hierher gekommen war, wäre es sogar im Bereich des Möglichen, dass man sich gefragt hatte, warum ich nicht mehr auftauchte.

Ich schlenderte in den kleinen Laden, bestellte einen Hot Dog und meinen Becher Tee. Zur Feier des Tages wollte ich die alten Gewohnheiten beiseite legen und – experimentierfreudig, wie ich war – mal etwas anderes als Pizza ausprobieren.
Gerne hätte ich mich an den Rand des Hafenbeckens gesetzt, doch die Tatsache, dass der Winter unaufhaltsam näher kam, hielt mich davon ab. Schließlich wollte ich nicht mit dem Hintern am Boden festfrieren oder ähnliches. Ich packte meine

Sachen zusammen und ging zurück zu der großen, alten Fabrikhalle, in der die Proberäume waren.
Wie es aussah wurde für den Nachtclub, der auch Teil des Komplexes war, gerade eine Lieferung ausgeladen und hinein getragen. Ich schlängelte mich durch die Paletten, am LKW vorbei, sah den Chef des Ladens im Eingangsbereich stehen und die Szenerie kritisch beobachten. Als er mich bemerkte, winkte er mir zu.
„Du kannst auch hier reingehen."
Ich bedankte mich, so musste ich nicht um das halbe Gebäude herumlaufen in der Kälte. Von überall her hörte ich Musik, während ich die Gänge entlang schlenderte. Glücklicherweise war der Weg zu den Proberäumen nicht sonderlich schwer zu finden. Neben der Gemeinschaftsküche, die sich die Bands teilten, gab es auch noch eine Art Gruppenraum mit Tischen und Stühlen. Ich ließ mich dort nieder, legte meine Füße auf den Tisch und begann endlich damit, den Hot Dog zu futtern.

„Hey, hast du schon gepackt? Morgen geht's los!" Sina schien sich nun auch etwas auf den Trip einstellen zu können. Sie hatte die letzte Zeit ununterbrochen gearbeitet. Vielleicht würde sie die erste Woche der Tour auch einfach komplett verschlafen?
„Ein bisschen, den Rest mache ich später noch", erklärte ich.
„Vergiss die Badesachen nicht, vielleicht haben wir irgendwo die Gelegenheit, um Schwimmen zu gehen."
„Gute Idee", stimmte ich zu. „Wird sicher spannend, die Tour und so."
„Ja, und unsere Exkursionen durch fremde Städte." Sina freute sich wirklich darauf und ich versuchte, möglichst nicht darüber nachzudenken, was alles schief gehen könnte. Meine Selbstständigkeit hatte sich zuletzt in Wohlgefallen aufgelöst,

auf der Tour würde ich aber die meiste Zeit ohne Jani sein. Immerhin – wir hatten nichts mehr von diesem Fan oder Stalker gehört und solange wir irgendwo in der Weltgeschichte umherreisten, wäre es schier unmöglich, uns zu folgen.

***

„Hörst du das?" Jani blieb wie angewurzelt stehen und hob den Zeigefinger in die Luft.
„Ähm... was soll ich hören?" Kein Laut war zu vernehmen.
„London calling!", lachte er.
„Quatschkopf!", grinste ich. „Morgen geht's los, nicht jetzt."
„Ich bin so froh, dass du mitkommst." Er stopfte die letzten Kleidungsstücke in seinen silbernen Koffer. Mir war schon längst klar, dass er das Teil niemals zubekommen würde, wobei das nicht unbedingt nur an der Menge lag, sondern viel wahrscheinlicher an seinem nicht vorhandenen Ordnungssinn.
„Zehn Euro auf den Koffer", murmelte ich spöttisch.
„Wie bitte?" Er schielte mahnend zu mir. „Du setzt gegen mich?"
„Sieht so aus", bestätigte ich. „Kriegst du niemals zu, das Teil." Offensichtlich fühlte er sich ermutigt, alles Menschenmögliche zu versuchen, um dem armen Koffer zu zeigen, wer hier der Boss war. Als Jani schließlich auf dem Ding hockte und felsenfest davon überzeugt war, dass er es so lange aushalten würde, bis die Verschlüsse des Koffers sich schließen ließen, musste sich eben jener geschlagen geben. Mit einem lauten Knacken gab er die letzten Zentimeter nach und Jani ließ das Schloss einrasten.
„Na, was sagst du nun?" Er freute sich wie ein kleines Kind.
„Du bist wahrlich der stärkste Mann auf der ganzen Welt." Ich bemühte mich, überzeugend zu klingen. Ihm genügte es und so

konnte auch ich die letzten Utensilien für unsere Reise einpacken und mit weitaus weniger Kraftaufwendung und Inszenierung auch mein Gepäck bereit machen.

Wir überlegten noch einmal, ob es noch irgendwelche wichtigen Sachen gab, die wir vergessen hatten. Im Kühlschrank waren keine verderblichen Waren mehr, die Blumen hatten Wasser bekommen, Fenster im Haus waren allesamt verschlossen.

„Oh nein!" Erschrocken blickte ich ihn an.

„Was? Was ist los?" Er nahm mich absolut ernst.

„Wir haben Eugenie vergessen!" Fest presste ich die Lippen aufeinander, um nicht lachen zu müssen.

„Um Gottes willen, Eugenie!" Er schüttelte den Kopf. „Sollten wir sie nicht vorsichtshalber mitnehmen? Nicht, dass ihr jemand etwas tut."

„Der Postbote möglicherweise."

„Genau, den Typen hab ich eh gefressen. Stell dir vor, er stopft womöglich ihr ganzes Zuhause während unserer Abwesenheit mit Werbung voll."

„Dann hätte sie das Zeitliche gesegnet, bevor der Winter sie dahinraffen könnte." Ich verzog mein Gesicht angeekelt. „Ehrlich, ich hasse dieses Vieh."

„Bin mir sicher, dass sie spätestens nach den ersten paar frostigen Nächten aus unserem Briefkasten ausziehen wird", erklärte Jani. „Ansonsten zwingen wir sie zum Auszug. Können ja Eigenbedarf anmelden oder so."

„Ich bitte darum." Ich schlenderte an ihm vorbei in die Küche, wollte uns mit dem kleinen Rest im Kühlschrank noch ein letztes Abendessen zaubern.

„Ah, aber gutes Stichwort. Ich habe heute noch gar nicht nach der Post gesehen." Ich hörte, wie er durch den Gang lief und die Haustüre öffnete. Kurz darauf war er wieder im

Wohnzimmer und warf ein paar Umschläge auf den Tisch.

„Rechnungen oder Werbung. Schade fürs Papier." Das Geräusch ließ darauf schließen, dass er Umschläge aufriss. Sicher waren die Umschläge komplett zerfleddert, nachdem er mit ihnen fertig war. Ich ertappte mich beim Lächeln.

Ein Stuhl wurde über den Boden gezogen, dann war nichts mehr zu hören. Vielleicht las er und hatte sich dazu hingesetzt.

„Ist Schinkentoast okay?", rief ich zu ihm hinüber – es war ja nicht so, als hätten wir eine große Alternative. Die Antwort blieb er mir schuldig. Sichtlich besorgt machte ich mich auf die Suche nach ihm. Er saß wie vermutet auf einem der Stühle und hielt ein Blatt Papier in der Hand. Sein Gesicht hatte jegliche Farbe verloren, er war kreidebleich und wirkte wie versteinert.

„Was ist denn los? Schlechte Nachrichten?" Ich trat von hinten an ihn heran und legte meine Hand auf seine Schultern.

Der Brief, den er so starr mit seinen Fingern hielt, gefiel mir nicht. Ein kalter Schauer lief mir augenblicklich über den Rücken, auch wenn ich die Worte, die das Blatt zierten, nicht verstehen konnte. Es war einer jener Briefe. Ein Weiterer. Und das, obwohl wir uns gerade erst darüber gefreut hatten, dass wohl Ruhe in diese Sache eingekehrt war. Zu allem Überfluss auch noch unmittelbar vor der Promotion-Tour.

„Scheiße." Ich schluckte. „Was steht da?"

„Pass gut auf. Ich wäre vorsichtig an deiner Stelle." Endlich löste er sich aus seiner Starre, knäulte den Zettel zu einer Kugel zusammen und warf diese dann hoch in die Luft.

„Dieser beschissene Stalker kann mich mal! Ich werde mir ganz sicher keine Angst von so einem Spinner machen lassen."

„Es ist eine Drohung", stellte ich besorgt fest. „Wir sollten damit zur Polizei gehen."

„Und dann?" Er griff nach meiner Hand und zog mich langsam auf seinen Schoß. „Wir werden nicht mitspielen, okay?

Ab morgen werden wir rund um die Uhr von unserer Security begleitet, wir sind sicher. Nur für den Fall, dass du dir Sorgen machen solltest. Ich gehe nach wie vor davon aus, dass es sich um einen miesen Scherz handelt. Es wird nichts passieren, ja? Glaub mir das bitte."

„Ich hoffe, du hast recht." Sanft strich ich mit meinen Fingern durch seine Haare, küsste ihn. Wie gerne hätte ich ihm auch dieses Mal wieder geglaubt, doch das ungute Gefühl in meinem Inneren schien mit jeder dieser Nachrichten stärker zu werden. *Ruhe bewahren, nicht durchdrehen*, ermahnte ich mich selbst. Er sagte, wir sind jetzt erst einmal absolut sicher und er ist der Profi. Er muss es wissen.

- 14 -

„Oh, ich bin so aufgeregt! London!" Sina umarmte mich, als wir uns am Flughafen nach dem Einchecken des Gepäcks mit dem Rest des Teams trafen.
„Bist du bereit für den Shoppingtrip deines Lebens?", neckte mich Sina, warf dann Jani einen ernsten Blick zu. „Und du hast ihr hoffentlich schon die schwarze Kreditkarte ausgehändigt."
„Du weißt, nur Bares ist Wahres", erklärte er mit einem müden Lächeln. „Solltet ihr allerdings Harrods gleich komplett kaufen wollen, müssten wir vorher eventuell noch mal zur Bank."
„Alter Angeber", scherzte sie, nahm mich am Arm und zog mich zum ersten DutyFree-Shop, den wir erreichen konnten.

Die Anreise nach London dauerte nicht sonderlich lange. Ich hatte fast das Gefühl, als hätte der komplette Flug nur aus den Erklärungen zur Sicherheit bestanden. Heathrow war riesig und wahnsinnig unübersichtlich. Zwar hatten Flughäfen an sich einen gewissen Charme, eine Stimmung des Aufbruchs.

Sonnenblumenglück

Die Ansammlung so vieler verschiedener Menschen, alle mit eigenen Schicksalen und einer Zukunft, die mit dem Einstieg in ein Flugzeug beginnen würde, hatte etwas Magisches. Doch die Hektik, die sich überall um uns herum abspielte, zerstörte dieses eigentlich traumhafte Gefühl. Zumindest für mich.

Da es sich lediglich um eine Promo-Tour handelte, würden wir nicht die meiste Zeit im Tourbus verbringen. Zwar fand ich die Idee, in einem Bus zu wohnen grundsätzlich spannend, dennoch war für den Anfang ein Hotelzimmer und die damit verbundene Privatsphäre nicht zu verachten.

Vor dem Flughafen verabschiedeten Sina und ich uns von der Band. Für die Jungs ging es direkt zu verschiedenen Radiostationen, wir konnten derweil die Hotelzimmer beziehen und uns in der Stadt ein wenig die Zeit vertreiben.
Ich war schwer beeindruckt von unserer Bleibe. Wer auch immer das ausgewählt und gebucht hatte – er hatte weder Kosten noch Mühen gescheut.
Schon die Hotellobby protzte mit feinstem Marmor und aufwendigen Kristallleuchtern, unser Zimmer war zugegebenermaßen im Verhältnis zum Rest des Gebäudes relativ klein gehalten, doch nicht weniger kostspielig eingerichtet. Riesiger Flatscreen-TV, Minibar, für die der Begriff „Mini" unpassender nicht hätte sein können, und ein Badezimmer, das manche Wellness-Oase vor Neid erblassen ließ. Alles war in angenehm mediterranem Stil gehalten, Säulen zierten die Seitenwände des Bades, in der Wanne hätte sicher die ganze Band Platz gefunden. Jani würde es schon allein wegen des Fernsehers lieben. Da war ich mir sicher.

Nach einer kurzen Verschnaufpause wollten wir Mädels eine erste kleine Runde durch die unmittelbare Nachbarschaft des Hotels machen. Dies erwies sich als eine durchaus gute Idee, denn überraschenderweise stellten wir fest, dass unser Hotel mitten im Zentrum Londons lag, unweit des berühmten Piccadilly Circus. Einiges war schnell zu Fuß zu erreichen und U-Bahnen gab es in London außerdem zu Genüge.
Wie richtige Touristen klapperten wir sämtliche Souvenir Shops ab, wählten unsere Einkäufe allerdings mit Bedacht, da wir alles ja auch wieder zurück zum Hotel tragen mussten. Sina war begeistert von der Mode, die man in London trug. Ich musste zugeben, sie unterschied sich sehr von der Skandinavischen mit ihren oft recht auffälligen und großen Mustern.
„London ist einfach so hip", freute sich Sina. „Wie krieg ich das bloß alles nach Hause? Am besten, ich lasse meine alten Sachen einfach hier und kleide mich komplett neu ein."
„Super Idee", lachte ich, während ich ihr hinterher schlenderte. Hatte sie nicht normalerweise genauso wenig Lust auf ausgedehntes Powershopping wie ich? Irgendwie vermittelte ihr aktuelles Verhalten einen anderen Eindruck.

Müde und erschöpft ließen wir uns auf die Stühle des nächstgelegenen Cafés fallen. Eine Stärkung musste her und Koffein konnte nie schaden. Ich stellte fest, dass wir wirklich einige Stunden durch die Gegend getingelt waren, es war schon später Nachmittag und irgendwann wäre der Arbeitstag der Band bestimmt auch zu Ende. Wir unterhielten uns bei Kaffee und Kuchen noch ein wenig, begutachteten Sinas Einkäufe und schlugen schließlich den Weg zurück zum Hotel ein.

„Hör mal, es tut mir leid, dass ich heute nicht für dich da war." Jani hatte sich in kompletter Montur aufs Bett fallen lassen, die Hände hinter seinen Kopf gelegt. Ich saß neben ihm.
„Du hast doch gearbeitet. Alles gut." So ganz folgen konnte ich ihm nicht. Schließlich war mir klar, weshalb wir hier waren.
„Schon, aber na ja, ich wollte dich nicht allein lassen. Aber dann hatte Sina dich so in Beschlag genommen und alles ging so schnell mit den Terminen, dass ich dich gar nicht richtig fragen konnte, ob das so okay für dich war."
„Wie gesagt, alles gut. War ein angenehmer Tag." Ich richtete das Kopfkissen und legte mich neben ihn.
„Hast du überhaupt was gegessen? Wollen wir etwas bestellen? Oder vielleicht die gigantische Badewanne ausprobieren?" Ein schelmisches Grinsen zeichnete sich auf seinem Gesicht ab.
„Du denkst immer nur an das Eine", entgegnete ich trotzig.
„Ans Essen?", stieg er ein. „Ja, sorry, ich habe Hunger."
„Wenn das so ist..." Ich zog die Schultern nach oben, „muss die Wanne eben warten. Ich habe ein Stück die Straße runter einen Sandwichladen gesehen."
„Für dich ist mir kein Weg zu weit." Mit einem Hechtsprung stand er auf den Beinen, streckte die Hand nach mir aus. Ich folgte der Aufforderung und kurz darauf spazierten wir Hand in Hand durch Londons Straßen.
Im Gewühl fielen wir vermutlich nicht groß auf, wir waren wie alle anderen einfach nur Menschen auf dem Weg von A nach B. Ich wusste, dass das Management der Band es weitaus lieber sähe, wenn wir in der Öffentlichkeit eine gewisse Distanz einhalten würden, doch Jani war von Anfang an dagegen gewesen.
Er hatte seinen Standpunkt klar gemacht – wir gehörten zusammen, also konnte das auch jeder wissen. Fans hin oder her, da war er wie in vielen anderen Belangen, überaus

konsequent und stur.

Ich mochte dieses Pärchen-Ding, dennoch störte es mich, wenn wir dadurch zu viel Aufmerksamkeit bekamen. Er war bekannt, er zog Blicke auf sich – egal wann und wo – doch ich hatte dieses Leben nicht gewählt. Ich war es gewohnt, dass ich nicht auffiel. Mit Jani war das anders. Zumindest wollte er schon immer auf die Bühne, er liebte seine Fans, schottete sich aber auch gerne mal ab. Hierbei kam ihm Finnland einmal mehr entgegen. Die Neugier der Leute dort hielt sich einfach in Grenzen.

Als wir den besten Chicken-Mayo-Sandwich unseres Lebens am Piccadilly Circus aßen, bemerkten wir, dass es doch den ein oder anderen Menschen gab, der etwas aufmerksamer war. Ein paar Mädchen kicherten übernatürlich laut, als sie an uns vorbeiliefen. Wenige Minuten später wurde ein Foto von dem Haus hinter uns gemacht – selbstverständlich reiner Zufall, dass mein Freund mit auf dem Bild war. Er blieb gelassen und freundlich, wie immer. In der Öffentlichkeit brachte ihn kaum etwas aus der Ruhe.

Die Badewanne des Hotelzimmers wurde im Übrigen an diesem Abend lediglich von mir auf ihre Tauglichkeit getestet. Jani hatte mir seine Gesellschaft zwar angekündigt, war aber dann binnen weniger Minuten vor dem Fernseher eingeschlafen.

***

Ein weiterer Tag in Englands Hauptstadt lag vor uns. Nach dem Frühstück hatte mich Jani ausgiebig darüber ausgefragt, ob ich den Tag mit Sina verbringen oder doch lieber mit ihm von Termin zu Termin eilen wollte. Ich entschied mich

logischerweise für ersteres, wie erwartet hatte Sina auch schon einige Ideen für unseren Tagesablauf.
Wir machten – wie Jani prognostiziert hatte – einen Abstecher zu Harrods, allerdings ohne auch nur eine winzige Kleinigkeit zu kaufen. Das nächste Ziel auf ihrer to-see-Liste war der Stadtteil Notting Hill. Wie sie mir erklärt hatte, war Sina ein riesiger Fan des gleichnamigen Filmes und träumte seit Jahren davon, einmal selbst durch die Straßen und Schauplätze zu laufen. Was sollte ich sagen? Ich hatte nichts dagegen. Wir entschieden uns dafür, ein Taxi zu nehmen. Nach ersten Komplikationen vor Ort – der Stadtteil schien einfach extrem groß und ich erinnerte mich kaum daran, etwas davon je in einem Film gesehen zu haben – fanden wir tatsächlich ein paar kleinere Parks, die zu den Wohnhäusern gehörten. Nach einer weiteren kleinen Wanderung konnten wir die hübschen Häuser mit ihren bunten Haustüren bestaunen. Sina war hin und weg, freute sich unheimlich, knipste mit dem Handy, was das Zeug hielt.
Ihr dabei zuzusehen machte mich zufrieden.

Trotz des herbstlichen Wetters war London an diesem Tag trocken. Ich schlug auf dem Rückweg vor, einen Zwischenstopp im Hyde Park zu machen. Bei meinem letzten Besuch hier war es Sommer gewesen. Überall hatten Menschen auf Decken auf den Wiesen gelegen, das Wetter genossen, sich mit Freunden unterhalten. Ich hatte mir damals auch einfach ein schönes Fleckchen ausgesucht und es ihnen gleich getan. Der Park war toll.
Im Herbst war er alles in allem etwas trostloser. Das Grün der Wiesen und Blätter fehlte, bunte Blumen suchte man ebenfalls vergebens. Einzig die Eichhörnchen, die man an ein paar Stellen des Parks füttern konnte, warteten auf Besucher. Die

kleinen Kerlchen waren unglaublich süß. Ich kramte einen Müsliriegel aus meiner Tasche, teilte ihn in kleine Stücke und hielt eines davon in Richtung der Eichhörnchen. Sofort drehten sie interessiert den Kopf zu mir um, eines nahm offenbar vor seinen Kollegen seinen ganzen Mut zusammen und kam auf mich zu. Als sich der Rest der Meute vergewissert hatte, dass ich kein grausamer Kleintiermörder war und dass das, was ich da hatte, wohl essbar zu sein schien, bildete sich ein kleiner Halbkreis aus fünf Eichhörnchen um uns herum.
Sina jubelte entzückt auf, eines blickte sie verdächtig an.
„Oh, Verzeihung", lachte sie und machte Fotos von den Kleinen.
Wir spazierten noch ein Weilchen durch den Park, vorbei am See und den Booten. Zum Leidwesen der Schwäne hatten wir unsere Essensvorräte ja bereits aufgebraucht. Wir genehmigten uns noch eine Pizza, dann ging es bequem mit dem Taxi zurück ins Hotel, wo die Jungs bereits auf uns warteten. Nach ein paar Drinks in der Hotelbar gingen Sina und ich früh ins Bett, denn uns brannten die Füße von unserem Shopping-Trip.

***

Der darauffolgende Morgen startete eher weniger gut. Jani und ich hatten verschlafen und wurden erst durch das laute Gehämmere an unserer Zimmertüre wach. Wie sich herausstellte, hatte mein Freund zwar den Handywecker gestellt, allerdings vergessen, den Akku zu laden. Irgendwann in der Nacht verabschiedete sich das Gerät und bescherte uns ungewollt mehr Schlaf als uns eigentlich erlaubt war.
Wir sprangen aus dem Bett, warfen unsere Sachen in die Koffer. Gefrühstückt wurde nach dem Einchecken am Flughafen. Mir gefiel dieser Stress am frühen Morgen

überhaupt nicht, aber eine Chance auf Widerspruch hatte ich in diesem Fall ja leider nicht.

Während des Fluges erklärte ich Sina, dass ich es in Amsterdam ruhiger angehen lassen wollte. Natürlich wäre die ein oder andere Shopping-Tour okay, doch einen Gewaltmarsch wie in London wollte ich nicht sofort wiederholen.

Da die Band erst am Mittag die ersten Termine hatte, konnten wir gemeinsam zur Unterkunft fahren. Auch hier war unser Hotel unweit des Stadtzentrums. Man brauchte nur aus der Lobby heraustreten, schon stand man mitten im Geschehen. Ich liebte Amsterdam. Da es von meiner Heimatstadt aus ohne größere Probleme mit dem Auto in knapp zwei Stunden zu erreichen war, hatte es mich auch vor meiner Zeit mit Jani schon des Öfteren hierher verschlagen. Die lockere Haltung der Holländer, ihre ausgelassene und amüsante Art gefiel mir, war irgendwie so aufregend anders als bei uns in Deutschland.

„Wieso hast du dir eigentlich einen Partner gesucht, der dauernd durch die Weltgeschichte reisen muss? Ich meine, du hast doch selbst schon so ziemlich alles gesehen", stichelte Sina, als wir zusammen mit Jani und Jussi auf der Suche nach einem Snack durch die Straßen bummelten.

„Oh, das ist einfach", antwortete ich. „Irgendjemand muss den ganzen Spaß ja auch finanzieren."

„Ah." Sie lachte. „Guter Punkt. Ich glaube, wir Finnen überlegen uns viel zu lange, ob und, wenn ja, wohin wir reisen sollen. Bis wir es dann wirklich tun, ist das halbe Leben schon an uns vorbeigezogen."

„Da kann was dran sein", stimmte Jussi zu. „Deshalb bleibt einem ja nur die Musikkarriere, um dem zu entkommen."

Traditionell musste man Pommes in Holland essen. Gerüchten

zufolge sollten es die besten der Welt sein, auch wenn die Belgier die eigentlichen Erfinder dieser Speise waren. Nun, diese Erfahrung hatte ich zwar nicht gemacht, doch ich wollte nicht unbedingt als Spielverderber fungieren und schloss mich den anderen an.

Wir verabschiedeten uns von den Jungs, die erst einmal zurück zum Hotel wollten, um ihrer Arbeit nachzugehen. Ich hatte Sina versprochen, ein paar der Läden abzuklappern. Zu unserem Glück hatte Amsterdam, was die Ausrichtung der Geschäfte anging, weitaus eher Kleinstadtcharakter als andere Großstädte. Alles Interessante war in Fußnähe zu erreichen. Perfekt. So konnten wir nach dem Einkaufen noch ein bisschen an den Grachten spazieren gehen. Im Vorbeigehen drückte uns ein Mann ein paar Flyer in die Hand. Ich wollte sie schon ablehnen, doch Sina griff beherzt zu.
„Schau mal, Amsterdam bei Nacht. Das klingt super. Lass uns das machen!"
„Zeig mal." Ich blieb stehen und schaute auf den aufgeklappten Zettel, den sie in den Händen hielt.
Eine Bootstour rund um Amsterdam, dazu Essen und Wein bei Nacht. Ich musste zugeben, das klang verlockend. Eigentlich mochte ich es nicht, wenn ich Jani während der Arbeit anrufen musste. Ich wollte ihn nicht stören, ihn genauso wenig in Aufregung versetzen, weil er beim bloßen Lesen meines Namens im Display schon Panik bekommen könnte. Nichtsdestotrotz musste ich ihm Bescheid geben – zumindest, wenn die Bootstour stattfinden sollte.
Ich wählte seine Nummer, nach ein paar Mal Klingeln hob er ab. Natürlich klang er besorgt. Ich erklärte ihm kurz und bündig die Sachlage und erzählte von unserer Idee. Da der Beginn laut Prospekt erst um zwanzig Uhr war, konnten wir

auch sicher sein, dass die Jungs mit ihren Terminen für den Tag durch waren und wir den Abend auf dem Wasser ausklingen lassen könnten.

Die Bootsgesellschaft ließ sich wahrlich nicht lumpen.
Wir hatten am Mittag gleich Plätze für das gesamte Team reserviert, weswegen man uns anbot, das ganze Schiffchen zu mieten. Sina, die in diesen Sachen schon firm war, nahm das in die Hand und so erlebten wir einen sehr angenehmen Abend. Die Lichter der Stadt, die schönen Häuser, die durch die Straßenlaternen noch einmal anders wirkten als bei Tag, dazu das Plätschern des Wassers überall um uns herum sorgten für eine überaus besinnliche, ruhige Stimmung an Bord.

Ich war glücklich. Jani hatte recht behalten. Seit wir unterwegs waren, schienen die Sorgen irgendwie in Helsinki geblieben zu sein. Alles war neu und aufregend, Möglichkeiten eröffneten sich mir, an die ich vorher noch nie gedacht hatte. Ich nutzte Janis Bekanntheitsgrad nicht so aus, wie ich gekonnt hätte. Wollte ich auch gar nicht. Ich brauchte keine roten Teppiche oder sämtliche Sonderbehandlungen. Was ich wollte, war er und ein ruhiges, schönes Leben. Den Luxus jedoch, den ein Dasein als Star mit sich brachte, lehnte ich aber auch nicht ab. Zumindest wenn es bedeutete, dass man einfach mal nach Lust und Laune ein Boot für eine nächtliche Grachtenfahrt anmieten konnte.

***

Kurz nach Mitternacht trafen wir wieder im Hotel ein. Vermutlich war das in Amsterdam außergewöhnlich. Das Nachtleben, besonders in der Nähe des Red Light Districts,

begann so richtig in den frühen Morgenstunden. Bei einem meiner ersten Besuche hier hatte ich mich eines Nachts durch diesen Bereich der Stadt gedrängt. Ich und all die anderen Menschen, die sensationsgeil jeden einzelnen der Glasbalkone, in denen Prostituierte auf ihre Freier warteten, begutachteten und die Leute, die ihren Weg kreuzten, allesamt als potenzielle Sextouristen abstempelten. Ich machte jedoch schnell kehrt. Es hatte mir nicht Angst gemacht, doch nachdem sich ein mulmiges Gefühl in mir ausbreitete, hatte ich meinen Kurs geändert. Käufliche Liebe, schön und gut, aber für mich als Frau hatte das etwas Erniedrigendes, wie sich die Damen hier quasi anboten und begafft wurden.
Ich fragte mich, ob Jani mit seinen Jungs wohl auch in diesen Teil der Stadt gegangen wäre, wenn es mich nicht gäbe. Letztendlich war das aber egal.

„Moment!", rief der Hotelangestellte an der Rezeption plötzlich. Ich hatte gerade den Knopf gedrückt, um den Aufzug zu holen.
„Sie haben Post." Er eilte uns hinterher und drückte Jani einen Umschlag in die Hand. „Ist vorhin für Sie abgegeben worden."
Wortlos gingen wir in den Aufzug, Jussi drückte auf das richtige Stockwerk, Sina blickte mich fragend an. Ich zwang mich zu einem Lächeln. Als wir angekommen und uns gegenseitig eine gute Nacht gewünscht hatten, fiel mir einerseits ein Stein vom Herzen, weil ich nicht mehr so tun musste, als wäre alles okay. Andererseits wussten sowohl Jani als auch ich, was dieser Brief bedeutete. Wir wünschten uns nichts mehr, als dass es lediglich eine Befürchtung war, die sich nicht bewahrheiten würde, doch leider sollten wir recht behalten.

„Fuck!", fluchte er, direkt nachdem er die Tür hinter uns zugezogen hatte. „Soll ich ihn lieber gleich wegwerfen?"
„Das macht keinen Unterschied." Schulterzuckend und ratlos sah ich ihm dabei zu, wie er den Umschlag aufriss und das Papier darin auseinander faltete.
Er schnaubte, sog dann scharf die Luft durch die Zähne ein.
„Was? Sag schon!", drängelte ich.
„Hier steht *Na, wo hat deine Freundin wohl übernachtet?* So ein Schwachsinn, Kinderkram ist das. Was soll dieser Mist denn? Wo du geschlafen hast? Bei mir natürlich."
Uns blieb gleichzeitig die Luft weg. Aus unterschiedlichen Gründen. Ihm – weil ihm direkt nach Aussprechen seiner Gedanken klar wurde, dass es sehr wohl eine Nacht gab, die ich nicht mit ihm verbracht hatte. Und mir? Weil ich mich wie die größte Heuchlerin auf Gottes Erdboden fühlte und soeben verraten und ertappt wurde.
Entsetzt starrte er mich an.
„Sag, dass das nicht wahr ist!" Seine Worte waren kaum hörbar, er schüttelte immer wieder seinen Kopf. „Das kann nicht sein! Bitte sag, dass es ein schlechter Scherz ist!"
„Ich..." Auch wenn ich wollte, ich wusste nicht, wie ich es ihm erklären sollte. Wäre ich doch nie mit Antti mitgegangen.
„Ja? Ich höre. Keine weiteren Lügen auf Lager?" Es war leicht zu erkennen, wie gekränkt er war.
„Es tut mir wirklich leid, ich wollte dich nie anlügen." Ich machte einen Schritt auf ihn zu, doch er wich zeitgleich zurück.
„Ach nein? Wolltest du nicht? Hast es aber dennoch ununterbrochen getan? War er es wenigstens wert? War es gut? Was konnte er dir bieten?" Kampfbereit funkelten seine Augen.
„Das stimmt nicht, ich liebe dich doch." Ich schluckte und merkte, wie mir die Tränen in die Augen schossen. So hatte ich das nicht gewollt. In welchem Film befand ich mich da gerade?

Ich hoffte, dass der Boden unter meinen Füßen aufbrechen und mich verschlucken würde, um dieser misslichen Lage zu entfliehen, aber wie erwartet geschah nichts dergleichen.
„Klar. Ist alles nicht so, wie es aussieht. Wie immer. Und erklären kannst du es ganz bestimmt auch, richtig?", riss er mich schroff aus meinen Gedanken.
„Es tut mir unendlich leid, dass ich dir nicht die Wahrheit gesagt habe. Ich hatte Angst, wollte dich nicht verletzen. Was willst du denn noch hören?" Ich bemühte mich, nicht zu schluchzen, während ich sprach.
„Was ich hören will?" Seine Augen waren weit aufgerissen, er gestikulierte wild mit den Händen. „Am besten, wie schön es mit dem anderen war. Dass es so ganz zufällig passiert ist und du nicht gewusst hast, wie du es mir sagen solltest. Ach ja, und natürlich solltest du vehement darauf bestehen, dass es dir nichts bedeutet hat."
Sein Sarkasmus traf mich eiskalt.
„Es ist rein gar nichts passiert!", schrie ich verzweifelt.
„Klar, nie passiert irgendwas!" Er schüttelte den Kopf. „Hast du dich gut darüber amüsiert, dass ich dir die ganze Zeit geglaubt habe? Oder habt ihr gleich zusammen über mich gelacht?"
„Das ist Blödsinn!", rechtfertigte ich mich. „Wie ich dir eben schon gesagt habe, es war gar nichts. Ich habe einfach nur bei jemandem übernachtet und..."
Ich kam gar nicht dazu, meinen Satz zu beenden, schon wieder fiel er mir ins Wort: „Lass es, ich will es nicht hören!"
Er winkte ab, nahm seine Zigaretten vom Tisch und zündete sich eine an. Er inhalierte sie förmlich, blies dann den Rauch in die Luft und blickte ihm gedankenverloren nach. Plötzlich schien er ganz ruhig und gelassen.
„Das war's dann wohl", sagte er. „Hat dieser Spinner

bekommen, was er wollte, und vor allen Dingen scheint das ja wohl kein Stalker zu sein. Vielmehr ein Freund. Ich sollte dankbar dafür sein, dass wenigstens er mir endlich mal die Augen geöffnet hat."

„Was redest du denn da?" Am liebsten hätte ich die Zeit einfach angehalten. Alles, nur um ihn davon abzuhalten, sich weiter irgendwelche Unwahrheiten auszudenken. „Augen öffnen? Es ging doch um gar nichts."

„Na, wenn Sex bei dir nichts bedeutet..." Er rollte die Augen.

„Es gab keinen Sex, Herrgottnochmal!", schrie ich schließlich. Diese ganzen Anschuldigungen waren wirklich schwer zu ertragen, wenngleich ich wusste, dass es sein verletzter Stolz war, der ihn zu diesen Aussagen trieb.

„Ich muss schon ganz schön bekloppt sein, blind auf jeden Fall. Sonst hätte ich das früher bemerkt. Aber weißt du, ich habe dich geliebt. Ich tue es immer noch, da verliert man offenbar den Blick für die Realität." Eine weitere Rauchwolke kam aus seinem Mund.

„Glaubst du ernsthaft, dass ich dich nicht lieben würde? Das ist der größte Schwachsinn überhaupt. Aber du lässt es mich ja nicht erklären." Ich war mir plötzlich nicht mehr sicher, ob ich seine Antwort hören wollte. Hatte er nicht gerade mehrfach an meinen Gefühlen für ihn gezweifelt? „Richtig", antwortete er. „Ich gehe mal davon aus, dass es sich bei deinem Liebhaber um diesen Typen mit dem Hund handelt. Außer natürlich, du hast dir gleich einen ganzen Harem zugelegt, was dir auch zuzutrauen wäre, denn offensichtlich habe ich mich in so gut wie allem getäuscht, was dich betrifft."

„Ich habe keinen Liebhaber!" Meine Wut mischte sich mit Verzweiflung, erste Tränen liefen mir übers Gesicht.

„Mir egal, wie du ihn nennst. Warum weinst du überhaupt? Lügen kommen früher oder später immer ans Licht. Das hättest du bedenken müssen." Er drückte die Kippe aus, steckte das Päckchen in seine Tasche. „Ich packe ein paar Sachen zusammen und nehme mir ein anderes Zimmer. Mit dir hier in einem Raum, in einem Bett – das kann ich beim besten Willen nicht!"

Er schien fest entschlossen zu sein, das konnte ich in seinem Gesicht sehen.

„Bitte, lass uns reden!", flehte ich ihn an, aber er lächelte einfach nur bitter.

„Es gibt nichts, worüber wir reden könnten."

Schon hatte er zum Koffer gegriffen und wollte damit beginnen, seine Sachen zu packen. Ich fasste an seinen Arm, aber er schlug gegen meine Hand.

„Wenn es das ist, was du willst, dann werde ich gehen. Das ist das mindeste, was ich tun kann." Sofort ließ er den Koffer los und machte einen Schritt zurück.

„Okay, ich gehe eine Runde um den Block. Dann hast du Zeit zum Packen." Ohne mich eines weiteren Blickes zu würdigen, schnappte er seine Jacke und ließ mich im Hotelzimmer zurück. So sehr ich mich bemühte, einen klaren Gedanken zu fassen, ich konnte nicht begreifen, was da ablief. Es war doch wirklich nichts geschehen. Ich hatte ihn nicht betrogen und würde es auch nie tun. Aber er wollte es nicht hören, glaubte mir kein Wort. Packte ich gerade allen Ernstes meine Sachen zusammen? Das konnte unmöglich das Ende sein. Zwei Menschen, die sich liebten, beendeten keine Beziehung auf diese Art und Weise.

Was erwartete er nun von mir? Sollte ich aus seinem Leben verschwinden? Als hätte es mich nie gegeben? Oder ging er davon aus, dass ich mir ein anderes Hotelzimmer geben lassen würde und wir am kommenden Morgen über alles reden könnten? Tendenziell war die Chance hierfür gering, denn er hatte mir gerade deutlich gemacht, dass er nicht darüber sprechen wollte. Ihn interessierte leider nicht, was ich zu sagen hatte.

Schweren Herzens warf ich mein Hab und Gut in den Koffer, ging ins Bad hinüber und packte auch dort meine Sachen zusammen, verstaute sie halbwegs sicher. Ich schaute mich ein letztes Mal im Zimmer um, eigentlich war es mir völlig egal, ob ich etwas vergessen hatte. Für mich zählte einzig und allein, dass ich nicht gehen wollte. Unsere Beziehung als gescheitert zu betrachten – das war keineswegs das, was ich akzeptieren wollte. Trotz alledem konnte ich jetzt nichts tun. Er wollte, dass ich ging, also würde ich eben gehen.
Sollte ich zur Sicherheit ein Zimmer nehmen? Hoffen, dass er zur Besinnung kommen und mich suchen würde? Andererseits wusste er, wie er mich erreichen konnte und würde dies auch tun – wenn er es wollte. Ich befürchtete allerdings, dass dieser Fall nicht eintreten würde. Er hatte seine Prinzipien. Wenn er mit einer Sache abgeschlossen hatte, dann gab es keine zweiten Chancen. Kein wir-versuchen-es-nochmal. Er war der Typ, der konsequent war. Ich betete insgeheim darum, dass er sich diesmal selbst verraten und seine Prinzipien brechen würde.

***

Wieder einmal stand ich vor der Frage, wohin ich gehen sollte. Ich trat auf die Straße hinaus, blickte mich in beide Richtungen um. Links oder rechts? Fakt war, ich musste weg, denn Jani würde sicher hier irgendwo herumschleichen und er hatte mir ja deutlich zu verstehen gegeben, dass er mich nicht sehen wollte.
Unschlüssig richtete ich meinen Blick auf die Kirchturmuhr unweit des Hotels. Kurz vor zwei, früh morgens. Super Timing.

Am liebsten hätte ich mich an Ort und Stelle auf den Boden gesetzt und so lange geweint, bis alles wieder gut wäre, doch selbst der größte Optimist auf Erden hätte mich für diese Idee vermutlich schlicht und ergreifend ausgelacht.

Ich entschied mich, erst einmal Richtung Kirchturm zu laufen. Direkt davor war ein recht großer Platz, ein wahrer Touristenmagnet und auch wenn sich nachts hier nicht gerade Scharen von Touristen ansammelten, so würden sicher einige Leute auf ihren nächtlichen Streifzügen durch die Clubs und Bars hier vorbeikommen. Ich wäre nicht alleine, was für den Anfang schon mal gut war.
Ich ließ mich auf einer Bank nieder. Vermutlich hätte mich ohnehin jeder für komplett bescheuert gehalten – mitten in der Nacht mit Gepäck und bei dieser Kälte auf einer Bank? Egal, Hauptsache, ich hatte meine Ruhe.
Meine Augen waren müde vom langen Tag und geschwächt von den Tränen, die ich vor Jani hatte verbergen wollen. Ich blickte in den Himmel, die Sterne waren kaum zu sehen, alles dunkel. Ich durfte nicht aufgeben. Also beschloss ich, noch einmal tief durchzuatmen. Was konnte ich noch tun außer aufgeben?
Sollte ich Sina anrufen? Sie hatte zwar angeboten, dass sie für mich da wäre, doch ich wusste, dass jeder Kontakt zu ihr mich unweigerlich wieder zu Jani führen würde. In meinem Interesse war das durchaus, doch leider nicht in seinem. Würde er nur mit mir sprechen, mich alles erklären lassen und mir vor allem auch glauben! Ich bemerkte erst jetzt, dass mir Tränen übers Gesicht liefen. So weh es auch tat, ich musste mich erst einmal zurückziehen, mich von ihm fern halten und hoffen, dass die Zeit auch ihm helfen würde, die Dinge etwas klarer zu sehen. Was aber, wenn er mit jeder Stunde, die verging, nur noch

sicherer in seiner Entscheidung werden würde? Was, wenn er schon länger geahnt hatte, dass wir irgendwie doch nicht zusammenpassten und ich ihm mit meinem vermeintlichen Betrug auch noch einen triftigen Grund geliefert hatte, die Sachen ein für alle Mal zu beenden? Ich durfte nicht darüber nachdenken. Es half mir nicht weiter, wenn ich mir nur die schlimmsten Möglichkeiten ausmalte.
Doch was war die Alternative? Ich konnte Jani nicht aufgeben. Ich war mir ziemlich sicher, dass ich das auch nie wirklich können würde. Er bedeutete mir alles, ich wollte doch nur zurück zu ihm. Wäre ich Antti doch bloß nie über den Weg gelaufen. Ich verfluchte diesen Tag, unseren Streit, der dem Ganzen vorausgegangen war. Erinnerungsfetzen, Worte, die wir einander an den Kopf geworfen hatten, hallten in meinem Inneren wieder, hinterließen nur noch mehr Traurigkeit und Hilflosigkeit.
Ich fischte ein Taschentuch aus meiner Hosentasche und wischte mir die Tränen vom Gesicht.
Ein paar Frauen tippelten mehr schlecht als recht in ihren High Heels über das Kopfsteinpflaster an mir vorbei. Sie hatten sich mit den Armen eingehakt, vermutlich, um sich gegenseitig zu stützen, denn ihr Kichern sprach dafür, dass sie schon den ein oder anderen Cocktail intus hatten. Ich blickte bewusst auf den Boden, als sie mich mit fragenden Blicken musterten. Glücklicherweise blieb es dabei, niemand sprach mich an. Weniger Glück hatte ich mit dem Wetter, denn kurz darauf fing es an zu nieseln. Für die ersten Tröpfchen reichte meine Kapuze zwar aus, doch als das Tröpfeln in Dauerregen überging, musste ich aufgeben. Ich packte meine Tasche fest unter meinen Arm, den Koffer hatte ich in der anderen Hand und sah mich wieder ratlos um. In der Ferne erkannte ich den Bahnhof, ein großes und prachtvolles Gebäude.

Natürlich, das war die beste Lösung! Wieso war ich nicht vorher darauf gekommen? Zum einen waren an einem Bahnhof wirklich immer Leute und zum anderen konnte ich hier sicherlich einen Zug nach Hause nehmen. Noch hatte ich meine Wohnung in Deutschland ja nicht aufgelöst, ich konnte also prinzipiell einfach dorthin gehen, die Tür aufschließen und wäre in Sicherheit.
Dass ich das allerdings nicht wollte, muss ich nicht wirklich erwähnen, richtig? Es war nicht meine Wahl, ich entschied mich nur für die Lösung, die ich für den Moment als sinnvoll, oder besser gesagt, als kleinstes Übel ansah.
Mit schnellen Schritten und ohne weitere Vorkommnisse meisterte ich den Weg durch den Regen zum Bahnhof von Amsterdam.

Die Neonleuchten blendeten mich furchtbar, meine Augen brannten und meine Kleidung war komplett durchnässt. Überall standen irgendwelche zwielichtigen Gestalten, lehnten an den Eingängen, Treppen oder den Fahrplänen, die an der Wand hingen. Ich fragte mich, ob diese Tafeln einfach nur irgendjemand vergessen hatte, denn in der heutigen Zeit schaute praktisch kein Mensch mehr auf Fahrpläne aus Papier. Weshalb auch? Überall hingen große Anzeigentafeln, auf denen jeder ankommende und abfahrende Zug bis ins kleinste Detail aufgelistet war. Wäre allerdings ebenfalls gut denkbar, dass man die Schaukästen mit den Fahrplänen nur hatte hängen lassen, damit die Junkies und Dealer ihr gewohntes Terrain hatten und nicht am Ende noch stabil und eigenständig auf ihren Beinen stehen mussten. Das Innere des Bahnhofes hatte eindeutig zu viel Großstadt-Niveau für mein Empfinden.
In der Altstadt und dem Stadtzentrum belächelte man den offenen Umgang mit Drogen. Viele der Touris kamen einzig

deshalb hierher. Einmal im Leben halbwegs legal Drogen konsumieren – was war daran denn so erstrebenswert?

Das, was die Coffee Shops sympathisch mit bunten Farben und Hippie-Musik demonstrierten, verharmloste den Drogenkonsum, wirkte aber sehr anziehend auf die Besucher. Würden alle Touristen die erste Nacht ihres Aufenthaltes am Bahnhof verbringen, wären die Coffee Shops bald Geschichte. Kurzum, es war abschreckend.

Ich war eine Frau, ich war alleine, es war mitten in der Nacht und überall lungerten alle möglichen Menschen herum, mit denen ich wirklich nichts zu tun haben wollte. Mir blieb nur die Flucht nach vorn. Ich starrte eine Weile wie gebannt auf die Anzeigentafel der abfahrenden Züge. Gab es hier keinen Schalter? Keinen normalen Menschen, den man fragen konnte? Möglichst unauffällig schaute ich mich um, atmete erleichtert auf, als ich tatsächlich einen einsamen Bahnschalter erblickte. Zu meiner Überraschung saß sogar ein Angestellter dahinter und lächelte mich müde an, als ich mich mit meinem Koffer davor platzierte.

„Ich würde gerne nach Köln fahren. Wann ist die nächste Möglichkeit dazu?"

Der Mann tippte auf seiner Tastatur herum, ich klopfte nervös mit meinen Fingern auf dem Marmorsims des Schalters.

„Wir haben einen ICE, Abfahrt neun Uhr drei, Gleis sechs", erklärte er nach einer gefühlten Ewigkeit.

„Um neun erst?" Ich war entsetzt. „Und ein anderer Zug? Ich fahre meinetwegen auch einen Umweg oder steige irgendwo um. Ich muss so schnell wie möglich von hier weg."

Er tippte erneut, schüttelte dann entschieden den Kopf.

„Nein. Neun Uhr drei. Möchten Sie ein Ticket?"

„Fuck!", meckerte ich, entschuldigte mich aber gleich für meinen verbalen Ausrutscher. „Ich möchte nur nach Hause. Ja, ein Ticket dann eben."

Ich bezahlte und steckte die Unterlagen in meine Handtasche.

„Hören Sie", rief mir der Bahnangestellte nach. Sofort drehte ich mich wieder um.

„Hier vorne sind Schließfächer. Da können Sie Ihren Koffer deponieren. Setzen Sie sich doch in ein Café, bis der Zug abfährt. Der Bahnhof ist kein schöner Platz in der Nacht."

Wie recht er doch hatte. War ja nicht so, als wäre mir das noch nicht aufgefallen.

Ich zückte mein Handy; es war kurz nach drei. Keine Anrufe. Keine Nachrichten. Seufzend widmete ich mich den Schließfächern, hievte meinen schweren Koffer hinein und schloss ihn darin ein. Wo waren nochmal die Cafés?

***

Gelangweilt und schläfrig rieb ich meine Augen. Ich hatte ja schon des Öfteren darüber gelacht, wenn Leute in den unmöglichsten Positionen an den seltsamsten Orten eingeschlafen waren – mir war etwas dergleichen noch nie passiert. In den Morgenstunden dieser Nacht hätte sich das durchaus ändern können. Ich wusste nicht, wie und wie lange ich mich noch wach halten konnte. Zucker und Coffein hatten jedenfalls nicht dabei geholfen. Diese miesen Verräter. Auf nichts war Verlass, wie es schien.

Draußen wurde es langsam hell, das erkannte ich durch das Milchglasfenster des Cafés, in dem ich seit Stunden hockte und Löcher in die Luft starrte. Immerhin hatte ich die Nacht am Bahnhof überlebt. Was Jani wohl machte? Ob er an mich dachte? Mich vermisste? Oder mich immer noch verfluchte?

„Darf ich?" Eine Männerstimme riss mich aus meiner Lethargie. Ich blickte auf, versuchte, die verschwommenen Konturen des Mannes zu erkennen. Nein, er kam mir nicht bekannt vor. Groß, dunkelhaarig, Kaffeebecher in der Hand. Nicht verdächtig, zumindest nicht hier.
Erst jetzt dämmerte mir, dass er offensichtlich an meinem Tisch Platz nehmen wollte und auf meine Zustimmung wartete.
„Ähm... Ja", murmelte ich ohne weiteres Zögern. Mir war meine geistige Abwesenheit schon ein wenig peinlich. Diese blöde Müdigkeit. Gesellschaft konnte nur von Vorteil sein, würde mich vielleicht wieder etwas wacher machen.
Der Fremde lächelte freundlich und setzte sich mir gegenüber auf den steril wirkenden, weißen Kunststoffstuhl.
„Lange Nacht gehabt?", fragte er und wirkte dabei unbefangen, als stelle er eine ganz normale Frage, um den Smalltalk in Gang zu bekommen.
„Ja, so in etwa." Ich gähnte und rieb mir erneut die Augen.
„Hier." Er stand schon wieder auf seinen Beinen und schob mir seinen Kaffeebecher herüber. „Dann solltest du den nehmen, ich habe auch noch nicht davon getrunken. Ehrenwort."
Skeptisch blickte ich von ihm aus zum Becher und wieder zurück.
„Alles gut, trink ihn. Ich hol mir einen Neuen." Er hatte mir keine Chance auf eine Reaktion gelassen, sondern war bereits wieder an der Theke, um seine Ankündigung in die Tat umzusetzen. Eigentlich eine wirklich nette Geste, allerdings warf sie für mich die große Frage nach dem Warum auf. Dies wiederum fühlte sich verdächtig nach einem déjà vu an.
Wieso war jemand freundlich zu einer völlig fremden Person? Ich fühlte mich gedanklich zurückkatapultiert an den Steg am Meer. Die Nacht, in der Antti mich ansprach, mir zuhörte und

mich schließlich bei sich übernachten ließ. Gab es tatsächlich gute Menschen? Der Realist in mir schüttelte entschieden den Kopf. „Niemand tut etwas ohne Gegenleistung, das weißt du doch", hatte Jani mich gewarnt. „Antti hat bis heute keine Gegenleistung gefordert", hatte ich entgegnet. Stimmt, aber dafür hat er meine Beziehung zerstört.

Ich schluckte gegen das ungute Gefühl in meinem Hals, ja, das entsprach allerdings nur indirekt den Tatsachen. Ich hatte den Großteil des Dilemmas ja selbst herbeigeführt. Geheimnisse, die lediglich durch die Verkettung unglücklicher Zufälle doch ans Licht gekommen waren. Es wäre unfair, jemand anderen als mich selbst dafür verantwortlich zu machen.

Mein Tischnachbar gesellte sich gerade wieder zu mir und prostete mir mit seinem Kaffeebecher zu. Ich versuchte, ihn etwas genauer zu betrachten. Er wirkte wie ein anständiger Kerl, war gut gekleidet, eher unauffällig in seiner Erscheinung. Seinen schwarzen Wollmantel zog er gar nicht erst aus, doch ich war mir sicher, dass er darunter zumindest ein Hemd, wenn nicht sogar eine Krawatte trug. Vielleicht arbeitete er bei einer Bank oder so. Was auch immer ihn um diese Uhrzeit an den Bahnhof trieb, ich bezweifelte, dass es mit Drogen oder Kriminalität zu tun haben könnte.

„Ich fahre jeden Morgen eine Stunde zu früh zur Arbeit, nur um hier noch meinen Kaffee zu trinken", erklärte er zwischen zwei Schlücken. „Es ist der Beste in ganz Amsterdam."
„Verrückt." Ich zwang mich zu einem Lächeln. „Ich warte auf meinen Zug, leider schon die ganze Nacht."
„Oh." Mitfühlend deutete er auf den Pappbecher vor mir. „Dann kannst du den hier ja gut brauchen."
„Absolut." Ich nickte und führte den Kaffee an meine Lippen. „Vielen Dank."

Ob es sich um den besten Kaffee in ganz Amsterdam handelte, das wagte ich zu bezweifeln. Tatsache war aber, dass er mir kurzzeitig neue Lebensenergie einzuhauchen schien. Gleich darauf änderte sich meine Verfassung aber erneut. Ich wurde wieder müde, schwerfällig und fragte mich ernsthaft, ob ich gleich mit dem Kopf auf dem Tisch einpennen würde.
„Alles okay bei dir?", erkundigte sich der Mann, der mir immer noch gegenüber saß.
„Ich bin so müde. Darf meinen Zug nicht verpassen." Meine Augen sahen ihn nur verschwommen. Dass er aufstand, konnte ich lediglich an den sich bewegenden Umrissen ausmachen.
„Komm, hoch mit dir. Wir gehen kurz an die Luft, dann bringe ich dich zu deinem Zug."
Schon hatte er mich unterm Arm gepackt und vom Stuhl hochgezogen. Mir wurde schwindelig, der Boden unter meinen Füßen war so im Nebel versunken, dass ich mir sicher war, jeden Augenblick hinzufallen, oder zumindest gegen etwas zu laufen.
„Mir ist schlecht", beschwerte ich mich kaum hörbar. „Warum sehe ich nicht richtig?"
„Alles gut, wird gleich besser." Starke Arme drängten mich vorwärts, ich konnte nicht einmal sagen, ob es der richtige Weg nach draußen war. Dieser Typ hatte mir einige Zeit gegenüber gesessen, ohne groß ein Wort zu verlieren und jetzt wollte er mir helfen? Weshalb denn? Was fehlte mir? Ich bin doch nur müde. Konnte man so müde sein, dass man nicht mehr richtig sehen und denken konnte?

Die Luft um mich herum wurde eisig kalt, ich erkannte dunkle Umrisse, Schatten. Menschen redeten und schwirrten an mir vorbei. Egal, wie sehr ich mich bemühte, ich wurde einfach nicht wacher. Unnachgiebig zog man mich weiter, ich versuchte alles, um meine letzten Kraftreserven zu mobilisieren, doch es wollte nicht klappen. Was dachten die Menschen nur von mir? Ich taumelte und wankte sicher wie auf dem Drogentrip meines Lebens. Wer hielt mich? Oder lag ich auf dem Boden? Alles wurde auf einmal so leicht. Ich ließ mich einfach fallen.

- 15 -

Die Welt um mich herum schien zu beben. Alles war in Bewegung, der Boden unter mir vibrierte verdächtig. Ich fühlte mich so unendlich müde und erschöpft, meine Augen zu öffnen kostete mehr Kraft, als ich zur Verfügung hatte. Ich tastete mit einer Hand neben mir auf dem Boden entlang. Teppich? Dafür war es zu rau. Nur einen kleinen Spaltbreit öffnete ich die Augen, Dunkelheit. Ein Minimum an Licht drang trotzdem zu mir durch. Ich fasste mir ins Gesicht, an meine Augen. Zu meiner Verwunderung stellte ich fest, dass ich sie geöffnet hatte, aber immer noch nichts um mich herum erkannte. Ich beschloss, mich aufzusetzen, stützte mich mit einer Hand ab, wollte den anderen Arm zur Hilfe hinzu nehmen, doch es klappte einfach nicht. Mühevoll kämpfte ich mich irgendwie in eine sitzende Position, erfühlte eine Wand in meinem Rücken, gegen die ich mich lehnen konnte, und tastete nach meinem unbeweglichen Arm. Endlich machte es Sinn – Handschellen. Ich war irgendwo hier angekettet. Aber wo war ich überhaupt und warum? Ich zog und zerrte an der Eisenkette, natürlich hatte ich wenig Erfolg damit. Zugegeben, ich war davon ausgegangen.
Unsicher blinzelte ich dem schwachen Licht entgegen. Die Geräusche, das Vibrieren. Ich war in einem Auto, wurde

irgendwohin gebracht. Wieso zur Hölle konnte ich noch immer nicht richtig sehen? Egal, was man mir gegeben hatte, das musste in seiner Wirkung doch irgendwann wieder nachlassen.

„Hallo?", platzte es aus mir heraus. Eigentlich wäre es klüger gewesen, nicht gleich auf mich aufmerksam zu machen, aber ich hatte gesprochen, bevor mir das bewusst geworden war.
„Guten Morgen – zum zweiten Mal." Trotz des hohen Geräuschpegels um mich herum hatte ich die Stimme erkannt und seine Worte gehört. Der Typ aus dem Café. Das konnte nicht wahr sein. Durfte es einfach nicht.
„Was willst du von mir?" Ich musste Stärke zeigen, doch meine momentane Ausweglosigkeit war deutlich zu hören. „Wo bin ich überhaupt?"
„Fragen über Fragen", entgegnete er gelangweilt.
„Ich will Antworten!" Ich schrie, was hätte ich auch sonst tun sollen? Dieser Typ saß eindeutig am längeren Hebel.
„Gut, hier ist die erste: Was du willst, ist hier leider völlig egal! Und nur so als kleine Vorwarnung, wenn du mir auf die Nerven gehst mit deinem Gequatsche, habe ich Mittel und Wege, um das zu unterbinden." Er stellte das Radio an, Lärm dröhnte bis zu mir ins Hintere des Wagens. Auf dem Fahrersitz mussten ihm förmlich die Ohren zugedröhnt werden bei dieser Lautstärke. Wieso dachte ich darüber nach?
„Was hast du mit mir vor? Bitte!" Ich befürchtete, dass er mich gar nicht erst verstanden hatte, er reagierte jedenfalls nicht auf meine Frage. Seufzend lehnte ich meinen Kopf an die Seitenwand des Wagens. Ruhe bewahren, nicht durchdrehen. Ich wiederholte dieses Mantra im Geiste immer wieder.

Während die Zeit dahinrauschte und ich Kilometer um Kilometer weiter in mein Verderben gebracht wurde,

normalisierte sich mein körperlicher Zustand nach und nach. Auf Grund der nicht vorhandenen Fenster im Wagen erkannte ich zwar noch immer herzlich wenig, doch ich konnte wieder halbwegs klar sehen. Ich hockte im Laderaum eines Sprinters, eine Hand mit Handschellen an irgendeine Öse im Boden gekettet. Der Typ war alleine, keine Komplizen also, zumindest nicht im Auto. Im Zweifelsfall müsste ich versuchen, ihn mit irgendwelchen Tricks zu überlisten, um fliehen zu können.
Jani hatte mir vor gar nicht allzu langer Zeit ja erst bewiesen, dass ich, was Stärke und Kampfkunst anging, nicht talentfreier hätte sein können. Allerdings wusste das mein Entführer ja nicht. Vielleicht konnte ich ihn so täuschen und ablenken? Zuerst musste ich die Handschellen loswerden und am besten aus dem Wagen fliehen. Ich war weder sportlich noch eine gute Läuferin, aber immerhin zählte Laufen zu den Dingen, die ich überhaupt konnte, ohne mich dabei selbst zu verletzen.

Wohin würde diese Reise führen? Was, wenn ich erst bei einem Menschenhändlerring wieder Tageslicht sehen würde? Hatten wir nicht alle schon unzählige Berichte über die moderne Art der Sklaverei gesehen und gelesen? War man erst einmal zum Opfer geworden, war die Flucht schier unmöglich. Das waren ja wahnsinnig tolle Aussichten. Panik stieg in mir auf, ich wollte schreien, weinen, irgendetwas tun.
Letztendlich entschied ich mich dafür, dass mein Kidnapper zu keinem dieser Menschenhändler gehörte. Schließlich durfte ich mich nicht noch verrückter machen. Ich musste bei mir bleiben, sonst hätte ich schon verloren. Und wie wäre es mit bestialischem Serienmörder? Ich erschrak vor meinen eigenen Gedanken. Bilder von abgetrennten Körperteilen und verscharrter Kleidung in irgendwelchen Waldgebieten, die unschuldige Pfadfinder auf einem Campingausflug fänden,

tauchten vor meinem inneren Auge auf.

„Den Wundmalen und Verletzungen nach wurde die vermutlich weibliche Leiche bis zur Unkenntlichkeit zerstückelt, über einen langen Zeitraum körperlich gefoltert. Untersuchungen ergaben, dass Extremitäten möglicherweise vor dem Tod schon entfernt wurden." Ein imaginärer Nachrichtensprecher hatte über mich berichtet – die waren sich nicht mal mehr sicher, ob ich eine Frau war? Aber dass dieser Perverse mich schon vor meinem Ableben zerstückelt hatte, das konnte man im Nachhinein noch herausfinden?

Ich musste damit aufhören! Irgendwie. Okay, sind wir ehrlich. Meine innere Stimme ermahnte mich. Der würde dich nicht ewig weit herumfahren, wenn es ihm um den reinen Akt des Tötens ginge. Und er hätte vermutlich einfach eine Frau, die irgendwo alleine unterwegs gewesen wäre, in sein Auto gezerrt und dich nicht von einem Bahnhof entführt.

Das war eine durchaus plausible Erklärung. Nur, ob sie mich beruhigen sollte, da war ich mir nicht sicher. Hatte er mich bewusst als Opfer ausgewählt?

Ich schielte nach vorne auf seine Umrisse auf dem Fahrersitz. Die Musik war mittlerweile wieder etwas leiser, dennoch wäre mir ein klärendes Gespräch weitaus lieber gewesen.

Oder besser noch, er sollte einfach jetzt sofort diese scheiß Karre anhalten und mich gehen lassen.

***

„Ich muss aufs Klo."
„Darauf habe ich in der Tat schon gewartet."
„Also?" Ich hatte es gerade noch geschafft, dieses Wort anstelle von „Arschloch" von mir zu geben.
Er reagierte nicht.

„Ich muss wirklich!", bestätigte ich mit Nachdruck.
„Ist das so?", brummte er.
„Ich kann dir auch in dein Auto pinkeln." Es kostete mich sehr viel Energie, in meiner Wortwahl nicht ausfällig zu werden.
„Könntest du?" Offensichtlich machte er sich über mich lustig. Als ich gerade zum verbalen Gegenschlag ausholen wollte, fiel mir auf, dass der Wagen langsamer wurde. Ich schluckte meinen Ärger herunter und hoffte, dass er Mitleid mit mir haben würde. Als das Auto zum Stillstand gekommen war, stieg er aus und öffnete kurz darauf die Seitentüre.
Die Sonne strahlte gnadenlos auf mich, ich musste die Augen zusammenkneifen, bis ich mich an das Licht gewöhnt hatte. Mein Entführer stieg ins Auto, blieb vor mir stehen und zog etwas aus seiner Hosentasche.
„Geisel – Waffe. Waffe – Geisel", erklärte er nüchtern. „Wenn du wegläufst, werde ich schießen."
Ein eiskalter Schauer lief mir über den Rücken, während ich wie gebannt auf die Pistole in seiner Hand starrte.
„Was willst du von mir?", fragte ich leise.
„Tu, was ich dir sage, und mach einen Ärger. Ganz einfach also." Er kniete sich neben mich, hantierte an den Handschellen herum und befreite mein Handgelenk schließlich davon.
„Ich sage es dir noch mal – mach keinen Fehler!" Er hatte mir seine erneute Drohung direkt in mein Ohr geflüstert. Wo genau er jetzt die Waffe hatte, wusste ich nicht. Aber ich war mir sicher, dass er sie schneller auf mich richten konnte, bevor ich auch nur die kleinste Bewegung gemacht hätte.
Er machte einen Schritt zurück, wartete darauf, dass ich auf die Beine kam. Mit wackeligen Knien stand ich schließlich vor ihm. Er war mindestens einen Kopf größer als ich. In dem Café war mir diese Tatsache gar nicht aufgefallen.

"Ich...", stotterte ich überaus sinnfrei.

"Nein!", unterbrach er mich energisch. "Mund halten, sonst überlege ich es mir noch anders."

Ich hatte die Pistole im Blick, sicher hielt er sie in der Hand. Jederzeit einsatzbereit. Er lehnte sich ein Stück aus der Tür, schaute sich um, dann deutete er mit der Waffe auf mich.

"Los, raus!"

Ich schluckte und folgte ihm aus dem Auto. Wir befanden uns auf irgendeinem Feldweg, weit und breit nur Wiese und ein paar Sträucher am Wegesrand. Keine Menschenseele. Keine Hoffnung.

"Du kennst die Regeln. Wenn du wegläufst, schieße ich und ohne jetzt groß prahlen zu wollen, meine Treffsicherheit ist sehr hoch. Dazu kommt, dass mir an deinem Leben nicht sonderlich viel liegt. Also, los, wir haben nicht ewig Zeit."

Ich zitterte vor Unsicherheit und Angst, das konnte doch nicht das Ende meiner Lebensgeschichte sein. Ich würde sterben, ohne zu wissen, weshalb überhaupt.

Einmal mehr zwang ich mich, ruhig zu bleiben. Ich versuchte es jedenfalls. Mein Körper war wie angewurzelt. Ich wusste nicht, wohin ich mich wenden sollte, und wie ich hier, vor den Augen meines Kidnappers im freien Feld meine Notdurft verrichten konnte.

"Kann ich..." Ich verschluckte mich und hustete kurz auf, "hinter einen Baum, oder so?"

Sichtlich genervt rollte er mit den Augen.

"Fünf Meter hinter den Baum, keinen Schritt weiter."

Mir war unerklärlich, wie ich diese Situation hatte überstehen können. Vermutlich gab es wirklich so etwas wie einen reinen Überlebenswillen. Etwas, das im Zweifelsfall eben doch das Schlimmste, den Fehler, der das eigene Leben kosten würde, zu verhindern wusste.

„Wohin bringst du mich?", fragte ich mit zögerlicher Stimme, als er zurück im Sprinter die Handschelle wieder um mein Handgelenk legte und zudrückte.
Statt zu antworten, blickte er mir nur flüchtig in die Augen.
„Bitte! Du kannst es mir doch sagen, es macht für dich keinen Unterschied", flehte ich ihn an.
„Genau wie für dich." Er beugte sich nach vorne über den Beifahrersitz, ruckelte an etwas und drehte sich dann wieder zu mir.
„Hast du Durst?" Er hielt mir eine kleine Plastikflasche mit Wasser entgegen.
„Sind da wieder Drogen drin?" Ich musterte die Flasche.
„Meinetwegen musst du nichts trinken." Schon war er im Begriff auszusteigen.
„Nein, es tut mir leid! Natürlich habe ich Durst." Mir war nach Weinen zumute, mehr denn je. Zu meiner Überraschung hatte er offensichtlich doch Mitleid, denn er drückte mir kommentarlos die Flasche in die Hand. Dann sollte die Fahrt weitergehen.

∗∗∗

Als wir das nächste Mal anhielten, war es Nacht.
Schon beim Öffnen der Türe begann ich zu zittern. War es jetzt soweit? Würde ich sterben?
„Du bist überraschend kooperativ", stellte er fest, einen Augenblick später blendete er mich mit einer Taschenlampe.
„Bitte...", wimmerte ich kaum hörbar. „Ich kann nicht mehr."
„Blödsinn!" Er glaubte mir offensichtlich kein Wort. „Hier. Ich bin gleich zurück, sei ein braves Mädchen."
Ich konnte dank des grellen Lichts nicht sehen, was er in der Hand hielt, doch beim ersten Kontakt damit entspannte ich

mich sichtlich. Plastik. Eine Verpackung. Er knallte die Tür zu und war fürs erste verschwunden. Nun kauerte ich in absoluter Dunkelheit auf dem Boden. Ich nahm eine Seite des Kunststoffteils zwischen die Zähne, das andere Ende bearbeitete ich mit meiner freien Hand. Es kostete einiges an Anstrengung und Mühe, doch die Packung ließ sich schließlich öffnen. Der Geruch von Schokolade füllte den Innenraum des Autos aus, erst jetzt bemerkte ich, dass ich am Verhungern war. Ohne zu zögern stopfte ich mir den Schokoriegel in den Mund, spülte den Rest mit Wasser hinunter.

Als die Hintertür des Wagens mit einem Ruck aufflog, schrie ich kurz auf. Ich bereute diese unbeabsichtigte Reaktion sofort, nachdem er das Licht im Auto angeknipst hatte und mich böse anvisierte.
„Ich bin erschrocken", rechtfertigte ich mich. Nicht, dass ich darauf baute, etwas damit zu erreichen, doch unversucht lassen wollte ich es auf keinen Fall.
Er schloss die Tür hinter sich und widmete sich der kleinen Tasche, die unter seinem Arm klemmte. Auf den ersten Blick erinnerte sie mich stark an ein Schulmäppchen, doch bei genauerem Hinsehen überkam mich das kalte Grausen. Spritzen, Nadeln, Löffel, Pulver in einem Tütchen.
„Oh nein, bitte nicht." Ich begann zu weinen. Er ließ sich nicht stören oder gar ablenken. Gemächlich und mit Präzision zog er eine Spritze auf, schnippte gegen die Nadel und ging neben mir in die Knie.
„Ich erkläre es dir", begann er, als ginge es um eine Nichtigkeit. „Wenn du mitmachst, wird es auch nicht weh tun. Wenn du allerdings dagegen ankämpfst, kann es unter Umständen unschön enden. Fakt ist, du bekommst diesen Schuss – so oder so. Den Preis dafür bestimmst du."

Er hielt mir die Spritze direkt vors Gesicht. Zu gerne hätte ich dagegen geschlagen, getreten oder besser noch, ihm das Ding Gott weiß wohin gerammt. Sollte ich es wagen? Selbst, wenn ich es schaffen würde – und die Chancen waren schwindend gering – so bliebe ihm sicher genügend Zeit, um mich vor Wirkungseintritt zu erschießen.

„Ich will das nicht. Bitte. Was ist das?", schluchzte ich.

„Es wird dich nicht umbringen, keine Sorge." Ehe ich mich versah, hatte er meinen nicht angeketteten Arm gepackt und mit all seiner Kraft Richtung Boden gedrückt. Ich saß zwar, doch taumelte ich augenblicklich. Ich musste dem Druck nachgeben und mich von ihm zum Liegen zwingen lassen.

„Nein!", schrie ich außer mir, ich konnte doch nicht so einfach aufgeben. „Was habe ich dir denn getan? Bitte nicht!"

„Hör auf, dich zu wehren! Du machst es nur schlimmer." Er drückte sein Knie auf meinen Oberarm, um diesen zu fixieren. Ein spontaner Schmerz durchfuhr meinen ganzen Körper wie ein Stromschlag.

„Wenn ich dich umbringen wollte, hätte ich das längst getan. Mach es uns beiden doch nicht unnötig schwer!", befahl er, durchbohrte mich regelrecht mit seinem Blick. Ich schluckte, stieß ein von Kummer durchzogenes „Bitte nicht!" aus und ließ daraufhin zu, dass sich mein bis eben noch angespannter Körper nicht mehr länger zur Wehr setzte. Ich gab auf. Er wartete noch ein paar Augenblicke, bevor er mir die Nadel in den Arm jagte und sich eine angenehme Stille in mir ausbreitete.

***

Ich zuckte zusammen, zog Unmengen von Luft auf einmal in meine Lunge, mein Herz raste wie verrückt. Sofort riss ich die

Sonnenblumenglück

Augen auf. Wo war ich? Was war passiert?
Holzverkleidung, überall um mich herum. Fußboden aus Holz. Hoch über mir zwei kleine vergitterte Lichtschächte. Alles war in dunklem Braun, Bretter. Ich lag auf einer Matratze auf dem Boden. Vielleicht drei Meter in jede Richtung, sonst nichts. Eine Tür. Ich kämpfte mich auf die Beine, Schwindelgefühl vermischte sich mit Übelkeit. Ich stützte mich an der Wand ab und hangelte mich so bis zur Türe. Eine einfache Holztür, sie war verschlossen. Ich schlug und trat dagegen, nichts. Keine noch so winzige Bewegung, kein Geräusch.
Fassungslos ließ ich mich an der Tür hinunter zu Boden gleiten. *Immerhin bist du nicht tot*, kommentierte meine innere Stimme. *Du hast das „noch" in deinem Satz vergessen*, antwortete ich mir selbst. Wer konnte schon sagen, ob der Tod nicht einfacher zu ertragen gewesen wäre als das, was noch kommen würde?

Plötzlich spürte ich Schritte auf dem Holzboden, jemand war in der Nähe. Ich eilte zurück zur Matratze, verkroch mich in der hintersten Ecke des kleinen Zimmerchens.
Die Tür wurde aufgeschlossen, das altbekannte Gesicht meines Entführers betrachtete mich, als wäre ich ein Tier im Zoo.
„Siehst du, war alles halb so schlimm." Sollte mich das etwa beruhigen? Klar, für ihn war nichts schlimm, er hatte ja auch die eindeutig bessere Rolle in diesem Spiel.
„Sag mir bitte, was du von mir willst!" Meine Stimme klang rau und erschöpft. Hatte ich nicht bis eben geschlafen?
„Immer dieselben Fragen, dabei ändert es doch gar nichts, ob du es weißt oder nicht." Er zuckte mit den Schultern, beugte sich hinunter zu etwas, das offenbar draußen neben der Tür deponiert war. Er hielt eine Flasche Cola in der Hand, stellte sie vor mir ab und ging zurück zum einzigen Ausweg aus diesem Wahnsinn.

„Essen bringe ich dir später. Du solltest erst einmal trinken, sonst wird dir übel." Ich nahm ihm seine gespielte Fürsorge nicht ab, wieso sollte ihn interessieren, wie es mir ginge?

„Bitte! Ich hab solche Angst." Erneut liefen mir Tränen übers Gesicht. Es hätte mir peinlich sein sollen, doch selbst hierfür fehlte mir jegliche Kraft.

„Mach mir einfach keinen Ärger, mehr verlange ich gar nicht. Was ich von dir wollte, habe ich bereits." Er lächelte, zum ersten Mal.

„Geht es um Geld? Eine Erpressung?" Der Gedanke war mir bislang noch gar nicht gekommen. Klar, Jani hatte Geld, aber wie hätte ich darauf kommen sollen, dass man ihn erpressen wollte? Die ganze Situation war mir noch so neu und fremd.

„Jetzt schicken wir deinem Freund erst einmal ein paar schöne Fotos von dir und dann sehen wir weiter."

Teil II – Jani

- 1 -

Wie ein verdammter Vollidiot stürzte ich aus unserem Hotel, scheißegal wohin. Nur weg. Mir wäre nach Rennen zumute gewesen, nur hätte ich diesem Drang nachgegeben, wäre ich wohl jetzt immer noch unterwegs. Zum Kotzen. Melissa, verdammt noch mal, warum? Ich begriff es nicht. Ich dachte an diesen Typen, der bei uns aufgetaucht war wegen seinem blöden Köter. Ob er überhaupt einen Hund besaß? Gut möglich, dass auch das gelogen war.
Wann hatte das angefangen? Seit wann betrog sie mich?
Bis vor kurzem waren wir doch beinahe ständig zusammen, wann hatte sie denn Gelegenheit dazu, jemand anderen zu suchen? Und warum? Ich hatte doch alles versucht, um ihr ein schönes Leben bei mir zu ermöglichen. Sicher wusste ich, dass das Opfer, das sie für mich erbracht hatte, ein weitaus größeres war als das meine, doch ich tat, was ich konnte.

An der Straßenecke, unweit des Hotels, setzte ich mich auf die Stufen des nächstbesten Hauseingangs. Es war verhältnismäßig ruhig, störte mich aber keineswegs. Das letzte, was ich gebrauchen konnte, war irgendein Fan, der ein Foto mit mir wollte.
Melissa.
Warum? Immer wieder die gleiche Frage. Warum? Keine Antwort.
Die einzige, die alles hätte aufklären können, war Melissa.
Trotzdem konnte ich es nicht mehr ertragen, ihr auch nur eine Minute länger zuzuhören. Zu groß war meine Angst davor, was sie mir hätte an den Kopf werfen können.

Hätte ich ihr eine Chance geben müssen? Ich konnte nicht, meine Gefühle spielten verrückt. So viel Angst, so viele schlechte Erinnerungen, die sich immer dann einmischten, wenn irgendetwas geschah, das mich emotional zurückwarf.

Ich atmete tief durch, zündete mir eine Zigarette an und blies den Rauch in die dunkle Nacht. Hatte ich wirklich gerade die Liebe meines Lebens gehen lassen?

Ich verlor jegliches Zeitgefühl, wusste nicht, wie lange ich auf der Treppe hockte und ins Nichts starrte. Als es anfing zu regnen, lief ich zurück.

„Entschuldigen Sie," sprach ich den Rezeptionisten in der Hotellobby an. „Meine Freundin hat sich vorhin ein anderes Zimmer geben lassen. Würden Sie mir bitte die Zimmernummer mitteilen?"

Verwirrt schaute der ältere Mann auf den Bildschirm vor sich.

„Ich fürchte, ich kann Ihnen nicht weiterhelfen."

„Wieso? Wir wollten lediglich ein separates Zimmer, das wollte sie organisieren, während ich kurz unterwegs war." Ich schätzte ja, dass das Hotel die Privatsphäre ihrer Gäste wahren wollte, doch ich für meinen Teil wollte trotz allem nur wissen, wo Melissa war.

„Es tut mir wirklich leid, hier hat seit heute früh niemand mehr eingecheckt."

„Wie bitte?" Mir wurde heiß und kalt zugleich. Was sollte das jetzt? Wo war sie? „Sie muss hier sein, wir sind zusammen angereist. Blonde Locken, wunderschön, sie hatte einen Koffer dabei."

„Wie bereits gesagt, sie hat hier kein Zimmer gebucht. Wenn ich mich richtig erinnere, ist allerdings eine junge Frau, die zu Ihrer Beschreibung passen würde, vor einer Weile abgereist."

„Und wohin?", blaffte ich den armen Mann an.

„Das weiß ich leider nicht."

Er bewahrte die Fassung, sicher hatte er mit seltsamen Gästen schon mehr als genug Erfahrungen sammeln können. Wir waren immerhin in Amsterdam, hier war so gut wie alles normal.

Ich rannte wieder hinaus auf die Straße, blickte hilflos in alle Richtungen. Hier war sie nicht, nirgends. Es war sicher auch schon eine geraume Zeit vergangen seit ihrer Abreise.
Wieso zur Hölle hatte ich sie gehen lassen? Ohne ein letztes Wort. Ohne ihr richtig zugehört zu haben. Ich hätte mich selbst ohrfeigen können. Natürlich war ich verletzt, mehr als das. Ich konnte mir auch nicht vorstellen, wie wir unsere Beziehung hätten retten können. Was ich wusste war, dass Melissa die Welt für mich bedeutete. Ich musste doch wissen, wie es ihr ging. Wo sie war. Egal wie die Dinge gerade auch aussahen, ich wusste plötzlich, dass ich sie nicht einfach aus meinem Leben gehen lassen konnte und durfte.
Leider vermittelte ich ihr immer wieder das genaue Gegenteil. Jetzt hatte ich sie sogar weggeschickt. Aus verletztem Stolz heraus, weil ich gekränkt war, und weil sie die Eifersucht, die mich immer wieder beschlich, durch ihre Lügen hatte so groß werden lassen, dass ich sie nicht mehr kontrollieren konnte. Ich hatte Angst vor mir selbst, davor, dass ich zu ausfällig werden würde, sie am Ende vielleicht noch verletzt hätte. Deshalb konnte ich ihr vorhin unmöglich zuhören. Ich hätte es nicht verkraftet, nicht in diesem Moment. Und schon gar nicht, solange ich innerlich dermaßen aufgebracht war.
Wieso zur Hölle hatte sie mir nicht einfach die Wahrheit gesagt? Von Anfang an. Was hatte sie zur Lügnerin werden lassen? Hatte ich ihr jemals den Eindruck vermittelt, als müsse sie mich anschwindeln? Geheimnisse vor mir haben?
Als würden zwei Seelen in meiner Brust wohnen. Ich war hin-

und hergerissen.
Auf dem Weg in mein Hotelzimmer zurück, zückte ich mein Handy. Ich wollte sie anrufen, fragen, wo sie war, doch ich wusste, dass ich es bleiben lassen sollte.
Ich appellierte an meinen Verstand. Melissa war kein kleines Mädchen, sie hatte sich vermutlich einfach ein Zimmer in einem anderen Hotel in der Nähe genommen. Ihr musste nicht zwangsläufig etwas zustoßen, sobald sie alleine auf die Straße ging. Es war ihre Entscheidung zu gehen, sie wird vermutlich auch gewusst haben, wohin. Ich glaubte meinen eigenen Gedanken nicht. Ich hatte sie bedrängt, ihr kaum eine Wahl gelassen, aber ich war auch davon ausgegangen, dass sie im Hotel bleiben würde und wir uns in ein paar Stunden aussprechen könnten.
Nun war ich verwirrt, regelrecht kopflos. Ich musste erst einmal wieder ich selbst werden.

Melissa kannte diese Seite von mir nicht. Ich bezweifelte, dass sie auch nur im Entferntesten von ihrer Existenz zu ahnen wagte. Ich – der Musiker – gesellig, lustig, ein guter Kumpel, ein Profi. Seit ich Melissa von der Geschichte mit Juha erzählt hatte, wusste sie, dass auch ich Geheimnisse hütete. Meine eigenen. Solche, die im echten Leben wenig Platz hatten, weil sie es negativ beeinflussten, wann immer ich zu schwach war, um dies zu verhindern. Ich war sicher kein gewalttätiger Mensch, kein Sadist, der Menschen gerne Leid zufügte. Doch ich hatte die unschöne Angewohnheit, die, die ich liebte, auch hin und wieder von mir wegzustoßen. So sehr ich Nähe und Vertrauen brauchte, so grenzenlos war meine Angst vor Enttäuschung und Zurückweisung. Ich übernehme diesen Part lieber selbst, statt darauf zu warten, bis man mir weh tut. Wieso wusste ich selbst nicht und wann immer es mir auffiel,

war es eigentlich schon zu spät. Ich hatte in meinem Wahn, meiner Paranoia, mehr Unheil verursacht als jeder Seitensprung es womöglich hätte tun können. Melissa war sicher nicht die erste Person, bei der ich so reagiert hatte, aber sie war bei Gott die, die mir die extremsten Gefühle entlockt hatte. Natürlich, ich hatte nie jemanden mehr geliebt als sie.
Aber hatte ich sie denn mit meiner Art dazu gebracht, mich zu hintergehen? Mich zu betrügen?

Es war hoffnungslos. Alles. Ich dachte an Juha, an damals. Karma. Ja, er hatte recht. Seit dieser Sache damals hatte ich es nie wieder geschafft, eine Beziehung aufrechtzuerhalten. Die Gründe variierten, doch das Ende war immer gleich. Ich war alleine. Immer wieder. Bevor ich Melissa begegnet war, hatte ich der Liebe komplett abgeschworen. Ich suchte nicht nach der einen Person, stattdessen nahm ich gerne das an, was mir das Leben so anbot. Keine Verpflichtungen, keine tiefen Gefühle. Und am wichtigsten – keine Verletzungen. Es funktionierte ganz gut, bis ich sie in jener Nacht gesehen hatte. Alles veränderte sich daraufhin, einfach so. Ich warf alle Prinzipien über den Haufen. Ich wollte sie. Ganz allein für mich. Eigentlich hätte ich sie nach dieser Nacht in ihrem Hotelzimmer am liebsten sofort eingepackt und mitgenommen. Ich wusste da schon, dass ich sie wollte.
Ein paar Tage ließ ich ihr Zeit, dann stand ich vor ihr und hatte ihr mein irrsinniges Vorhaben mitgeteilt.
Sie warf mich weder raus noch rief sie die Polizei, ganz im Gegenteil. Sie hatte „ja" gesagt. Und dann war sie mit mir gekommen. Einfach so.

Nun holte mich die Realität ein. Mein Verhalten, das dafür sorgte, dass ich in Liebesdingen einfach immer scheitern

musste.
Ich ging niedergeschlagen zurück auf mein Zimmer, schnappte mir irgendetwas Hochprozentiges aus der Minibar und legte mich ins Bett.

***

Ein lautes Klopfen an der Tür weckte mich aus meiner Lethargie. Es war morgens, mussten wir etwa schon los?
„Hey, ich bin auf der Suche nach deiner Frau." Sina stand vor mir, versuchte, an mir vorbei ins Zimmer zu schielen.
„Weiß nicht, wo sie ist", murmelte ich verschlafen.
„Bitte?", fragte sie in einer leicht erhöhten Tonlage, die mir augenblicklich Kopfschmerzen bereitete. „Ihr habt doch nicht schon wieder gestritten, oder?"
„Wenn du so gut über uns Bescheid weißt, dann solltest du auch wissen, wo sie ist. Meinst du nicht?" Ich konnte nicht freundlich bleiben, das Ganze steckte mir zu tief in den Knochen und es kränkte mich maßlos, dass Melissa offensichtlich ihre neue Freundin Sina über alles, was uns betraf, informiert hatte.
„Ähm, nein?" Sie rollte die Augen. „Was ist passiert? Ich mache mir langsam Sorgen."
Ich seufzte und ging ein paar Schritte ins Zimmer zurück, Sina folgte mir.
„Wenn du's genau wissen willst, ja, wir haben gestritten. Sie hat mich belogen, schon wieder. Und ich bin mir sicher, dass sie etwas mit einem anderen Typen hat. Sie ist abgehauen." Während ich erzählte, hatte ich mich aufs Bett gesetzt.
„Abgehauen?", wiederholte Sina ungläubig. „Anderer Typ? Wie kommst du darauf? Ich denke nicht, dass sie dich betrügt."

„Und woher willst du das wissen?" Ich rieb mir die Schläfen, irgendwie brummte mir der Schädel wie verrückt.
Mein Handy piepte, ich erkannte am Ton, dass es sich um eine Nachricht handelte, kein Anruf oder eine eMail.
„Wo ist sie denn hin? Hast du sie angerufen? Wir sind in einer fremden Stadt, das weißt du schon, oder?" Sina machte sich offensichtlich wirklich Sorgen. Auch wenn ich die Gedanken bisher weitgehend unterdrückt hatte, musste ich ihr zustimmen.
„Ich war zu wütend, ich konnte nicht", rechtfertigte ich mein Nichtstun.
Sina seufzte, zog ihr Handy aus der Hosentasche und tippte darauf herum. „Dann mach ich das eben."
Minuten später gab sie es auf.
„Es klingelt, aber sie geht nicht ran."
Ich erinnerte mich an das Piepsen meines Telefons und wollte nachsehen, ob sie sich vielleicht bei mir gemeldet hatte.

Als Sina an meine Tür geklopft hatte, war meine Verfassung schon schlecht gewesen. Dass sich das noch ins Negative würde steigern lassen, hatten wir beide zu diesem Zeitpunkt noch nicht geahnt.
Mit zittrigen Fingern streckte ich ihr das Handy entgegen. Sie lehnte sich nach vorne und betrachtete das Foto, das mir von Melissa gerade erst geschickt worden war.
Nackte Haut, viel davon. Man erkannte ihre blonden Locken, ihren nackten Oberkörper und den des Mannes, der über ihr lag und sie leidenschaftlich küsste. Keiner der beiden blickte in die Kamera, doch ich erkannte die Frau, die ich zu lieben geglaubt hatte.
„Bevor du es von jemand anderem erfährst. Sorry", stand ganz unschuldig unter dem Bild.

- 2 -

Meine Welt lag in Scherben. Alles, woran ich so lange nicht mehr zu glauben gewagt hatte und durch sie alleine wieder für möglich gehalten hatte, war zerstört worden.
Was war nur los mit dieser Welt? Mit dieser Frau? Wieso war sie denn mit mir gekommen, wenn sie mich gar nicht wollte? War es der Reiz, einmal eine kurze Zeit das Leben eines Stars zu führen? Der Luxus? Mein Geld? War ihr Plan womöglich ein ganz anderer gewesen, welcher irgendwie kurzerhand abgeblasen werden musste?
Hatte es diesen Typen schon länger gegeben? Vielleicht waren sie schon vor unserem Kennenlernen ein Paar und hatten sich gemeinsam überlegt, dass ich eine einmalige Chance wäre, um an Geld zu kommen? Es wäre gut möglich, dass ihr Macker schon gleich nach Helsinki mitgekommen war, sie im Auge behalten und quasi mit Rat und Tat zur Seite gestanden hatte, während man mich reinlegte.
Und die Briefe? Waren die auch auf ihrem Mist gewachsen? Hatten die beiden diese selbst verfasst? Aber was hätte das bringen sollen? Wenn sie nur mein Geld gewollt hätte, wäre sie doch um ein Vielfaches offensiver rangegangen. Es wäre doch weitaus sinnvoller gewesen, das Vertrauen aufzubauen, anstatt mit anonymen Briefen einen Keil zwischen uns zu treiben.

Ich wollte nicht darüber nachdenken, ich wollte es vergessen. Alles. Einfach so. Als wäre es nie geschehen.

***

„Zumindest hast du genügend Stoff für neue, traurige Songs." Jussis Feinfühligkeit ließ für gewöhnlich zu wünschen

übrig, das war mir bekannt, doch Sina schlug ihm wegen seiner Wortwahl dennoch gegen den Oberarm.
„Ich bin immer noch fassungslos darüber, dass ich sie so falsch eingeschätzt haben soll." Kopfschüttelnd und mitfühlend blickte sie mich an.
Sie hatte eine Art Krisensitzung für mich einberufen. Das ganze Team hatte sich in meinem Zimmer versammelt und Frühstück hierher bestellt. Ich wollte eigentlich gar nicht reden und noch weniger wollte ich jetzt in einem überfüllten Frühstücksraum sein. Meine Jungs hatten dafür Verständnis und so wurde das ganze eben zu mir verlagert.
„Sollen wir die restlichen Interviews alleine machen? Dann kannst du nach Hause, dich ausruhen oder... weiß nicht, irgendwo anders hin für ein paar Tage?", bot Aaro an, was ich sehr zu schätzen wusste. Doch das Letzte, was ich gebrauchen konnte, war Ruhe und Nachdenken. Ganz im Gegenteil. Die Arbeit würde mich auf andere Gedanken bringen. Sie bedeutete immerhin ein wenig Normalität in diesem Wahnsinn.
„Nein, ich brauche jetzt Ablenkung. Wann sind die nächsten Termine?" Ich musste mir selbst einen Ruck geben. Liebend gerne hätte ich mich wieder hingelegt und alles andere ignoriert, doch ich wusste leider, dass dies keine Dauerlösung wäre. Ich musste den Tatsachen ins Auge sehen, mein Leben weiterführen wie zuvor.
„Meinst du nicht, du solltest zumindest heute mal eine kleine Auszeit nehmen?" Aaro war immer noch sichtlich besorgt.
Schließlich stimmte ich zu. Ein paar Interviews würden die Jungs ohne mich ganz leicht hinbekommen und ich sollte möglicherweise irgendwie meinen Kopf frei bekommen.
Was ich mir am meisten wünschte? Diese Bilder aus meinem Gedächtnis zu löschen! Zum einen die, die mein Gehirn selbst kreierte, und zum anderen dieses eine Bild, das Melissa mir

geschickt hatte. Sie mit diesem anderen Kerl. Ich befürchtete, dass sich gerade das letzte Foto von ihr so sehr in meinen Kopf und mein Herz eingebrannt hatte, dass ich es nie wieder loswerden würde.

***

Ich hockte in der Bar des Hotels und starrte aus dem Fenster. Die Scheiben waren zwar abgedunkelt, so dass man von draußen kaum hereinblicken konnte, doch ich sah die Menschen, die die Straße entlanggingen, deutlich von meinem Platz aus.
Vor mir stand der vierte oder fünfte Irish Coffee, Kaffee mit Alkohol.
Die Zeit verging kaum merklich, wie lange war ich schon hier? Eine Stunde? Zwei? Drei? Egal. Alles egal.
Zigmal wollte ich das Foto von meinem Handy löschen, am besten gleich dazu ihre Telefonnummer, um ja nie mehr in Versuchung zu kommen, sie zu kontaktieren. Nichts davon hatte ich bisher geschafft. Was war ich für ein Jammerlappen!
Ich rief den Kellner, bezahlte meine Rechnung und beschloss, ein paar Meter zu laufen. Mein Telefon vibrierte in meiner Tasche. Den Ton hatte ich ausgeschaltet. Ich starrte aufs Display; unbekannte Nummer. So egal es mir auch war, irgendwie siegte die Neugier und ich nahm das Gespräch entgegen.

„Guten Tag, Bahnhof Amsterdam, Gepäckzentrale. Sie haben ein Schließfach angemietet, die Höchstdauer ist allerdings abgelaufen und Ihr Koffer ist somit nicht mehr eingeschlossen. Was sollen wir damit machen?"
Das musste eine Verwechslung sein, falsche Nummer oder so.

Woher sollten diese Leute aber wissen, dass ich gerade in Amsterdam war?
„Hallo? Sind Sie noch dran?", erkundigte sich die Stimme am Telefon.
„Ähm, ja. Entschuldigen Sie. Wie kommen Sie darauf, dass ich einen Koffer bei Ihnen eingelagert habe?"
Der Mann am anderen Ende der Leitung seufzte.
„Das Schließfach ist, wie bereits erwähnt, offen und Ihr Koffer hat einen Anhänger mit Ihren Kontaktdaten darauf."
„Und ich kann ihn wo genau abholen?" Ich schluckte, mein Herz schlug mir bis zum Hals.
„Am Hauptbahnhof in der Gepäckzentrale."
„OK, ich bin auf dem Weg."

Mein Koffer? Ja, er war es, mit meinen Daten, aber darin befanden sich Melissas Sachen. Sie hatte den Koffer mitgenommen und am Bahnhof verstaut? Wieso sollte sie das tun? Wenn sie mit ihrem Typen unterwegs war, wo auch immer, hätte sie die Sachen mitgenommen.
Hastig eilte ich aus der Hotelbar auf die Straße. Ich wusste, in welcher Richtung der Bahnhof war. Während ich schnellen Schrittes dahin unterwegs war, rief ich Sina an. Viel erklären wollte ich nicht, sie war in ihrem Hotelzimmer und ich bat sie, dort auf mich zu warten, bis ich zurück war.

„Können Sie sich ausweisen?" Die Motivation war dem Angestellten am Schalter sichtlich ins Gesicht geschrieben.
„Ähm, Sie haben mich doch angerufen, dass ich den Koffer holen solle. Aber ja, meinetwegen. Hier ist mein Ausweis." Er begutachtete meinen Reisepass, stand dann gemächlich auf und verschwand für eine gefühlte Ewigkeit durch die Tür hinter dem Schalter.

„Ist es dieser Koffer?", brummte er schließlich nach seiner Rückkehr.
„Ja, genau. Können Sie mir sagen, wer ihn abgegeben hat?"
Mit unschlüssigem Blick schüttelte er den Kopf.
„Wollen Sie mich verarschen?"
„Nein", seufzte ich. „Es ist mein Koffer, aber meine Freundin hatte ihn und ich weiß nicht, wie er hier an den Bahnhof gekommen ist."
„Gelaufen ist er wohl nicht bis hierher." Er zog die Augenbrauen hoch und musterte mich von oben bis unten, dann schaute er auf seinen Computer. „Eingeschlossen wurde er heute früh gegen drei Uhr."
„Okay." Ich überlegte kurz. „Haben Sie eine Idee, wen ich fragen könnte?"
„Guter Mann." Er kratzte sich die Stirn. „Mich jedenfalls nicht. Wir haben draußen in der Wartehalle einen Nachtschalter, vielleicht ist denen etwas aufgefallen. Wir schließen um achtzehn Uhr, dementsprechend hat hier niemand etwas gesehen."
Gedankenverloren stand ich mit dem Koffer in der Mitte des Bahnhofes, direkt vor den ganzen Anzeigentafeln. Wie und wo sollte ich bloß anfangen? Und weitaus wichtiger - gab es überhaupt einen Grund, nach ihr zu suchen? Oder machte ich mich komplett lächerlich mit meiner Aktion? Sie hat ihren Koffer hier gelassen – weiß der Geier, vielleicht wollte sie die Sachen einfach nicht mehr?
War sie längst mit ihrem Typen über alle Berge?

Ich wusste rein gar nichts, außer, dass mir die Sache so oder so keine Ruhe lassen würde. Der Tipp, mich an diesem Nachtschalter zu erkundigen, wäre sicherlich gut gewesen – doch wie der Name bereits vermuten ließ, war dieser auch nur geöffnet, wenn der Rest der normalen Schalter und die Information geschlossen hatten. Für den Augenblick kam ich also nicht weiter.

„Hey!" Außer Atem rannte Sina förmlich in mich hinein. „Hast du etwas herausgefunden?"

„Du solltest doch im Hotel bleiben", stellte ich fest.

„Hat mir zu lang gedauert. Den Koffer hast du, wie ich sehe. Wo ist Melissa?"

„Ich habe keinen blassen Schimmer." Ich ließ meinen Blick über die Menschenmengen schweifen, die sich durch den Bahnhof und an uns vorbei quetschten. „Der Typ an der Gepäckstation meinte, ich solle am Nachtschalter fragen, aber die haben natürlich erst heute Abend geöffnet."

„Aha." Sie tippte unruhig mit ihrem Fuß auf den Boden. „Was hat hier nachts noch geöffnet? Wenn sie hier war, hat sie vielleicht irgendjemand sonst gesehen."

„Da könntest du recht haben." Ich war begeistert von ihrer Idee, bremste mich allerdings gleich darauf selbst wieder aus. „Verrennen wir uns da nicht in etwas? Was, wenn sie gar nicht gefunden werden will? Ich meine... sie hat mir dieses Foto geschickt, das ist mehr als eindeutig. Scheiß auf den Koffer."

„Ich verstehe deine Bedenken, doch so weißt du gar nichts und mir wäre das zu wenig." Während sie sprach, strich sie mir mitfühlend über den Arm.

***

Wir hatten nahezu den ganzen Bahnhof abgegrast. Entweder öffneten die Geschäfte erst am Morgen wieder oder niemand wusste irgendetwas. Mir schien, als würde hier jeder nur in seiner eigenen kleinen Welt leben und niemanden um sich herum überhaupt bemerken. Als wir schon wieder Richtung

Ausgang schlenderten und das Café zu unserer Rechten erblickten, entschieden wir uns einstimmig für eine Verschnaufpause.

Sina setze sich schon, ich bestellte die Getränke.

„Sagen Sie...", fragte ich dazwischen, während der junge Kerl hinterm Tresen dabei war, unsere Becher zu füllen. „Gibt es hier im Bahnhof Überwachungskameras?"

„Davon gehe ich mal stark aus", antwortete dieser. „Wieso fragen Sie? Ist Ihnen etwas gestohlen worden?"

„Nein, nein", erklärte ich. „Wissen Sie, ich habe meinen Koffer gerade hier abgeholt. Angeblich wurde er abgegeben und ich wüsste einfach gerne von wem. Schließlich ist eine so noble Geste ja überaus selten und ich möchte mich bedanken."

„Ah, verstehe", nickte er. „Vielleicht mal die Security fragen, aber wir sind eben an einem Bahnhof, Koffer sind hier nichts Ungewöhnliches."

„Da haben Sie leider recht." Ich zwang mich zu lächeln. „Sie wissen nicht zufällig, wann dieser Nachtschalter draußen öffnet?"

„Punkt achtzehn Uhr, der Angestellte ist ein regelrechter Pedant. Der steht die ganze Nacht nicht von seinem Hintern auf, komme, was wolle. Er schläft dabei nicht mal ein." Spöttisch grinste der Kellner.

„Ist das jede Nacht derselbe?" Das klang etwas suspekt.

„Fünf Nächte hintereinander zumindest. Ich weiß das, weil wir dieselben Schichten haben."

„Oh." Das Café hatte auch durchgehend offen? Das hatten wir nicht in Erwägung gezogen, allerdings wollte ich mir keine allzu großen Hoffnungen machen.

„Man gewöhnt sich daran. Heute habe ich sogar noch für einen Kumpel eine Schicht übernommen. Wenn's hier keinen Kaffee in Hülle und Fülle gäbe, könnte ich das auch nicht."

„Sie waren also heute Nacht auch hier?", hakte ich nach.
„Exakt. Dann hatte ich vier Stunden frei und jetzt stehe ich schon wieder hier."
„Vielen Dank." Ich nickte, nahm die beiden Kaffeebecher und ging zu Sina an den Tisch, um ihr vom aktuellen Ermittlungsstand zu berichten.
„Warum hast du denn so lange mit dem geredet? Hättest du ihm doch gleich ein Foto von ihr gezeigt", kommentierte sie fast anschuldigend.
„Das solltest du besser übernehmen. Schließlich habe ich ihm die Geschichte vom verlorenen Koffer, der hier abgegeben wurde, erzählt. Käme etwas seltsam rüber, wenn ich jetzt auf einmal ein Foto der Person hätte, meinst du nicht?"
Ich überließ ihr diese Aufgabe gerne. Diese ganze Fragerei fühlte sich einfach nicht richtig an. Schließlich musste ich immer noch davon ausgehen, dass Melissa durchgebrannt sein könnte.

***

„Halt dich fest, Jani!" Sina hockte sich nur auf die Kante ihres Stuhles, lehnte sich zu mir herüber. „Sie war heute Nacht wirklich hier, hat eine Weile dagesessen und Kaffee getrunken."
„Okay", kommentierte ich. „Nichts Besonderes dabei."
„Ich bin auch noch nicht fertig." Ihre Stimme wurde leiser. „Irgendwann kam ein Typ zu ihr an den Tisch, hat ihr einen Kaffee ausgegeben."
„Siehst du." Auch wenn ich es vermutet hatte, die Gewissheit darüber, dass sie mit jemand anderem unterwegs war, hinterließ ein furchtbares Gefühl in meinem Inneren. „Sie hat mit mir abgeschlossen."

Entschieden schüttelte Sina den Kopf.
„Sie ist in der Tat mit diesem Typen zusammen hinausgegangen aber – jetzt kommt's – ihr schien es nicht gut zugehen. Sie taumelte wohl ziemlich und der Kerl hat sie dann mehr oder weniger aus dem Bahnhof geschleppt."
„Das klingt allerdings…" Ich versuchte, meine Gedanken zu sortieren.
„Genau. So, als wäre da etwas faul", vervollständigte sie meinen Satz.
„Mehr wusste er nicht? Wohin sie gegangen sind? Oder wie dieser Mann aussah?"
„Sie hat wohl etwas von einem Zug gesagt, aber sie sind nicht zu den Gleisen gelaufen. Mehr weiß er nicht, er musste ja hier im Café bleiben. Der Mann wäre eher unauffällig gewesen. Groß, dunkle Haare."
„Scheiße!" Ich schlug mit der Faust auf den Tisch. Für einen Moment herrschte Stille um mich herum.
„Entschuldigung!" Ich blickte zu den Gästen, die meinen spontanen Gefühlsausbruch nicht deuten konnten, und war erleichtert, als wieder eine gewisse Normalität einkehrte.
„Was machen wir denn jetzt? Was, wenn ihr etwas zugestoßen ist?" Berge an Befürchtungen türmten sich augenblicklich in meinem Kopf auf. Hätte ich sie nur niemals gehen lassen!
„Sollen wir zur Polizei? Da wir aber nicht viele Informationen besitzen, werden die vermutlich nichts unternehmen." Sina legte die Stirn in Falten.
„Aber der Koffer? Sie hat ihn nicht abgeholt, folglich stimmt etwas nicht. Zusammen mit der Aussage des Angestellten hier. Das muss doch reichen, um eine Suchmeldung aufzugeben, meinst du nicht?"
„Sie hat dir eine Nachricht geschickt, ich denke, damit gilt sie nicht als unauffindbar." Ratlos blickten wir uns in die Augen.

„Das Foto. Was sollte das Foto? Hat sie es überhaupt selbst aufgenommen?" Ich nahm mein Handy, suchte nach besagtem Bild und starrte wie gebannt darauf. Man konnte wirklich kaum etwas außer nackter Haut erkennen. Klar, da war eindeutig Melissa und eine zweite Person, aber was sollte mir das sagen?
„Kennst du den Typen?", erkundigte sich Sina. Sofort schüttelte ich den Kopf.
„Überleg nochmal, schau dir jedes Detail an. Ist irgendetwas auffällig?" Sie rutschte mit ihrem Stuhl zu mir, lehnte sich halb über meinen Arm und inspizierte das Bild ebenfalls.
Plötzlich klingelte mein Handy. Vor Schreck stießen wir beide einen spitzen Schrei aus und das arme Teil wäre mir beinahe frontal auf die Tischplatte geknallt.
Die Nummer kannte ich nicht.
„Hallo?"
„Ist sie bei dir?" Eine weibliche, aufgeregte Stimme drang zu mir durch.
„Und ich spreche mit wem genau?"
„Eva. Melissas Freundin. Ist sie bei dir?"
Langsam nahmen sämtliche Befürchtungen Gestalt an.
„Nein. Ich suche sie selbst. Kannst du sie nicht erreichen?"
„Scheiße nein!" Sie schrie beinahe. „Da muss etwas passiert sein! Sie hat mir heute Nacht geschrieben, dass sie ein Zugticket gekauft hat und am Morgen nach Hause fährt. Also hab ich den Tag freigenommen und wollte zu ihr fahren. Ich erreiche sie aber nicht und jetzt ich stehe vor ihrer Wohnung. Hier ist sie nie angekommen."

- 3 -

„Wir sollten doch zur Polizei. Die können das Handy orten und sie hoffentlich finden", schlug Sina vor.

Gemeinsam saßen wir auf dem Rand meines Hotelbettes und starrten gedankenverloren auf den Boden.
„Und wenn mich jemand erpressen will? Wenn wir da die Polizei einschalten, ist sie tot."
„Wie oft hast du schon angerufen?"
„Keine Ahnung, fünfzig mal vielleicht."
„Das Handy ist aber demnach noch aktiv."
Ich nickte, zog es wieder aus der Hosentasche.

Melissa, wo bist du? tippte ich und schickte die Nachricht sofort an sie ab.

„Bringt genauso viel wie die Anrufe, aber ich muss doch etwas tun. Ich kann doch nicht hier sitzen und Däumchen drehen."
„Ich weiß." Sie rieb sich die Schläfen, stand schließlich auf und ging ans Fenster. „Das kann alles gar nicht wahr sein."
„Hey!" Ich traute meinen Augen kaum. „Die Nachricht wird als gelesen angezeigt."
Ähnlich überrascht kam Sina zu mir. „Das ist ein gutes Zeichen. Es ist aktiv, man kann es orten."
Sofort tippte ich eine weitere Nachricht.

Bitte melde dich! Ich mache mir Sorgen. Sehe mich sonst gezwungen, zur Polizei zu gehen.

„Ich bete, dass das kein Fehler war", flüsterte ich und auch ohne eine Reaktion von ihr wusste ich, dass es Sina genauso ging.
Es dauerte ein paar Minuten, dann zeigte mein Handy eine Antwort. Mit zittrigen Fingern öffnete ich die Nachricht.
Wieso Polizei? Mir geht es gut.

Wo bist du? Ich durfte das vermeintliche Gespräch keinesfalls abreißen lassen.

Ist das nicht egal? Das mit uns ist vorbei. Ich liebe einen anderen. Lass mich in Ruhe.

Lass uns bitte reden, wo bist du?

„Glaubst du, dass sie das schreibt?", fragte Sina, die mit weit aufgerissenen Augen jedes einzelne Wort mitlas.
„Ich wünschte, ich wüsste es." Ich war am Verzweifeln. So sehr ich an die Theorie glauben wollte, dass es eben nicht meine Freundin war, die diese Nachrichten sendete, desto deutlicher wurde mir, dass dies ebenfalls bedeuten würde, dass Melissa in großer Gefahr war.

Neue Nachricht. *Es gibt nichts zu bereden.*

Bitte, es kann so nicht enden.

Es IST vorbei. Ich will dich nie wieder sehen. Akzeptier das. Ich habe dich NIE geliebt.

Meine Kehle schnürte sich urplötzlich zu, ich hatte den Eindruck, dass ich ersticken müsste. Es wäre mir egal gewesen, ich wollte nur, dass dieser furchtbare Moment endlich endete. Es tat so unendlich weh, diese Worte lesen zu müssen. Dann in Verbindung mit ihrem Namen. Egal, wie die Dinge wirklich sein mochten, was ich mit meinen eigenen Augen las, verursachte einen Schmerz so tief in mir, dass es mir die Kehle zuschnürte.
„Jani? Alles ok?" Sina tippte mir auf die Schulter. „Hallo?"
Sie hatte doch mitgelesen. Was gab es da zu fragen?
„Wir wissen nicht, ob sie das geschrieben hat. Das wollen wir ja gerade herausfinden. Reiß dich bitte zusammen!", ermahnte sie mich. Vermutlich hatte sie recht, doch gegen Gefühle kam

man eben doch nicht so leicht an.
Ich schluckte, atmete ein paar Mal tief durch.
Wie aus dem Nichts hatte ich eine Idee, die wahrscheinlich beste meines ganzen Lebens.
Ich drückte auf „Antworten" und begann zu tippen:

> *Und was ist mit unserem ungeborenen Kind?*
> *Ich bin sein Vater! Ich habe ein Recht darauf, Teil seines Lebens zu sein.*

Sina hielt die Luft an, starrte entgeistert zu mir.
„Das ist nicht wahr, oder?"
Ich schüttelte den Kopf.

bing Ich hatte schon eine Antwort bekommen.
Er ist der Vater, nicht du.

„Oh mein Gott!" Ich schnaubte, stand auf, warf das Handy hinter mir aufs Bett und ging ein paar Schritte im Raum umher. „Oh mein Gott! Irgendein geisteskranker Spinner hat sie!"
„Beruhig dich, wir müssen uns jetzt gut überlegen, was wir tun." Trotz ihrer Worte schien Sina nicht weniger aufgebracht über die neuen Erkenntnisse. Sie hatte recht, wir brauchten einen Plan.
„Ich habe solche Angst, dass er ihr etwas antut. Oder schon getan hat." Ich hielt mir die Hände vors Gesicht, wie sollte ich denn so auch nur einen einzigen klaren Gedanken fassen können?
„Wir müssen auf jeden Fall sofort das Handy orten lassen und die Polizei..."
Ich unterbrach Sina sofort. „Keine Polizei, solange wir nicht wissen, ob es nicht doch auf eine Erpressung hinauslaufen

wird."
„Aber…" Sie teilte meine Meinung nicht wirklich.
„Hier gibt es sicher auch Privatdetektive, wir brauchen den besten. Und das sofort."
„Wie du willst", gab sie sich geschlagen. „Soll ich an der Lobby fragen?"
„Das mache ich selbst." Ich nahm einen Packen Bargeld aus dem Geldbeutel und machte mich auf den Weg nach unten. Schließlich wusste ich, dass man mit der Aussicht auf Lohn für seine Mühen weitaus kooperativer war.

***

„Sie haben danach nicht mehr geantwortet?" Der Mann älteren Semesters mit der Hornbrille schielte über deren Rand zu mir herüber.
„Nein, sehen Sie doch."
Es waren gute zwei Stunden verstrichen seit der letzten Nachricht über Melissas Handy. Der Concierge des Hotels hatte mir selbstverständlich den angeblich besten Detektiv Amsterdams vermittelt und auch dieser wusste das Versprechen auf überdurchschnittliche Bezahlung zu schätzen, hatte sich schnellstens auf den Weg zu uns gemacht. Seit gut zehn Minuten begutachtete er meinen Chatverlauf. Ich zweifelte schon alleine wegen seines Alters daran, dass er uns wirklich weiterhelfen konnte, doch Tatsache war leider, dass wir außer der Polizei keine anderen Optionen hatten.
„Können Sie das Handy nicht einfach orten und wir fahren dann dorthin?" Meine Geduld schwand sekündlich.
„Das ist zwar illegal, aber ich kann das schon. Nur, was tun wir dort? Egal wer da welche Straftat begeht, wir haben keine Beweise, der Täter kann problemlos einfach abhauen. Ich muss

Beweise sichern, den Koffer auf Spuren untersuchen, mit dem Bahnhofspersonal sprechen und mich vergewissern, dass sie zu einer Aussage bereit wären und noch einiges mehr. Wir wollen den oder die Täter ja letztendlich auch ins Gefängnis bringen, nicht wahr?"

Sina sah mich eindringlich an, mich hatte der Detektiv schon nach dem ersten Satz verloren. Er konnte das Handy orten – basta. Der Rest war mir jetzt im Moment herzlich egal.

„Hören Sie, guter Mann." Ich räusperte mich. „Ihre Beweise schön und gut, ich will in erster Linie meine Freundin da rausholen und das am besten sofort."

„Ich verstehe Sie." Er schielte wieder über seine Brille hinweg, bemerkte vermutlich, dass ich im Begriff war, Bargeld aus meiner Hosentasche zu holen.

„Ich meine das ernst, ich will nur wissen, wo sie ist. Ich brauche keine Polizei, Beweise oder Fingerabdrücke. Ich will nur meine Freundin wieder, alles andere regle ich dann vor Ort selbst. Also? Sind Sie mein Mann?"

Er sah mir dabei zu, wie ich die Hundert-Euro-Scheine auf der Matratze neben mir auseinander faltete.

„Ja, ich denke, wir verstehen uns." Mit zwei Klickgeräuschen öffnete er den silbernen Aktenkoffer, den er dabei hatte und holte einen Laptop heraus.

Er tippte eine Weile darauf herum, nahm sich mein Handy, gab Nummern ein und suchte über Google Earth nach dem möglichen Standort.

„So", stöhnte er schließlich sichtlich erschöpft. „Die Sache war etwas komplizierter, weil es sich um einen ausländischen Mobilfunkanbieter handelt, aber – und da hat der Täter einen wirklich fatalen Fehler gemacht – das Handy befindet sich gerade noch im Stadtgebiet von Amsterdam und ist somit auf einen Radius von wenigen Metern genau zu lokalisieren."

„Sie haben es also?", wollte ich mich vergewissern.
„Genau." Er deutete auf den Bildschirm seines Laptops. „Sehen Sie hier? Das ist eine Schrebergartenanlage oder etwas in der Art. Gehört aber noch zur Stadt und ist gut vernetzt. Ich schreibe ihnen die Koordinaten auf."

„Willst du da wirklich einfach hinfahren?" Ungläubig schüttelte Sina den Kopf. „Das ist gefährlich."
„Was soll ich sonst machen? Warten, bis er ihr etwas antut?"
„Du weißt nicht einmal, mit wem du es zu tun hast. Vielleicht sind es mehrere. Bewaffnete Drogenhändler oder so? Lässt du dich gleich auch mit abknallen? Das ist fahrlässig."
„Und trotzdem muss ich handeln. Ich habe so furchtbare Angst, dass ihr schon etwas zugestoßen ist. Dass man ihr weh tut oder noch Schlimmeres. Ich werde hier verrückt vor Sorge." Mit meiner Beschreibung hatte ich weit untertrieben, ich war innerlich so aufgebracht, dass ich mich fragte, wie ich überhaupt noch ein klares Wort aussprechen konnte.
„Okay, ich komme mit." Schon stand Sina neben mir.
„Nein!", fauchte ich sie an. „Mach es mir doch nicht noch schwerer. Du bleibst hier. Ende der Diskussion."
Ich hielt den Zettel mit den Koordinaten der Handyortung immer noch fest in meiner Hand, nahm Geldbeutel und Handy und war im Begriff zu gehen.
„Warte!" Sina hielt mich am Arm fest. „Lass mich die Koordinaten abschreiben, damit ich wenigstens weiß, wo wir eure Überreste dann irgendwann suchen müssen."
Ob es ein Scherz gewesen sein sollte oder nicht – darüber waren wir uns beide nicht sicher.

***

Nach einer guten Stunde Taxifahrt stieg ich mit wackligen Knien aus dem Auto und blickte mich um. Ich stand gefühlt im Nirgendwo. Das Taxi war eine Weile mehr oder weniger nah am Wasser entlanggefahren, die Hochhäuser und den Verkehr der Großstadt hatten wir auch schon längst hinter uns gelassen. Nun stand ich vor einer Kleingartenanlage – so, wie es der Detektiv vorhergesagt hatte.

Vor einem riesigen Eisentor blieb ich stehen, es war nur angelehnt und ein paar Meter dahinter erregte eine große Karte meine Aufmerksamkeit. Ohne zu zögern ging ich durchs Tor und inspizierte die Karte. Bis ins letzte Detail war jede einzelne Parzelle aufgezeichnet, schön durchnummeriert natürlich. Leider half mir das überhaupt nicht weiter. Ich konnte wohl schlecht in jedes einzelne Gartenhäuschen einbrechen, um Melissa zu finden. Aber was dann?

Ich ging den mittleren Weg durch die Anlage, blickte mich suchend um, aber ich fand einfach nichts, was mir hätte helfen können.

Frustriert sah ich ein, dass ich auf diese Art vermutlich nicht viel erreichen konnte und beschloss, mich auf die Suche nach einem Hausmeister, Platzwart oder Ähnlichem zu machen. Sicher gab es da jemanden, es war zumindest besser als nichts.

Wieder am Eingang angekommen, fiel mir das Steinhaus direkt daneben auf. Sicher was das das Verwaltungsgebäude dieser Anlage. Auf einem kleinen Schild an der Tür stand irgendetwas auf Holländisch, die Tür war verschlossen. Ich seufzte niedergeschlagen. Eigentlich wollte ich Sina anrufen und ihr von meinem Misserfolg berichten, doch wie automatisch klickte ich auf Melissas Foto und das Handy wählte ihre Nummer stattdessen.

Als mir der Fehler auffiel, traf mich beinahe der Schlag. Ich hörte den Piepton in meinem Ohr, aber genauso vernahm ich auch den Originalklingelton meiner Freundin. Wie konnte das sein? Ich ließ das Telefon sinken, der Klingelton war immer noch deutlich zu hören. War sie hier? Hörte ich das Klingeln durch die Wände eines der Häuser hindurch?
Sofort gab ich mir größte Mühe, dem Geräusch zu folgen. Ich freute mich darüber, dass dieses Gebiet gänzlich tot war, so konnte ich wenigstens alles bestmöglich hören.
Leider wurden meine Gebete bezüglich Melissa nicht erhört. Vor einem Mülleimer blieb ich stehen.
„Dieses Arschloch hat im Ernst ihr Handy hier reingeschmissen?", fluchte ich aus voller Kehle. Störte ja eh niemanden, ich war alleine. „Fuck! Fuck! Fuck!"
Wutentbrannt trat ich gegen den Mülleimer, der von meinem Kraftakt nicht wirklich beeindruckt war. Schließlich griff ich vorsichtig hinein und fischte Melissas Handy heraus.
Der Akku war so gut wie leer. Wie lange es wohl hier lag?
Aber wie hatte man mir denn auf Nachrichten antworten können? Musste das nicht heißen, dass das Handy gerade erst hier entsorgt wurde?
Ich öffnete das Chatprogramm, es zeigte unseren kompletten Gesprächsverlauf an. Jeden einzelnen Satz.
Wenn die Nachrichten alle auf Melissas Handy verfasst wurden, dann hieß das, dass sie noch irgendwo in der Nähe sein musste. Wie von Sinnen rannte ich los. Entlang des Weges, den ich kurz davor schon gegangen war.
„Melissa!", schrie ich. „Bist du hier? Melissa?"
Ich lief einfach weiter, rief aus voller Kehle nach meiner Freundin, doch nichts geschah. Ich konnte sie nicht finden.

„Scheiße, verdammt!" Außer Atem hielt ich mich an einem der Lattenzäune fest. Ich hatte völlig außer Acht gelassen, dass man sich ja auf jedem beliebigen Gerät mit WLan-Zugang in ihren Account einloggen und so mit mir chatten konnte. Es brauchte hierzu lediglich ihr Passwort und das war auf dem Handy – welches ja entsorgt worden war – auch leicht zu finden.

Man hatte mich verarscht. Hinters Licht geführt. Richtig auflaufen lassen. Ich hatte nichts, noch weniger als das. Das Fünkchen Hoffnung, das bis eben noch geglüht hatte, war erloschen.
Erst rief ich mir ein Taxi, dann erzählte ich Sina, wie beschissen die ganze Lage wirklich war.
Wir hatten es offensichtlich mit jemandem zu tun, der seine Sache gut machen wollte.

***

Du hast gewonnen. Was willst du dafür, dass du sie frei lässt?

Ich war verzweifelt. Um Melissa zu retten, war mir die Kapitulation einem Kriminellen gegenüber auch recht.
Es war Nacht geworden, die Jungs hatten alle Interviews gegeben, am Folgetag sollte uns unsere Tour in die nächste Stadt führen. Ich hatte mich nach eingehenden Gesprächen mit meinen Leuten dazu entschieden, nicht mitzukommen. Egal, wo ich wäre, es wäre der falsche Ort.
Mir war zwar klar, dass ich alleine komplett am Rad drehen würde, besonders weil ich keinerlei Ahnung hatte, was ich noch tun könnte. Dennoch; zum Alltag zurückkehren wollte

ich nicht.

Mit Sina hatte ich vereinbart, dass ich am kommenden Tag zur Polizei gehen würde, sofern sich bis dahin niemand wegen einer Forderung oder Ähnlichem gemeldet hätte.

Ich lag im dunklen Zimmer in meinem Bett, an Schlaf war nicht zu denken. Dennoch musste ich mich irgendwie ausruhen und Kraft tanken.

Mir waren wohl trotz allem kurzzeitig die Augen zugefallen, denn das Vibrieren meines Handys ließ mich vor Schreck hochfahren.

Ich will dich leiden sehen, stand da, nicht mehr und nicht weniger. Es reichte aus, um mich in Panik zu versetzen.

Es ging um mich, natürlich tat es das. Melissa hatte sicher niemals jemandem etwas zuleide getan, musste aber für mich nun den Kopf hinhalten.

Dann triff mich, du feiges Arschloch!, antwortete ich. Ich wusste auch, dass Beschimpfungen nicht unbedingt die beste Verhandlungsstrategie darstellten, doch in einem Fall wie diesem hätte sich wohl kaum jemand beherrschen können.

Fahr nach Hause und warte auf Anweisungen, wenn du sie lebend wieder sehen willst. Keine Polizei.

- 4 -

Mit einem mulmigen Gefühl im Bauch trat ich am frühen Morgen die Heimreise an. Ich hatte weder den Jungs noch Sina etwas von den letzten Nachrichten berichtet, schließlich wusste ich nun, dass es wohl tatsächlich nur um mich ging. Ich wollte niemanden mehr mit hineinziehen oder meinen Freunden unnötig Kummer bereiten. Wenn es etwas Persönliches war und es letztendlich doch auf eine Geldforderung herauslaufen würde, dann würde ich das eben auch alleine regeln müssen.

Es reichte vollkommen, dass Melissa wegen mir litt.

Ich konnte die Gedanken keine Sekunde verdrängen, ständig grübelte und sorgte ich mich. Wie ging es ihr? Wo war sie? Hatte sie Schmerzen? War sie verletzt? Lebte sie am Ende gar nicht mehr? Ich durfte so nicht denken. Es half mir nicht weiter, kein bisschen.

Was willst du von mir?, tippte ich ein. Sollte ich es überhaupt abschicken? Ich sollte doch auf Anweisungen warten, doch verdammt noch mal, ich war nie der Typ, der abwartete. Ich drückte auf „senden" und rauchte eine Zigarette nach der anderen, um mich ein wenig zu beruhigen.

Willkommen zu Hause, Superstar. Eine geschlagene Stunde hatte ich mich gedulden müssen.

Lass Melissa gehen!

Du stellst hier keine Forderungen.

Dann antworte endlich mal auf eine Frage! Wo ist sie? Was willst du von uns?

Ich war ein nervliches Wrack und langsam aber sicher beschlich mich der Verdacht, dass dies genau das war, was der Absender dieser Nachrichten beabsichtigte.

Sie ist nur ein Kollateralschaden.

Wenn du ihr auch nur ein Haar krümmst, bringe ich dich eigenhändig um!

Ich sprang auf, riss die Glastüre in den Garten auf und machte einen Schritt nach draußen. Wie lange würde dieses Spiel noch dauern?

Du findest mich niemals. Und beim nächsten Spruch dieser Art wirst du sie ebenfalls niemals finden.

Ich wusste nicht wieso, doch ich hoffte, dass irgendwo hinter der Fassade dieses Spinners auch noch ein wenig Verstand stecken musste. Jeder Mensch verfolgte Ziele, jeder war käuflich. Es musste eine Möglichkeit geben, um an ihn heranzukommen und Melissa da herauszuholen.

Sorry. Ich bin am Ende. Du sagst, es geht nicht um sie. Warum lässt du sie dann nicht gehen und sagst mir, was du wirklich willst?

Dich. Leidend.

Ich dachte nicht nach, zögerte keine Sekunde.

Wenn du sie gehen lässt, bekommst du mich im Austausch.

Keine Antwort. Keine Reaktion. Was zur Hölle sollte ich denn noch anbieten? Jeder Stalker, der verrückteste Fan der ganzen Welt hätte spätestens jetzt vor Freude Luftsprünge gemacht und zugestimmt. Hallo? Ich hatte mich angeboten, hätte es ernster nicht meinen können.

Dennoch reichte das nicht? War es nicht das, was die Person wollte? Was sollte ich denn noch tun?

Ich ließ mich an der Wand zu Boden sinken, verdeckte meine

Augen mit den Handflächen, als könnte ich damit den anrollenden Zusammenbruch aufhalten.
Dann begann ich zu weinen, laut und hoffnungslos.
Ich erinnerte mich nicht daran, wie lange ich so auf dem Boden kauerte, doch irgendwann war ich vor Schwäche wohl eingeschlafen, denn als ich wieder zu mir kam, war es schon später Nachmittag.
Mein Magen knurrte ermahnend, ich hätte allerdings nichts hinunterwürgen können.
Lustlos zog ich meinen Mantel an und lief Richtung Meer. Ich wusste nicht, was ich suchte, doch ich wollte einfach raus, in der Hoffnung, meinen Kopf etwas ablenken zu können.

***

Der näher rückende Winter war klar erkennbar. Längst war es dunkel geworden, ein eisiger Wind kündigte die ersten frostigen Nächte an. Ich zog den Kragen meiner Jacke etwas höher. Ich fühlte mich etwas besser als zuvor in meinem Haus, dennoch stapfte ich ziellos am Meer entlang. Wie sollte es nur weitergehen? Was, wenn man Melissa längst etwas angetan hatte? Was, wenn ich es nie herausfinden würde? Sie nie mehr wiedersehen oder in die Arme schließen könnte? Mein Herz wurde schwer, drückte mich wie eine Last zu Boden. Ich wollte diese Gedanken nicht und ich wollte nicht in dieser beschissenen Situation sein. Ich war machtlos, hilflos. Ich wusste weder, worum es ging noch was ich tun könnte, um die Liebe meines Lebens zu retten.
Mit Tränen in den Augen sah ich mich am Strand um, so nah am Wasser war es noch viel kälter. In der Ferne sah ich eine Person, die mit ihrem Hund unterwegs war.
„Armes Schwein", sagte ich zu mir selbst, wobei ich mir gar

nicht sicher war, ob ich den Hund oder den Besitzer damit meinte. Ein ungutes Gefühl, Angst und Panik mischten sich zu der Kälte, die ich in jeder einzelnen Faser meines Körpers spürte. Oh nein. Dieser Typ. Was, wenn er sie hat?
Sie kannten sich, ich hatte gleich meine Bedenken gehabt. Wer auch immer er war, er wollte mehr von Melissa als einfach nur nett sein. Freundschaft. Klar, als ob das möglich gewesen wäre. Dieses Arschloch mit dem Hund – das musste des Rätsels Lösung sein!
Augenblicklich schlug ich den Nachhauseweg ein. Ich musste ihn finden, so schnell wie möglich. Endlich hatte ich einen Anhaltspunkt.

***

Mein Optimismus wurde mir binnen kürzester Zeit geraubt. Ich hatte alles, wirklich jeden Winkel des Hauses in Windeseile durchwühlt, doch nirgends einen Namen oder gar die Adresse dieses Typen gefunden. Ich wusste, dass er Antti hieß. Seine Handynummer fand ich auf Melissas Telefon, doch ich kam auch damit nicht weiter. Das Handy war ausgeschaltet, natürlich. Wenn er gerade als Kidnapper tätig war, würde er sich nicht unbedingt stören lassen wollen, schon gar nicht von mir. Ob er eigentlich davon ausging, dass ich ihm auf den Fersen war? Wusste er, dass ich ihr Telefon geortet und geholt hatte? Zumindest schien er an seiner Strategie nichts geändert zu haben. Sofern er überhaupt eine hatte.
Wenn ich der Polizei die Nummer sagen würde, könnten sie den Inhaber ausfindig machen? Das Problem war nur, dass ich die Polizei nicht einschalten durfte. Eine Ortung ging ja nur, sofern das Gerät an war und dem war nicht so.
Ich wählte Sinas Telefonnumer und fragte sie unter einem

Vorwand über Melissas Bekannten aus. So sehr hatte ich gehofft, dass sie mit ein paar Details weiterhelfen könnte, aber sie wusste auch nur unwesentlich mehr als ich selbst.
Wieso hatte Melissa nicht wenigstens seinen Nachnamen mit abgespeichert? Es war zum Wahnsinnigwerden. Sollte ich mich vielleicht ans Meer setzen und tagelang ausharren, bis er irgendwann mal mit seinem Hund meinen Weg kreuzen würde? Vermutlich auch sinnlos. Wenn er sie irgendwohin verschleppt hatte, würde er seinen Alltag dementsprechend angepasst haben.
Was dann? Verzweifeln? Davon war ich nicht sonderlich weit entfernt.

Ich will wissen, wie es ihr geht, tippte ich ein.

bing
Die Nachricht erschien natürlich sofort auf Melissas Handy, das neben mir lag. Das war so verrückt, so unwirklich. Ich schrieb auf ihr Handy, welches bei mir war, und doch las ihr Entführer mit. Er hatte sich nicht gemeldet, auf meinen Vorschlag, mich gegen sie auszutauschen, nicht reagiert.
Wenn es wirklich dieser Antti war, dann machte das Sinn. Dann hätte er es sehr wohl auf Melissa abgesehen anstatt auf mich, doch wieso dieser Spruch, dass er mich leiden sehen wolle?

BITTE, schickte ich hinterher.

Ich hatte mich wieder ein wenig beruhigt, wenngleich mein Inneres nicht hätte nervöser sein können.

Kapitulieren zu müssen war schon schlimm, doch dies zu tun und dann nicht einmal eine Rückmeldung zu bekommen, das machte mich rasend vor Wut. Von meiner Sorge um sie ganz abgesehen.

- 5 -

Es ging ihr nie besser.

Zwei Uhr morgens.
Das machte dieser Typ doch mit Absicht. Er ließ mich warten, ausharren und langsam aber sicher verrückt werden.
Meine Finger zitterten, teilweise vor Wut, aber auch aus purer Erschöpfung, als ich antwortete.

Was willst du? Was soll ich tun?

Ich zündete mir eine Zigarette an und sah dem Rauch nach, der zur Decke waberte.
bing

Was bist du denn bereit zu tun?

Alles.

Die Antwort hatte sich quasi von selbst gegeben, zweifellos würde ich alles tun, damit Melissa frei käme.

*Stell dir vor, du tust alles für sie und
wirst sie dennoch nicht bekommen.*

Was soll der Mist? Für ihre Freiheit tue ich, was du willst.

Ich konnte keinem der Sätze wirklich folgen, hatte keine Ahnung, was dieser Kerl eigentlich von mir wollte.

Dann lass uns spielen, Superstar.

Vor Wut schlug ich auf das Kissen neben mir. Ich hatte keinen Bock auf diesen Scheiß! Und schon zweimal hatte ich keine Lust darauf, mit diesem kranken Spinner irgendwelche Spielchen zu spielen. Meiner Meinung nach hatte ich es hier mit einem regelrechten Psychopathen zu tun. Nein danke, auf solche Spielchen hatte ich keine Lust.

Keine Spiele. Du lässt sie frei und sagst mir, was du dafür willst.

Keine Reaktion. Schon wieder.
Ich lief den Hausflur auf und ab, das konnte doch alles nicht wahr sein. Sollte ich die Polizei einweihen? Hatte ich überhaupt eine andere Chance? Ich musste doch etwas tun. In meinem Kopf entstanden spontane Kurzfilme. Melissa, die angekettet darauf wartet, dass ich sie rette – was ich nicht tue. Dieser Antti, der sie wieder und wieder anfasst und zwingt, Dinge zu tun... Ich schüttelte mich beim Gedanken daran. Leider war es kein Produkt meiner Fantasie, alles davon und noch viel Schlimmeres könnte langst zur brutalen Wahrheit geworden sein. Und statt die Polizei auf dieses Schwein zu hetzen, stampfte ich wie bescheuert den Gang entlang und tat nichts?

Letzte Chance, sonst bin ich auf dem Weg zur Polizei.

Ich wollte ihm gar nicht das Messer auf die Brust setzen – oder besser gesagt, ich wusste, dass ich es nicht hätte tun sollen.

Gewollt hätte ich noch ganz andere Dinge, doch ich war zu sehr an meine emotionalen Grenzen gestoßen, um noch rational denken zu können.

Ich töte sie.

Nein verdammt! Wenn du ein Problem mit mir hast, dann triff mich, lass es uns klären. Keine Polizei, aber bitte lass Melissa da raus. Lass sie gehen! Ich flehe dich an.

Wir werden sehen.

Am liebsten hätte ich das Handy an die Wand gedonnert. Ich konnte immer noch rein gar nichts tun und hatte nach meinem Schnellschuss nun noch mehr Angst, Melissa in Gefahr gebracht zu haben.

Vor Schreck stieß ich einen spitzen Schrei aus.
Ein Schatten war vor meiner Eingangstür erschienen, mitten in der Nacht. Wer sollte das sein? Ein Erpresser? Oder vielleicht ein Finger von ihr in einem Paket? Ich hasste meine eigenen Gedanken.
Dann klopfte es. Ich schlich mich mehr oder weniger leise an die Tür heran, der Schatten stand immer noch da. Ich schluckte und öffnete todesmutig.
„Lass mich rein, schnell."
Er gab mir einen Stoß und ich taumelte, fing mich an der Wand ab und sah, wie er sich Zutritt zu meinem Haus verschaffte.
„Hey!", schrie ich „Was zur Hölle willst du hier? Wo ist sie?"
„Mach bitte die Tür zu."
Ich konnte es nicht fassen. Stand da allen ernstes Antti? Der

Psychopath, der meine Freundin entführt hatte? In meinem Haus? Ich gab der Tür einen festen Tritt, stürmte auf ihn zu und schlug ihm unvermittelt ins Gesicht.
Nun war er es, der taumelte und versuchte, einen weiteren Schlag abzuwehren.
„Wo ist sie?", brummte ich mit geballten Fäusten.
„Hör auf, Mann!" Er hatte die Hände erhoben und ich meinte, einen Hauch Respekt in seinen Augen erkannt zu haben. „Ich will dir nichts Böses."
„Zum letzten Mal – wo ist Melissa?" Ich machte einen Schritt auf ihn zu, er wich sofort zurück.
„Ich hab keine Ahnung, aber wenn du mich erklären lässt, können wir sie vielleicht gemeinsam finden."
Das Einzige, was ich in diesem Moment wollte, war meine komplette Wut und Verzweiflung an diesem Typen auszulassen. Ohne zu zögern ging ich auf ihn zu.
„Du hast sie entführt, du kranker Spinner!" Zu meiner Verwunderung war er meinem nächsten Schlag ausgewichen.
„Wenn du sie wiedersehen willst, hörst du mir besser gut zu." Einen Augenblick lang zögerte er, dann sprach er weiter. „Ich hasse es, das zuzugeben, aber ich hänge da indirekt mit drin. Es war alles so nicht geplant, ich wusste nicht, was er vorhat. Ich wurde genauso reingelegt, deshalb bin ich jetzt hier. Um zu retten, was zu retten ist."
Ungläubig schüttelte ich den Kopf.
„Du hängst da mit drin? Hast du sie entführt? Was ist das für ein bescheuerter Plan und wer steckt dahinter?"
„Ich habe lediglich ihr Handy entsorgt. Entführt hat sie Juha ganz alleine. Ich weiß nicht, wo sie festgehalten wird. Das musst du mir glauben, ich schwöre es."

∗∗∗

Fassungslosigkeit hatte die Wut in mir abgelöst. Dieser Antti hatten allen Ernstes die Eier in der Hose, um hierherzukommen und mir alles zu erzählen?

Er hatte sich strafbar gemacht, bei einer weiteren Straftat geholfen und den Täter zudem gedeckt. Wusste er eigentlich, dass er dafür im Knast landen würde? Jetzt saß er hier an meinem Esstisch, wirkte genauso erschöpft wie ich und hatte mir das bestätigt, was ich selbst nicht hatte in Erwägung ziehen wollen.

Melissa war meinetwegen entführt worden. Ein Racheplan. Ausgearbeitet von meinem ehemaligen besten Freund Juha, dem ich seinerseits die Freundin ausgespannt hatte. Juha – der versucht hatte, seinem Leben deshalb ein Ende zu setzen.

Er war zurückgekommen, um Rache zu nehmen. An mir.

Und an dem Menschen, den ich am meisten liebte.

Ich war gefangen in einem Horrorfilm.

„Wieso hast du ihm geholfen? Woher kennst du ihn überhaupt?" Fragend blickte ich ihn an.

„Lange Geschichte. Wir sind uns in New York begegnet, als es mir nicht wirklich gut ging, und er war einfach da. Hat mir geholfen, mir hin und wieder einen Gefallen getan und wir haben uns angefreundet. Zwei Finnen in der Großstadt. Er hat mir einige Male wirklich den Hintern gerettet und... na ja, so etwas verbindet." Er rieb sich die Augen.

„Es verbindet so sehr, dass man zum Entführer wird?" Ich fand das alles mehr als lächerlich.

„Natürlich nicht." Er räusperte sich. „Es war so nicht geplant. Oder..." Er seufzte. „Vielleicht hat er mich auch von Anfang an belogen, ich weiß es nicht. Wir waren beide viele Jahre nicht hier, hatten eines Nachts beschlossen, dass wir unserer Vergangenheit nicht auf ewig davonlaufen können. Er hat mir seine Geschichte erzählt und dann..."

„Ja? Und weiter?" Jetzt war ich neugierig.

„Er konnte mit der Sache nie abschließen, mit dem Mädel noch eher als mit dir. Er dachte halt, du bekommst immer alles im Leben, Sonnenseite und so. Wir haben wirklich nur herumfantasiert à la *Dem müsste man mal zeigen, wie es sich anfühlt*. Er wollte, dass du eifersüchtig bist, dass eure Beziehung darunter leidet. Dass du einfach weißt, wie es ihm damals ergangen ist."

„Das ist aber kein dumme-Jungen-Streich! Ich habt einen Menschen entführt!" Ich war aufgesprungen, hatte vor Wut meinen Stuhl zur Seite getreten. Sicher, ein Teil von mir konnte verstehen, dass Juha mit dem Thema nie hatte abschließen können, aber das rechtfertigte gar nichts von dem, was hier gerade abging.

„Ich weiß", gab er zu. „Ich habe sie nicht angerührt, wirklich. Bin einfach nur dagewesen, als ihr Streit hattet. Juha hat das nicht gereicht, er wollte euch nachreisen, weiter Gerüchte verbreiten und Unfrieden stiften. Irgendwie habe ich da geahnt, dass er sich zu sehr reinsteigert und so bin ich halt mitgekommen."

„Und weiter?" Ich setzte mich auf die Tischplatte und starrte ihn an, das Entsetzen in meinen Augen war sicher deutlich zu erkennen.

„Dann war er morgens nicht im Zimmer, rief mich total aufgelöst an. Ich müsse ihm helfen, er hätte das Mädchen in seinem Auto und wisse nicht weiter. Ich bin sofort zu ihm, er hatte ihr Beruhigungsmittel gegeben, faselte etwas davon, dass er Fotos von ihr machen will, um eure Beziehung endgültig zu ruinieren. Ich habe so lange auf ihn eingeredet, ihm aufgezählt, in wie vielen Fällen er sich strafbar macht und so weiter, aber das war ihm alles nicht wichtig. Schließlich hat er mir ihr

Handy in die Hand gedrückt und mich gebeten, es in irgendeinen Mülleimer zu werfen. Ich wäre ihm das schuldig, könnte auch nichts passieren dabei."
„Dann hast du das Telefon entsorgt? Anstatt Melissa von diesem kranken Psycho wegzubringen? Das klingt für mich alles total unglaubwürdig. Vielleicht sollte ich die Polizei rufen." Ich konnte mir einfach nicht vorstellen, dass jemand vor so einer Aktion die Augen verschließen konnte.
„Ja, genau das hab ich getan und Juha hat mir hoch und heilig versprochen, dass er sie gehen lässt. Ich habe ihm vertraut, sonst hätte ich nicht zugestimmt. Er wollte es wie einen stinknormalen Straßenraub aussehen lassen. Sie wacht nach einer Stunde auf und ihre Sachen sind eben weg. Ich schwöre dir bei allem, was mir heilig ist, dass ich es nicht wusste."
„Angenommen, ich würde dir deine Geschichte abnehmen, wo ist er dann jetzt? Wo ist Melissa? Wenn ihr Freunde seid, musst du das doch wissen!"
„Da ist das Problem." Er wirkte betroffen. „Er war auf einmal wie vom Erdboden verschluckt. Ich konnte ihn am Telefon erreichen und er sagte mir, dass er sich das Ganze anders überlegt hätte und dich noch ein Weilchen leiden lassen wolle. Er hätte sie an einen sicheren Ort gebracht. Ich habe natürlich sofort versucht, ihn davon abzubringen, doch nichts zu machen. Ich hatte das Handy ja noch ein paar Stunden bei mir, hatte den Akku nochmal geladen, sonst wäre das mit dem online Chatten in ihrem Namen nicht gegangen und na ja … Ich habe den Chat mitgelesen. Was er dir geschrieben hat und eben auch, dass Melissa schwanger ist. Es tut mir so leid, ich habe ihm alle erdenklichen Schimpfworte an den Kopf geworfen, eine schwangere Frau zu entführen, das ist so krank. Er hat mir nicht gesagt, wo er ist, und sein Handy ist seitdem ausgeschaltet. Ich komme nicht an ihn heran, egal, was ich

versuche. Deshalb bin ich jetzt zu dir gekomen, auch auf die Gefahr hin, dass du mich der Polizei überlässt."
„Ich würde noch ganz andere Sachen tun, aber ich muss sie finden und zwar schnellstens. Scheiße!" Längst war ich wieder aufgestanden und vor der Fensterfront auf und ab gelaufen. Ich lehnte den Kopf schließlich an die kalte Glasscheibe. Wo sollte ich bloß ansetzen?
„Ihr wart doch mal Freunde, oder?", warf Antti in den Raum. Ich nickte.
„Vielleicht hat er sie in irgendein Familienanwesen gebracht? Ein Ferienhaus oder so? Hast du eine Idee?"
Krampfhaft versuchte ich, mich zu erinnern. Klar, jeder Finne hatte ein Ferienhäuschen in der Wildnis, aber wo war das seiner Familie? Ich erinnerte mich daran, dass er in den Sommermonaten an den Wochenenden eigentlich immer in Helsinki geblieben war, während seine Eltern an den See gefahren sind.
„Ich weiß es nicht. Wenn, dann war er selten dort." Ich versuchte weiterhin, mich zu erinnern, doch es wollte einfach kein eindeutiges Bild auftauchen.
„Das gibt's doch nicht. Der muss doch mal begreifen, was er da tut und sie gehen lassen." Antti stand auf, trat neben mich.
„Mann, es tut mir wirklich leid. Ich wollte das alles nicht."
Kaum merklich nickte ich.
„Wir müssen sie finden, das ist das einzige, was jetzt zählt."
„Ja, das müssen wir", stimmte er zu.

***

Draußen wurde es langsam hell, wenngleich der Himmel eher einer einzigen riesigen grauen Wolke glich. Antti und ich hockten immer noch am Esstisch, tranken mittlerweile Kaffee

und zerbrachen uns die Köpfe.
Mein Handy piepte, sofort griff ich danach.

Wenn du sie retten willst – 20 Uhr am Steg nach Särkkä. Alleine.

„Am Steg. Was zur Hölle will er am Steg?" Antti rieb sich die Stirn.
„Dann wird es heute Abend wohl eine Reunion der ehemaligen Freunde geben."

- 6 -

Ich vertraute ihm nicht, niemand hätte das. Schließlich hatte er gerade eben noch gemeinsame Sache mit Juha gemacht. Eine gewisse Loyalität Freunden gegenüber war ja normal, insofern wusste ich ab dem ersten Moment, dass ich Antti nur soweit vertrauen durfte, wie ich die volle Kontrolle über alles hatte.
Ein weiteres Risiko würde ich jedenfalls nicht eingehen. Ich wollte und musste meine Melissa nun endlich aus den Fängen dieses Irren befreien, koste es, was es wolle. Meinetwegen sollte mir Juha wegen damals eben eine reinhauen, wenn es ihm danach besser ginge. Letztendlich war mir alles egal, solange ich am Ende des Tages meine Freundin wieder in die Arme nehmen konnte.
Antti hatte mir hoch und heilig versprochen, dass er mir wirklich helfen wolle, doch wie gesagt: Vertrauen war so eine Sache und besonders in diesem Fall gänzlich unmöglich.
Ich hatte den Tag damit verbracht, mir eine Pro-und-Contra-Liste zu erstellen. Polizei oder keine Polizei?
Es wäre aufgefallen, an diesem Fleckchen Helsinkis war besonders an Winterabenden rein gar nichts los und man

konnte den gesamten Strandabschnitt überblicken. Ich konnte Juha nicht einschätzen, wusste nur, dass er offenbar ziemlich krank im Kopf sein musste. Ich entschied mich gegen die Polizei. Vielleicht schätzte ich mich selbst auch vorschnell als zu stark ein, ich weiß es nicht.

Ich zog meinen Mantelkragen hoch, als ich mich von meinem Wagen aus auf den Weg zum Steg machte. Die wenigen Laternen am Straßenrand spendeten kaum Licht, bis auf vage Umrisse konnte man nichts erkennen. Je näher ich dem Ziel kam, desto nervöser wurde ich. So vieles hatte ich erreicht, so oft war ich mit wackeligen Knien auf Bühnen gestanden und hatte eine gute Show abgeliefert. Genau das musste ich hier auch tun. Eine gute Show abliefern.
Aber es war kein Job. Keine Sache, die man eben erledigen musste, für die man seine Angst überwand, um anderen etwas recht zu machen. Es ging um Melissa, um ihr Leben. Vielleicht auch um mein eigenes? So genau konnte man das nicht sagen, das blieb dem Zufall überlassen.

Ich machte den ersten Schritt auf die Holzpaneelen des Steges, blickte mich noch einmal um. Niemand zu sehen. Mit gespielt ruhigen Schritten ging ich bis zum Ende, das Wasser unter dem Steg war so schwarz wie die Nacht selbst. Immer wieder schlugen die Wellen gegen die stabilen Pfosten, die bis hinunter zum Meeresgrund reichten und dem Holzgebilde die nötige Standfestigkeit verliehen. Wäre es kein so furchtbarer Anlass, hätte mir die Stimmung dieser Nacht beinahe gefallen.
Ich setzte mich auf eine der kleinen Bänke ganz vorne und zwang mich, nicht mit den Beinen zu wippen, um meine Unruhe und Angespanntheit zu kompensieren.
In der Ferne sah ich die Lichter der Inseln, die unweit vor

Helsinki im Meer lagen. Die meisten waren bewohnt, zu einigen davon konnte man tagsüber von diesem Steg aus gelangen.

Die Anwesenheit war zu spüren. Hastig drehte ich mich so, dass ich zum Land schauen konnte. Zwei Personen, eine davon Melissa. Ich erkannte ihre Jacke. An der Art wie sie lief hätte ich sie niemals identifizieren können. Sie schwankte, schien sich nur schwer auf den Beinen halten zu können.
Er hatte den Arm um sie geschlungen, stützte sie so und drängte sie vorwärts in meine Richtung.
„Melissa!", rief ich unvermittelt. „Ist alles okay?"
Sie blickte kurz auf, gab irgendetwas Unverständliches von sich.
„Klappe halten und sitzen bleiben!" Juha verstand ich dafür umso besser. Je näher er und Melissa mir kamen, desto sicherer war ich mir, dass er sie erneut mit Drogen vollgepumpt haben musste. Sie hatte ihre Augen halb geschlossen, als sich unsere Blicke trafen.
„Alles wird gut, mein Schatz", versuchte ich ihr zu sagen, nicht so laut wie zuvor, aber hörbar.
„Ich sagte Klappe halten, sonst geht sie schwimmen!"
Juha war auf der anderen Seite des Steges zum Stehen gekommen. Uns trennten vielleicht acht Meter, ich hätte Melissa locker binnen kürzester Zeit erreichen können, doch mein ehemaliger Freund besaß ein wirklich gutes Argument, welches mich davon abhielt.
Er hatte eine Waffe und er richtete sie auf Melissa.
„Was soll das alles, Juha? Sprich mit mir, wenn du ein Problem mit mir hast. Lass es nicht an ihr aus." Ich war im Begriff aufzustehen, doch er schüttelte den Kopf, während er die Pistole noch näher an meine Freundin drückte.
Für einen Augenblick fragte ich mich, was passieren würde,

wenn sie auch noch das letzte bisschen Kraft, das ihr geblieben war, verlieren würde. Wenn sie ohnmächtig oder in sich zusammensacken würde? Würde er aus Reflex schießen?

Es widerstrebte mir, doch ich musste sitzen bleiben.

„Sag mir, wie fühlt es sich an, betrogen und verlassen zu werden?" An seiner Stimme erkannte ich Juha sofort, sein Äußeres hatte sich sicher die letzten Jahre etwas verändert, doch aufgrund der Witterung sah ich verhältnismäßig wenig davon.

„Wir wissen beide, wie es sich anfühlt. Es tut mir leid, wie das damals gelaufen ist. Alles. Auch, dass ich nicht für dich da war, als du einen Freund gebraucht hättest." Beinahe wurde mir übel, während ich sprach. Nichts davon hatte ich sagen wollen, allerdings musste ich irgendwie an ihn herankommen.

„Dich habe und hätte ich niemals gebraucht. Einen Freund wie dich braucht keiner!" Er schüttelte den Kopf. „Und dennoch bin ich so gütig und erteile dir die Lektion deines Lebens. Jetzt, wo du weißt, wie es sich anfühlt, kannst du endlich ein besserer Mensch werden. Du solltest mir wirklich dankbar sein, Jani."

„Du tickst doch nicht richtig! Lass uns das klären, halte Melissa da raus! Du hast ihr schon genug angetan." Wieder startete ich einen Versuch aufzustehen.

„Nein!", fuhr er mich an. „Du bleibst sitzen und hörst mir zu!"

„Meinetwegen." Ich schnaubte. „Aber lass sie gehen!"

„Das ist wohl meine Entscheidung, nicht wahr?" Er grinste mir frech ins Gesicht, wusste genau, dass er mich in der Hand hatte.

„Du bist doch eigentlich einer von den Guten, oder? Warum tust du so was dann?" Mein Blick haftete auf Melissa, sie sah zu mir. Ob sie allerdings etwas von ihrer Umgebung wahrnahm, wagte ich zu bezweifeln.

„Weil ich es kann, lieber Jani. Weil ich es kann. Und weil du so gar nichts dagegen tun kannst." Während er sprach, packte er sie fester am Arm und zog sie zu sich.

„Wir hatten doch eine richtig schöne Zeit zusammen, stimmt's?" Ihr fielen die Augen zu, dann drückte Juha ihr völlig aus dem Nichts heraus einen Kuss auf die Lippen.

Ich wollte aufspringen, ihn mit einem Schlag ins Gesicht von meiner Freundin entfernen und dafür sorgen, dass er ihr nie mehr zu nahe kommen könnte.

Aus dem Augenwinkel traf mich sein Blick. Es war mir egal, ich stand auf.

Es war, als würde mir mein Herz aus dem Leib und in tausend Stücke gerissen. Ich konnte nicht atmen, mich nicht bewegen, dennoch rannte ich. Ein Gefühl, als würde ich nicht mehr existieren.

Während ich aufgestanden war, hatte er Melissa mit einem kräftigen Stoß ins Meer geworfen. Einfach so. Mühelos. Ohne jeglichen Kampf. Sie fiel wie in Zeitlupe, ich konnte es nicht fassen. Das konnte nicht sein! Es durfte nicht sein!

Das Meer hatte keine zehn Grad um diese Zeit. Es war stockfinster, Melissa komplett zugedröhnt. Beim ersten Kontakt mit dem Wasser war sie vermutlich nicht mehr ansprechbar gewesen.

Ich hörte sein dreckiges Lachen, als ich an ihm vorbei stürmte und ins Wasser sprang. Ich musste sie finden.

Die Kälte war unbeschreiblich und selbst mir raubte sie augenblicklich die Luft.

„Melissa?", schrie ich, so gut ich konnte, blickte um mich herum. Alles schwarz. Ich konnte sie nicht sehen, ich konnte gar nichts sehen.

Wie tief war das Meer hier? Wenn ich untertauchen würde, würde ich überhaupt wieder an die Oberfläche zurückfinden Hätte ich eine Chance, sie zu erreichen?

„Melissa?", rief ich erneut, Wasser strömte mir in den Mund, ich verschluckte mich und hustete kurz auf. Meine Kraft schwand mit jeder Sekunde.

Wieder und wieder suchte ich die Wasseroberfläche ab, dann blickte ich auch zu den Befestigungsposten des Steges. Sie waren genauso weiß wie die Oberseite und das Geländer. Durch den Kontrast, den die Pfosten zum nahezu schwarzen Meer bildeten, fielen sie besonders auf. Dennoch, etwas passte nicht ins Bild. Ich gab mir größte Mühe, es zu erkennen.

Tatsächlich. An einem der Pfosten klammerte sie sich fest. Konnte es wirklich sein? Ich mobilisierte längst verloren geglaubte Kräfte und schwamm in ihre Richtung.

„Halt durch, bitte! Ich bin gleich da", keuchte ich und zu meiner eigenen Überraschung schien Melissa halbwegs sicher in ihrer Position zu sein. Sie hatte die Arme um den Pfosten geschlungen, bewegte sich nicht.

Als ich sie erreicht hatte, wurde es plötzlich furchtbar laut hinter uns.

„Kommen Sie, geben Sie mir Ihre Hand!" Eine unbekannte Stimme. Ich drehte den Kopf. Ein kleines Rettungsboot mit Menschen. Konnte das sein? Oder hatte ich Halluzinationen?

Ich packte Melissa so gut ich konnte, löste sie aus ihrer starren Haltung und ließ zu, dass die Rettungskräfte sie an Bord zogen. Kurz darauf war ich auch auf dem Trockenen, goldene Thermodecken wurden sofort über uns geworfen und fixiert, das Boot nahm an Tempo zu.

Zitternd blickte ich zum Steg, Polizisten führten Juha gerade zu ihrem Wagen. Antti stand an der Stelle, an der Melissa ins Wasser geworfen worden war. Er beobachtete das Szenario eher skeptisch und trotz der Entfernung zu ihm, glaube ich, die Anspannung in seinem Gesicht erkennen zu können.

- 7 -

Ich kauerte auf dem unbequemen Plastikstuhl neben ihrem Bett, hatte meinen Kopf auf ihren Arm gelegt und dabei meinen Rücken so unglücklich verbiegen müssen, dass ich bis in den Nacken hinauf Schmerzen verspürte.
Sicher hätte ich mich auch in mein eigenes Bett legen können, schließlich hatte man mich vorsorglich ebenfalls ins Krankenhaus eingewiesen, doch ich wollte nur eines – so nah wie irgend möglich bei Melissa sein und sie nie wieder loslassen.

Wie mir berichtet wurde, hatte Antti ohne mein Wissen oder meine Zustimmung die Polizei eingeschaltet. Logischerweise war ich ihm dankbar dafür, ohne ihn wären wir vermutlich beide ertrunken. Es wäre schier unmöglich gewesen, Melissa und mich aus eigener Kraft an Land zu ziehen, erst recht bei diesen Temperaturen. Selbst die Wasserrettung hätte nicht später auftauchen dürfen, es war alles so verdammt knapp gewesen. Beinahe hätte ich sie verloren. Für immer.
Mein ehemaliger bester Freund war zu einem Psychopathen mutiert, der meine Freundin ins eiskalte Meer geworfen und unser beider Tod damit in Kauf genommen hatte. Ich verstand nicht, wie es so weit hatte kommen können.
Allerdings war ich mir auch gar nicht sicher, dass ich es wissen wollte. Für mich zählte einzig die Tatsache, dass wir überlebt hatten und zusammen waren.

Nachdem man uns auf schnellstem Weg ins Krankenhaus gebracht hatte, wurde insbesondere Melissa eingehend untersucht. Bis auf den Drogencocktail, den sie intus hatte, schien sie weitgehend unversehrt. Die Ärzte entschieden, ihr ein Schlafmittel zu verabreichen, damit sie zur Ruhe kommen

und ihr Körper die Drogen abbauen konnte.
Das war mittlerweile einige Stunden her. Sie schlief immer noch. Die ganze Zeit hatte ich bei ihr gesessen, sie festgehalten. Es glich einem Wunder, als ihre Haut langsam wärmer wurde, sich der Umgebungstemperatur wieder anpasste und auch ihr Gesicht wieder Farbe annahm.

„Sie sollten sich doch ausruhen! Wie geht es Ihnen?" Die Krankenschwester, die ohne Anklopfen ins Zimmer getreten war, begutachtete meine Position kritisch.
„Ich ruhe mich aus", lächelte ich. „Alles gut."
„Ich bringe Ihnen Frühstück." Sie ließ die Tür offen, trat in den Gang hinaus und kam sofort mit einem Tablett in den Händen zurück. Statt es auf den kleinen Tisch abzustellen, wartete sie darauf, dass ich es ihr abnahm. Vermutlich ein einfacher Trick, um mich dazu zu bewegen, Melissa loszulassen. Gezwungenermaßen trug ich mein Frühstück also selbst zum Tisch, hob den Deckel an und inspizierte die Brotscheiben und die kleinen Plastikbecherchen mit Marmelade. Nicht unbedingt einladend, das Ganze. Die Tasse war nur zur Hälfte gefüllt, das musste ein Scherz sein!
„Kaffee...", flüsterte eine zarte Stimme hinter mir.
Ich ließ alles stehen und liegen und eilte zu ihr.
„Melissa, da bist du ja wieder. Wie geht es dir?" Zu gerne hätte ich sie berührt, sie in den Arm genommen, endlose Male geküsst und meinen Gefühlen freien Lauf gelassen, doch ich wusste nicht, was ihr die letzten Tage widerfahren war, und wollte sie keinesfalls überfordern.
„Kopfschmerzen", seufzte sie. „Ich brauche Kaffee. Wo bin ich eigentlich? Das ist kein Hotelzimmer, oder?"
Zu meiner Überraschung wirkte sie geistig ziemlich fit. Ihr Körper schien gute Arbeit beim Abbau der Substanzen in

ihrem Blut geleistet zu haben.

„Wir sind im Krankenhaus", erklärte ich, während ich ihr die halbvolle Tasse reichte.

„Das schmeckt man." Angewidert verzog sie das Gesicht schon nach dem ersten Schluck. „Was ist passiert? Ich erinnere mich an nichts."

„Er hat dich ins Meer gestoßen, ich bin hinterher gesprungen."

„Oh." Sie musste schlucken. Wie es schien, hatten die Drogen wirklich Erinnerungslücken verursacht.

„Ich schau mal, ob ich dir einen richtigen Kaffee besorgen kann, ja?" Schon war ich im Begriff aufzustehen, da unterbrach sie mich.

„Nein!" Sie schüttelte den Kopf. „Lass mich nicht alleine."

Ohne zu zögern setzte ich mich wieder und nahm ihre Hand in meine. Unsere Blicke trafen sich, ich erkannte die Anspannung in ihren Augen und vor allem auch die Angst, die sie empfunden haben musste. Was hätte ich nicht alles gegeben, um es ungeschehen machen zu können.

„Ich habe einen kompletten Filmriss, ich weiß nichts vom Meer." Es war, als würde sie laut denken statt es auszusprechen. „Wie sind wir hierhergekommen?"

„Antti hat die Polizei informiert." Ich räusperte mich. „Die haben uns dann aus dem eiskalten Wasser gezogen."

Verwirrt legte sie die Stirn in Falten.

„Das klingt, als hätte jemand anderes das erlebt. So seltsam."

„Er hat dir Drogen gegeben", versuchte ich zu erklären.

„Ja, ich weiß." Sie schien einen Punkt an der Wand zu fixieren und dabei ihren Gedanken nachzuhängen. „Das hat er in Amsterdam auch schon, glaube ich. Und im Auto."

„Oh mein Gott!" Alleine die Vorstellung rief Übelkeit in mir hervor, zu dieser gesellte sich sofort blanke Wut. „Er soll dafür in der Hölle schmoren, ernsthaft. Melissa, es tut mir so leid,

dass ich nicht auf dich aufgepasst habe!"
„Du hättest mir vielleicht einfach glauben sollen." Sie stöhnte leise auf, legte sich dann zurück in die Kissen.
„Ja, das hätte ich. Ich weiß gar nicht, wie ich damit leben soll, dass ich es nicht getan habe." Ich schluckte den Schmerz hinunter, der langsam in mir aufstieg. Just in diesem Augenblick wurde mir bewusst, dass ich mit meiner Eifersucht und dem mangelnden Vertrauen in sie möglicherweise unsere Liebe vollkommen zerstört hatte. Sie musste mir nicht verzeihen, ich konnte es ja selbst nicht.
„Was ist mit ihm passiert? Wo ist er jetzt?" Fragend blickte sie mich an. Ich verstand nicht, weshalb sie das überhaupt interessierte, nahm aber an, sie wolle einfach Sicherheit.
„Im Gefängnis, wo er hingehört. Er kann dir nichts mehr tun." Sie nickte.
„Und sein Komplize? Er hat mit jemandem telefoniert, es muss einen zweiten Mann geben."
„Antti ist der zweite Mann."
Ungläubig starrte sie auf ihre Hände, die sie gerade ineinander gelegt hatte.
„Du sagtest, er hätte die Polizei – ich verstehe das nicht." Natürlich machte es noch keinen Sinn, ihr fehlten jegliche Erinnerungen an die Nacht.
„Er stand gestern Nacht vor meiner Tür, hatte mitbekommen, dass Juha..." Ich suchte nach den richtigen Worten. „...dass er sich nicht zufriedengeben würde. Ich habe alles daran gesetzt, dass Juha sich auf ein Treffen einlässt. Dass Antti mit der Polizei irgendwo im Hintergrund war, wusste ich nicht, aber es hat uns das Leben gerettet. Trotz allem."
„Das ist Wahnsinn. Was hatte er mit mir vor? Wie war der Plan?" Plötzlich wirkte sie angespannt, fast nervös. „Er wollte mich umbringen, nicht wahr?

„Ich weiß es nicht." So schwer es mir fiel, ich musste ehrlich sein. „Letztendlich hätte er deinen Tod vermutlich in Kauf genommen, wenn er mir damit hätte schaden können."
„Wow." Sie grinste bitter. „Wenn ich in seinen Augen so wertlos war, kann ich mich ja regelrecht freuen, dass er mir nicht vorher schon den goldenen Schuss verpasst hat."
Es waren harte Worte, doch sie entsprachen den Tatsachen. Mir lief es eiskalt den Rücken hinunter, wie recht sie doch hatte. Er hätte sie nicht am Leben lassen müssen, sie nutzte ihm rein gar nichts. Eines war mir mittlerweile klar; egal, wie ich mich verhalten hätte, früher oder später hätte er ihr vor meinen Augen etwas angetan. Einfach nur, weil er es konnte.
„Was hat er mit dir gemacht, Mel? Hat er dich...?" Ich schämte mich, die Frage zu stellen. War mir nicht sicher, ob ich die Antwort würde ertragen können.
„Nein." Sie atmete tief durch. „Ich habe nicht viel von ihm zu sehen bekommen. Ich war alleine in diesem winzigen Raum, es war schrecklich."
„Es tut mir so leid", wiederholte ich zum gefühlt tausendsten Mal.
„Ich..." Tränen liefen urplötzlich über ihre Wangen. „Ich dachte, ich würde dich nie wiedersehen und du würdest annehmen, ich hätte dich für einen anderen verlassen."
„Es ist alles gut." Ich legte meine Hand auf ihre, kam dann ein Stück auf sie zu.
„Ich war so alleine. So verdammt alleine", schluchzte sie.
Mühelos überwand ich die kleine Entfernung zu ihr, legte meine Arme um sie und zog sie an mich heran. Sollte sie mich meinetwegen wegstoßen, wenn es ihr zu viel wurde, doch ich musste sie einfach in den Arm nehmen. Festhalten. Mich selbst davon überzeugen, dass sie hier war. Dass ich hier war. Dass wir uns wieder gefunden hatten.

„Ich werde dich nie wieder alleine lassen. Das schwöre ich dir", wisperte ich ihr ins Ohr, während ich sanft über ihre Haare strich. „Nie wieder."

Wir hielten uns fest, fühlten, wie unsere Atmung sich allmählich an den jeweils anderen anpasste und wir beide zumindest etwas zur Ruhe kamen. Es hätte so vieles gegeben, was ich ihr hätte sagen wollen, so vieles, was ich zuvor nie gesagt hatte und nun, nachdem ich sie beinahe verloren hatte, unbedingt loswerden wollte. Doch kein Wort kam über meine Lippen. Der Moment war zu kostbar, um ihn zu zerstören. Tief in meinem Inneren wollte ich daran glauben, dass wir alle Zeit der Welt hatten – jetzt. Wir hatten das Schicksal besiegt, wir hatten überlebt.
Ich würde nicht zulassen, dass je wieder etwas zwischen uns käme.

„Ich hoffe du weißt, dass man Versprechen auch halten muss", flüsterte sie schließlich mit leicht provozierendem Unterton.
„Hm?" Ich brauchte einen Augenblick, um mich an meine letzten Worte zu erinnern.
„Ich werde es halten – wenn du mich lässt." Vorsichtig lockerte ich meine Umarmung und wagte einen unsicheren Blick in ihr Gesicht.
Sie hatte tatsächlich ein sanftes Lächeln auf den Lippen und nickte mir zustimmend zu.
Ein riesiger Stein fiel mir vom Herzen, ich stieß die Luft durch die Zähne, um meine Erleichterung zu verdeutlichen.
„Du hattest keine Zweifel, oder?" Mit ihrem Zeigefinger pikste sie mir in die Seite, ich zuckte sofort zusammen.
„Ähm...", versuchte ich zu erklären. „Wobei Angst wohl das treffendere Wort ist. Ich habe furchtbare Angst, dass du mich

nicht mehr willst."

„Aha." Sie rollte mit den Augen. „Stimmt eigentlich. Jetzt, wo du dein Leben für mich riskiert und mich gerettet hast, ist es schon eine Überlegung wert, ob wir überhaupt eine Chance haben. Gemeinsame Zukunft und so. Verstehst du, was ich meine? Der Alltag steckt ja voller Tücken. Was, wenn das Klopapier unerwartet leer ist? Oder der Kaffee? Können wir eine Krise dieses Ausmaßes denn überhaupt meistern?"

„Du bist gemein!", konterte ich trotzig und zog die Mundwinkel nach unten.

„Ja, ist doch so, manchmal zeigt sich erst nach Jahren der wahre Charakter eines Menschen."

Während sie sprach wurde uns beiden der tiefe Sinn ihrer Worte bewusst. Sie hatte recht, Juha hatte es uns beiden auf übelste Art und Weise bewiesen.

„Aber..." Sie griff nach meiner Hand und hielt sie fest. „Wir beide kriegen das schon hin. Keine bösen Überraschungen, richtig?"

Ich nickte zustimmend.

- 8 -

„Wie war deine Therapie?", fragte ich mit dezenter Neugier, als sich Melissa auf den Beifahrersitz fallen ließ.

„Ich denke, ich hab ihn bald soweit, dass er selbst einen Therapeuten braucht." Sie zuckte mit den Schultern. „Ach, ich weiß es nicht. Bringt das überhaupt etwas? Was soll ich denn groß verarbeiten? Es war schlimm, es ist vorbei. Ende der Geschichte."

„So sehr ich mir wünschen würde, dass es so einfach ginge – ich fürchte, die Polizei hat dir das nicht ganz grundlos empfohlen. Die haben ihre Erfahrungswerte und eine

Entführung ist ein traumatisches Erlebnis." Ich startete den Wagen.

„Hast du deine Hausaufgaben gemacht? Psychotherapie für Dummies?" Machte sie sich über mich lustig?

„Hey!" Ich bemühte mich, möglichst grimmig zu ihr zu blicken. „Das ist aber nicht nett."

„Ich weiß doch, tut mir leid." Sie hob die Hände, als wolle sie sich ergeben. „Es ist nur, ich denke, wenn ich dort sitze und die Situation immer wieder schildere, wie soll ich sie denn dann jemals vergessen können? Ich wühle doch alles immer wieder auf."

Ihre Argumente waren nicht von der Hand zu weisen, auch wenn ich nicht in ihrer Lage war. Ich hielt nicht viel davon, die Vergangenheit immer wieder zu betrachten, ich zog es vor, mich auf das Hier und Jetzt zu fokussieren. Nicht immer gelang das, das wusste ich auch, doch ich glaubte dennoch daran, dass meine Strategie zumindest für mich funktionierte.

Melissa war stark, das hatte sie während der Entführung bewiesen und auch in den vier Wochen danach. Viele Male mussten wir für Aussagen zur Polizei. Details, die nicht gerade schön waren, wurden ständig wiederholt und von allen möglichen Seiten betrachtet.

Die Angst, die ich um sie hatte, war so greifbar, so real. Beim bloßen Gedanken daran überkam mich ein eisig kalter Schauer und mein Herz begann zu rasen. Es versetzte mich in absolute Panik, alles an der Geschichte. Glücklicherweise gab es für mich ein Mittel, das immer und unmittelbar wirkte. Melissa. Jedes Mal, wenn ich das Gefühl hatte, die Kontrolle zu verlieren, die Angst um sie nicht steuern zu können, dann sah ich sie an. Ich berührte und küsste sie, inhalierte ihren Duft. Die Wärme ihrer Haut brachte mich in Sekundenschnelle zurück in die Realität. Sie war hier. Bei mir. Und alles war gut.

Melissa verarbeitete die Sache irgendwie anders. Die Polizei hatte ihr einen Therapeuten vermittelt und ihr mehr als deutlich gesagt, dass sie dieses Angebot wahrnehmen solle. Begeistert war sie von der ersten Minute an schon nicht, doch sie fügte sich auf mein Drängen hin. Leider konnte ich nicht beurteilen, wie sehr das, was Juha ihr angetan hatte, ihren Alltag, ihre Gedanken und Gefühle noch beeinflusste, doch die Tatsache, dass sie jede Nacht im Schlaf sprach und häufig schreiend oder weinend aufwachte, war besorgniserregend. Aus jenem Grund wollte ich auch, dass sie weiterhin zu diesem Therapeuten ging. Schaden konnte es sicherlich nicht.
Wenn ich sie fragte, beteuerte sie jedes Mal, dass es ihr gut ginge. Sie wolle vergessen, loslassen und weiterleben, anstatt Juha die Genugtuung zu geben, auch nur die kleinste Kleinigkeit in unserem Leben zerstört zu haben.
Ich unterstützte dieses Vorhaben natürlich so gut ich konnte.

***

Nachdem die Jungs die kleine Tour ohne ihren Frontmann zu Ende gebracht hatten, wurde es arbeitstechnisch ruhiger. Es ging langsam aber sicher auf die Weihnachtszeit zu, die Nächte wurden länger und die Sonne schien so gut wie gar nicht mehr in Helsinki. Ich kannte das nicht anders, war damit aufgewachsen, doch für einen Mitteleuropäer wie Melissa war das sicherlich nicht unbedingt leicht.
Ich versuchte, für sie eine gute Balance zwischen Ausruhen und Unternehmungen zu finden. Sie sollte sich nicht langweilen oder gar einsam fühlen, doch zu viel Action war auch nicht das, was sinnvoll war.

Ich tat mein Möglichstes, um Melissa das Leben in Helsinki so schön wie möglich zu gestalten. Sie vermisste ihr Zuhause, das war mir klar, auch wenn sie es selten so direkt aussprach. Ich hatte einige Nächte am Laptop verbracht, um mich darüber zu informieren, wie man als Deutscher eben lebte. Was zeichnete die Menschen in Mitteleuropa aus? Gab es Nationalgerichte? Was schätzten die Deutschen ganz grundsätzlich und was trieb sie möglicherweise regelrecht in den Wahnsinn? Trotz meiner vielen Reisen wusste ich nicht wahnsinnig viel über die Bevölkerung und ich hoffte, durch meine Recherchen einfach zumindest irgendetwas für Melissa tun zu können, um ihr ein Gefühl von ihrer Heimat zu vermitteln.

Ich war sogar auf einen deutschsprachigen Stammtisch gestoßen, der sich einmal die Woche in einem Restaurant in Helsinki traf, doch Melissa lehnte das kategorisch ab. Ihr gefiel die Idee von neuen Bekanntschaften nicht – verständlich, nach den letzten Ereignissen.

Allerdings konnte ich sie doch in diesem Zusammenhang dazu überreden, mit mir in ein angeblich typisch deutsches Restaurant zu gehen. Nur zu gerne hätte ich ihr die ein oder andere Spezialität präsentiert, doch egal, was sie testete, es schmeckte ihrer Aussage nach nicht annähernd so wie zu Hause. Ein extrem großer Vorteil dieser Aktion war, dass Melissa daraufhin motiviert war, selbst etwas zu kochen, das sie in ihrer Heimat gern gegessen hatte. Im Supermarkt kauften wir alle Zutaten, die man für Rouladen mit Knödeln brauchte. Zu Hause arbeiteten wir uns online durch die Rezepte hierfür. Glücklicherweise entdeckte Melissa kurzzeitig sogar eine regelrechte Leidenschaft fürs Kochen, was mich freute, nicht zuletzt, weil ich so meine bis dato verborgene Leidenschaft für Schnitzel entdeckt hatte. Das ein oder andere Gericht brachte mich zum Staunen, teilweise, weil ich die Zusammenstellung überaus fraglich fand oder auch schlicht und ergreifend abenteuerlich, da es meinen Geschmackssinn auf eine viel zu große Probe stellte. Was sollte ich sagen? In Finnland aß man auch Dinge, die vermutlich an jedem anderen Ort der Welt abgelehnt worden wären, doch das war ja nicht gleichbedeutend damit, dass wir alles automatisch mögen mussten, was man uns präsentierte. Eine gewisse Skepsis half schließlich schon den Steinzeitmenschen, sonst hätten die sich definitiv binnen kürzester Zeit dank giftiger Beeren selbst ausgerottet und keiner von uns würde heute existieren.

***

Besonders Sina besuchte Melissa häufig. Ab und an trafen wir uns mit der Band, gingen etwas Essen, unternahmen etwas zusammen. Es war entspannend, für mich absolut perfekt. Ich war glücklich darüber, dass es zwischen Melissa und mir wieder so war wie am Anfang. Irgendwie hatten wir es trotz aller Komplikationen geschafft, diese Vertrauenssache hinter uns zu lassen und neu anzufangen, ohne dass unsere Gefühle füreinander sich in irgendeiner Form verändert hatten.

Ich fragte mich, ob sie manchmal an Antti dachte. Er war an der ganzen Sache ja nicht gerade unbeteiligt gewesen und sie musste ihm zumindest vorher in gewissem Maße vertraut haben. Dementsprechend empfand sie bestimmt eine nicht gerade unwesentliche Enttäuschung ihm gegenüber. Vielleicht zweifelte sie insgeheim auch an ihrer Menschenkenntnis? Ich konnte es nicht sagen. Sie hatte ihn jedenfalls nie wieder erwähnt. Mir jedoch war er im Gedächtnis geblieben.
In unseren Aussagen bei der Polizei wurde ebenfalls immer wieder nach seinem Mitwirken, seinen Intentionen gefragt. Viel konnten weder ich noch Melissa dazu sagen, wir wussten es

einfach nicht.
Man hatte uns mitgeteilt, dass er sich vor der Aktion auf dem Bootssteg in dieser Nacht schon als Mittäter gestellt hatte. Sicher war er glaubwürdig, sonst wäre unsere Rettung anders verlaufen. Laut der Polizei war er in Untersuchungshaft, genau wie Juha. Leider hatte mein Anwalt mir längst die Hoffnung genommen, dass er dort auch bleiben würde. Aufgrund seiner Taten würde sein Anwalt auf Unzurechnungsfähigkeit plädieren und Juha landete – wenn er Glück hätte – lediglich in einer Psychiatrie.
Selbstverständlich einer Einrichtung für Strafgefangene, doch ich musste zugeben, dass es mir weitaus besser gefallen hätte, wenn man ihn wegen zweifachen versuchten Mordes hinter Gittern sperrte.
Niemand konnte vier Wochen nach der Entführung schon sagen, wie die Richter entscheiden würden. Meist zog sich ein Fall über Monate, manchmal Jahre – je nachdem, wie uneinig man sich über den kompletten Sachverhalt war.
Ich hatte Melissa von alledem so gut wie nichts erzählt. Sie wollte zwar von mir wissen, wie sicher es war, dass Juha uns nicht mehr schaden könne, doch diese Frage konnte ich guten Gewissens mit „Absolut sicher" beantworten.
Hätte man ihn – aus welchen Gründen auch immer – gar nicht eingesperrt, so hätte ich höchstpersönlich dafür gesorgt, dass er uns nie wieder zu nahe kommen könnte.

***

„Hast du eigentlich mal darüber nachgedacht, ob wir deine Wohnung in Deutschland auflösen wollen?" Die Frage geisterte mir schon eine ganze Weile im Kopf herum, allerdings hatte ich nicht wirklich den geeigneten Moment gefunden, um sie zu stellen. Nun standen wir gemeinsam in der Küche und

schnipselten Gemüse für unser Abendessen.
„Ich sag mal so..." Sie schien sehr konzentriert auf ihre Arbeit, während sie antwortete. „Du hättest nicht einmal Platz für einen Bruchteil meiner Sachen."
„Ach was, Platz ist doch bekanntlich in der kleinsten Villa." Ich war mir nicht sicher, ob ich ihren Worten die vermeintliche Antwort schon entnehmen sollte oder eben nicht.
„Nicht in deiner", lachte sie. „Lass uns doch Weihnachten einfach mal zu mir nach Hause fliegen, ja? Du solltest endlich meine Familie kennenlernen." Aufregung machte sich in mir breit. Ihre Familie? Sicher, dass das eine gute Idee war? Sie hatten mich schon verflucht, als ich ihre Melissa einfach so mir nichts dir nichts mit nach Helsinki genommen hatte. Von ihrer Begeisterung, als sie von der Entführung erfahren hatten, will ich erst gar nicht sprechen. Zweifellos wollte ich alles, was zu Melissa gehörte. Auch ihre Familie, ihr Leben vor mir kennenlernen, doch ich befürchtete einfach, dass man mich nicht ganz so willkommen heißen würde wie den netten Nachbarsjungen.
„Erde an Jani!"
Ich zuckte zusammen, ihre Augen strahlten mich freundlich an.
„Was ist los? Träumst du?"
„Offensichtlich", erwiderte ich. „Dabei bist du ganz real."
„Lenk nicht ab!", ermahnte sie mich. „Also? Weihnachten in Deutschland?"
Als hätte ich ihr irgendeinen Wunsch abschlagen können...
„Ganz wie du möchtest."
„Ach, da fällt mir noch etwas ein." Sie legte das Gemüsemesser auf die Ablage und lehnte sich mit dem Rücken an die Arbeitsplatte.
„Meine Freundin Eva, du erinnerst dich?"
Ich nickte zustimmend.

„Meinst du, sie könnte mal für ein paar Tage hierherkommen? Sie wollte mich ja schon damals…" Sie hielt kurz inne, „… Na ja, während ich gefangen war, wollte sie mich schon besuchen."
„Das brauchst du doch nicht zu fragen!" Entschieden schüttelte ich den Kopf. „Sicher, sie oder wen auch immer du gerne einladen möchtest, ist jederzeit willkommen."
„Schön, dann sage ich ihr das so."

***

Lange ließ der angekündigte Besuch von Melissas Freundin nicht auf sich warten. Nicht dass es mich gestört hätte, doch ich fand es schon seltsam, dass sie innerhalb weniger Tage einen Spontantrip hatte organisieren können.
Entweder man konnte einfach so auf sie verzichten oder man nahm ihre Einfälle und Ideen als Gegebenheiten hin. Ich hätte ihr durchaus zugetraut, alle paar Wochen ganz spontan zu verschwinden. Sie war verrückt, auf eine sympathische Art und Weise, doch so ganz verstehen konnte ich sie nicht. Dennoch musste ich zugeben, von Eva positiv überrascht zu sein.
Wider Erwarten war sie nett und witzig, wenngleich sie und Melissa nicht hätten unterschiedlicher sein können.
Meine anfänglichen Bedenken ihr gegenüber legten sich sehr schnell. Sie machte auch keinerlei Anzeichen dazu, Mel in irgendeiner Art und Weise beeinflussen zu wollen und sie schien auch mich nicht unsympathisch zu finden.
Sie einzuladen war eine gute Idee gewesen.
In ihrer Gegenwart blühte Melissa auf.
Schon im Vorfeld verbrachte sie Stunden damit, sich zu überlegen, was sie ihrer Freundin in Helsinki zeigen wollte. Schon allein die Wiedersehensfreude der beiden, als wir Eva vom Flughafen abholten, wärmte mein Herz. Ich spielte ein

wenig Chauffeur für die beiden Damen, am zweiten Tag wollte man dann allerdings schon auf mich verzichten.
Es tat gut, Melissa in einer Art Normalität zu sehen. Die letzten Wochen waren viel zu sehr von Negativem überschattet gewesen, umso schöner war es, dass sie die Nähe einer Freundin genießen konnte.

Auch die vielen Anekdoten aus den gemeinsam verbrachten Urlauben brachten mich zum Lachen. Ganz langsam bekam ich einen guten Eindruck davon, wie Melissa vor unserer Begegnung gelebt hatte. Natürlich hatten wir auch vorher schon darüber gesprochen, uns alle möglichen Dinge erzählt und auch herzlich darüber amüsiert, doch nichts spiegelte die Realität so gut wieder wie ein Freund, der die Dinge miterlebt hatte.
Nichts, rein gar nichts von dem, was ich erzählt bekam, störte mich auch nur im Entferntesten. Ganz im Gegenteil.
Dass ich mich mit Eva verstand, schien Melissa wichtig. Sie versuchte zwar nicht krampfhaft, uns zu Freunden zu machen, doch sie beobachtete mich immer mal wieder, las in meiner Mimik und Gestik, um herauszufinden, wie es mir ging.
Manchmal fragte ich mich, wie durchschaubar ich für sie schon war. Offenes Buch oder eher sieben Siegel?
Wenn es nach mir ginge, könnte sie liebend gerne meine Gedanken lesen. Es gab nichts mehr, was ich vor ihr geheim halten oder nicht mit ihr teilen wollte. Wir gehörten zusammen. Das wusste ich vom ersten Moment an und an meiner Überzeugung würde sich auch nie etwas ändern.

Dennoch gab es etwas, das mich seit geraumer Zeit störte. Ich hatte mich nie als sonderlich mitteilungsbedürftigen Menschen gesehen, besonders was Gefühle anging war es uns Finnen

auch nicht unbedingt in die Wiege gelegt, offen und bei jeder Gelegenheit darüber zu sprechen.
Ich war meinem Naturell immer treu geblieben – und dann kam Melissa. Wie ein Gewitter, ein Sturm war sie in mein Leben gerauscht – Zeit und Ort hätten in keinem Kitschroman besser gewählt werden können. Sie hatte einfach alles durcheinander gewirbelt, mich, mein Leben und meine Prinzipien auf den Kopf gestellt.
Wahrscheinlich war es weder ihre Absicht gewesen noch ahnte sie ihm Entferntesten, dass es so war.

Seit ich mit ihr zusammen war, kamen Worte über Liebe tagtäglich über meine Lippen. Auf dem Handy. In Telefonaten. Wenn wir zusammen waren. Selbst in meinen Songs. Ständig. Ich konnte gar nicht genug davon bekommen, ihr meine Gefühle zu offenbaren. Das war keineswegs das Problem, doch die Gefühle, die sich zeitgleich irgendwo in den dunkelsten Ecken meiner Seele einschlichen, waren es.
Mit Verlustangst hatte ich ja meine einschlägigen Erfahrungen gemacht, nun war es aber so, dass trotz den schönstmöglichen Liebesschwüren immer noch Luft nach oben zu sein schien. Ich wollte ihr mehr geben. Ihr noch deutlicher sagen, was sie mir bedeutete, doch ich fand nicht die richtigen Worte. Alles schien zu wenig. Beinahe lächerlich im direkten Vergleich zu meinen Gefühlen für Melissa.
Ich hielt mich selbst noch nie für den liebenswürdigsten Menschen auf der Welt, vielmehr war es so, als hätte ich mit mir selbst irgendwann gezwungenermaßen Frieden geschlossen. Ich akzeptierte mich. Ich fand mich okay. Aber das hieß noch lange nicht, dass ich für Melissa gut genug war.
Kein einziges Mal hatte sie mir den Eindruck vermittelt, dass ich ihr mehr bieten müsste, doch eine leise Stimme in meinem

Inneren strebte einfach nach Perfektion. Wollte, dass ich alles für sie sein konnte. Alles und noch ein bisschen mehr.

Ich musste ihr einfach zeigen, wie sehr ich sie liebte. Wie überlebenswichtig sie für mich war. Immerzu fühlte ich den inneren Drang, dem Ganzen noch eins draufsetzen zu müssen. Mich selbst zu übertrumpfen, sie noch glücklicher zu machen.

Ich musste mir eingestehen, es war alles ziemlich verrückt, aber es passte zu mir. Zu uns. Und auch wenn ich selbst nichts mehr als sie an meiner Seite brauchte, suchte ich trotzdem nach immer neuen Wegen, um es noch perfekter zu machen.

***

Teil III - Melissa

Mit einer Hand tastete ich nach Jani, draußen war es dunkel. Wieso war er nicht im Bett? Ich war doch selbst gerade erst aufgewacht, wie konnte es sein, dass er es schaffte, aufzustehen, ohne dass ich es mitbekam? In der Küche hörte ich ihn schon, bevor ich ihn sehen konnte. Er diskutierte lautstark in seiner Muttersprache mit jemandem am Telefon. Unbeeindruckt schlenderte ich an ihm vorbei, zwickte ihm im Vorbeigehen in den Hintern, was ihn zu einem leicht hysterischen Aufschrei animierte, und streckte ihm schließlich provozierend die Zunge heraus.

Leider besserte das seine Laune nicht wirklich. Das Gespräch, das er führte, lief offensichtlich nicht ganz nach seinem Geschmack. Ich griff an ihm vorbei zur Kaffeekanne, schenkte mir ein und verzog mich dann ins Wohnzimmer.

„Guten Morgen, Fräulein Ungezogen", brummte er, ließ sich mit einem Hechtsprung neben mir auf dem Sofa nieder.

„Was ist los? Schlechte Nachrichten?", erkundigte ich mich.

„Ach... schlecht? Ich muss vor Weihnachten noch eine kleine Geschäftsreise machen."

„Welch seltenes Wort aus deinem Mund", stellte ich fest.

„Welches? Weihnachten?" Jetzt war er derjenige, der mir die Zunge herausstreckte.

„Du willst mir aber nicht sagen, dass wir deshalb meine Familie über die Feiertage nicht besuchen können, oder?" Ich hoffte inständig, dass ich mit meiner Vermutung falsch lag. Schließlich hatte ich mich seit Wochen darauf vorbereitet.

„Nein." Entschieden schüttelte er den Kopf. „Bis dahin sind wir wieder zurück."

„Gut." Erleichtert atmete ich auf. „Wohin soll's denn gehen?"

„Spanien." Sein Blick wurde ernst. „Morgen."

Panisch nahm ich die Treppenstufen nach oben. Wow, keine vierundzwanzig Stunden bis zum Abflug und ich hatte keine Ahnung, was man in Spanien um diese Jahreszeit anziehen sollte. War dort schon richtig Winter? Vergleichbar mit Finnland war es mit an Sicherheit grenzender Wahrscheinlichkeit nicht.

„Was soll ich mitnehmen?", rief ich so laut ich konnte nach unten.

„Kleider? Schuhe wären auch nicht schlecht."

Auch wenn ich ihn nicht sah, ich konnte mir sein schelmisches Grinsen sehr gut vorstellen.

„Blödmann!", antwortete ich. „Ist es jetzt kalt in Spanien?"

„Am besten, du fragst mich das morgen nochmal."

Noch eine vollkommen sinnfreie Antwort. Er würde mir beim Packen keine Hilfe sein, so viel war sicher. Vielleicht sollte ich als kleines Dankeschön ein paar Löcher in seine Klamotten schneiden? Käme sicher gut, wenn er bei den Terminen in Spanien im Used-Look auftreten würde. Ich kicherte leise in mich hinein, warf dann achtlos das, was mir zwischen die Finger kam, in meinen Koffer und beschloss, alles weitere einfach seinen Weg nehmen zu lassen.

***

„Wo ist der Rest der Band?", fragte ich sichtlich überrascht, als wir am Flughafen in Helsinki eincheckten.

„Kommen nicht mit", erklärte Jani.

„Oh", kommentierte ich. „Nur du und ich? Kein Manager oder Bodyguard?"

„Für den Flug brauchen wir ohnehin niemanden und dort sehen wir dann einfach weiter. Hast du Bedenken?" Seine Coolness war sofort in Besorgtheit umgeschlagen. Wie immer war er sehr darum bemüht, dass ich mich wohl fühlte. Seit der Geschichte mit Juha schien es meinem Freund ein noch größeres Anliegen zu sein, dass alles nach meinen Vorstellungen lief.

„Nein, alles gut." Ich versuchte glaubhaft zu wirken, scheiterte aber offensichtlich.

„Es ist wirklich nur der Flug. Drüben haben wir ein kleines Team, das uns begleitet."

„Okay." Ich zwang mich zu lächeln, was sollte auch schon groß geschehen? Das schlimmste Schicksal, das uns ereilen könnte, wären ein paar seiner Fans auf den Plätzen um uns herum, die ihn ununterbrochen mit Fragen bombardieren würden. Das war nichts im Vergleich zu dem, was wir durchgemacht hatten.

„Wohin fliegen wir eigentlich genau?" Irgendwie war mir dieses Detail total entgangen.

„Alicante", antwortete Jani, während er auf der Anzeigentafel nach unserem Flug suchte.

„Wow, wusste gar nicht, dass es dort einen Flughafen gibt", gestand ich. Das Gedränge störte mich ziemlich. Umso begeisterter war ich, als er den richtigen Weg endlich ausgekundschaftet hatte und wir uns nach weiteren endlosen Gehminuten und einer Sicherheitskontrolle dann ans Gate setzen durften.

„Ich war auch noch nie dort, lassen wir uns überraschen." Er legte seinen Arm um mich, zog mich ein Stück zu sich heran und gab mir einen Kuss auf die Stirn.

Fast fünf Stunden später landeten wir in Spanien. Wo Alicante nun genau lag, fand ich erst heraus, als ich auf dem kleinen Bildschirm an Bord die Flugroute genauer verfolgte. Mir war etwas schleierhaft, wieso Jani gerade dort arbeiten musste. Es

schien weder eine Großstadt zu sein noch ein großes Einzugsgebiet zu haben. Klar, es gab die Standarturlauber, die nach Strand und Sonne suchten, aber ich bezweifelte, dass man im November an der Küste Spaniens noch baden konnte. Zumindest nicht, wenn man Spaß dabei haben wollte.
Wie alle anderen Passagiere warteten wir geduldig auf unser Gepäck und suchten anschließend nach dem Ausgang.
„Ah." Jani deutete auf einen kräftigen Mann mittleren Alters, der ein Schild mit der Aufschrift „FIN" in den Händen hielt. „Unser Abholer nehme ich an."
„Puh, da muss man auch mitdenken", grinste ich und folgte ihm. In nicht dialektfreiem Englisch stellte sich der Mann vor, nahm uns die Koffer ab und bald darauf saßen wir in der Limousine, die uns zum nächsten Ziel bringen sollte.

Zu gerne hätte ich den Fahrer einfach gebeten, uns irgendwo am Meer rauszulassen. Was interessierte mich schon die Arbeit? Meine war es ja nicht.
Die Autobahnen in Spanien glichen denen in Deutschland jedenfalls viel zu sehr, als dass auch nur der Hauch eines Urlaubsgefühles hätte aufkommen können.
„Wohin fahren wir?" Ich hatte mich an Jani gekuschelt, meinen Kopf auf seiner Schulter ruhen lassen.
„Nach Cartagena", antwortete er.
„Jetzt weiß ich genauso viel wie zuvor", stellte ich fest.
„Siehst du? Wieder nichts dazugelernt." Er küsste meine Haare, vermutlich weil er außer ihnen in dieser Position nichts von mir erreichen konnte.
„Cartagena hat den bedeutendsten Handelshafen Spaniens, eine wunderschöne Stadt voller alter Bauwerke." Wie es schien, hatte uns der Fahrer zugehört und sah sich wohl gezwungen, die Ehre seiner Heimat zu verteidigen, indem er uns etwas

Wissen darüber vermittelte.
„Schön." Jani nickte ihm über den Rückspiegel zu. „Wir fahren ins Hotel, danach können wir uns das Städtchen ja mal genauer ansehen. Oder den Hafen, ganz wie du willst."
„Ich dachte, du musst arbeiten." Ich war verwirrt, allerdings auch vom Flug noch so übermüdet, dass ich meinen Kopf gerne weiterhin auf ihm liegen ließ.
„Also, um ehrlich zu sein..." Er räusperte sich. „Ich bin nicht zum Arbeiten hier."
„Sondern?" Gespannt schielte ich zu ihm.
„Ich dachte, eine kleine Auszeit vor Weihnachten täte uns ganz gut."
„Urlaub?" Jetzt setzte ich mich doch auf. „Wieso hast du das denn nicht gleich gesagt?"
„Weil ich dich zumindest ein kleines bisschen überraschen wollte." Er lächelte sanft. Und ja, ich hasste Überraschungen, doch ihm konnte ich nicht wirklich böse sein. Dafür liebte ich ihn viel zu sehr.
„Und warum dann gerade hierher?", hakte ich nach.
„Berlin war leider schon ausgebucht", scherzte er.
„Zu schade." Die Ironie meiner Worte war unschwer zu erkennen.
„Nein, im Ernst. Ich denke, hier könnte es ganz schön sein. Nicht zu überladen, mildes Klima im Winter."
Wir hatten das Zentrum offensichtlich mittlerweile erreicht, während ich aus dem Fenster auf die Straßen blickte, fiel mir der mediterrane Stil der Stadt erst richtig auf.

Nachdem wir unser, für Janis Verhältnisse, recht gewöhnliches Zimmer im Hotel bezogen hatten, begaben wir uns auf eine kleine Erkundungstour.
Beim ersten Schritt aus dem Hotel schlug mir die warme Luft

ins Gesicht. Hatte ich mich etwa schon an den finnischen Herbst gewöhnt? Ich war jedenfalls heilfroh, dass ich meine Strickjacke ausziehen konnte.

Wir schlenderten wie zwei ganz normale Touristen durch die Straßen, schauten bewusst weder auf eine Karte noch auf Wegweiser, sondern folgten eher instinktiv dem Strom der Menschen, die unseren Weg kreuzten und so aussahen, als hätten sie ein Ziel. Es war wirklich verwunderlich, wie schnell ich hatte loslassen und abschalten können. Die Hektik des Flughafens schien tausende Kilometer weit entfernt und ich fühlte mich wirklich wohl. Zu unser beider Überraschung brachten uns gerade die antiken Bauten der Stadt wirklich zum Staunen. Es gab sogar ein überaus gut erhaltenes römisches Theater, ein Kolosseum, das mich an Rom erinnerte.

Nach ausgiebigem Besichtigen ging es zum Hafen und somit natürlich zum Meer. Mein Herz machte vor Freude wahre Luftsprünge. Sonne, Meer und Jani – das war alles, was ich in diesem Augenblick brauchte.

Soweit man sehen konnte, nur tiefblaues Wasser und so viele wunderschöne Schiffe. Ich hatte meine Leidenschaft dafür ja bereits in Helsinki entdeckt und freute mich umso mehr, dass ich mich auch hier dafür begeistern konnte.

Jani schlug vor, in einem der Hafenrestaurants zu essen und so ließen wir den Tag dann ausklingen. Während die Sonne langsam aber sicher unterging, spazierten wir Hand in Hand zurück zum Hotel. Die Straßen waren mit riesigen Palmen gesäumt, eine wunderschöne Idee für eine Allee. Sicher, diese Bäume konnten nur hier wachsen und gedeihen, auch wenn ich sie nur zu gerne mit ins kalte Finnland genommen hätte.

***

„Weißt du eigentlich, wie glücklich du mich machst?" Fragte Jani mich das ernsthaft? Er machte mich glücklich, das reichte mir vollkommen und ich versuchte einfach, nicht allzu viel Chaos in sein ohnehin chaotisches Leben zu bringen.
Wir lagen ineinander verschlungen im Bett unseres Zimmers und blickten durchs offene Fenster hinaus auf die Lichter der Stadt.
„Es war wirklich eine schöne Idee, hierher zu kommen", flüsterte ich. Sofort küsste er meinen Nacken, hielt mich dann noch ein wenig fester – so, als würde er mich nie wieder loslassen.
„Wollen wir morgen einen Ausflug machen?"
„Wohin denn? Wir waren doch heute schon auf einem Ausflug." Was hatte er sich denn noch ausgedacht?
„Ich habe gelesen, dass man von hier aus in die Hochebenen von Almería fahren kann", erklärte er.
„Okay", murmelte ich skeptisch. „Habe ich möglicherweise schon einmal gehört, aber es sagt mir so spontan gar nichts."
Er lachte.
„Hey, mach dich nicht über mich lustig", beschwerte ich mich und versuchte sofort, mich aus seiner Umarmung zu lösen.
„Vergiss es, du gehörst mir." Ich hatte mich gerade ein Stück aufgesetzt, als er mich an den Schultern packte und zurück in die Kissen stieß. Unmöglich hätte ich darauf rechtzeitig reagieren können, er hatte mich sofort wieder mit seinen Armen umschlungen und bewegungsunfähig gemacht.
„Soll ich dir eine kleine Erdkunde-Nachhilfestunde geben?", zog er mich auf.
„Ich geb dir auch gleich Nachhilfe – in gutem Benehmen." Ich zwang mich, so ernst wie möglich zu klingen, doch er biss mir dafür dennoch leicht in den Nacken.
„In den Hochebenen werden beispielsweise Oliven und

Eukalyptus angebaut." Während er sprach, hatte er mit seinen Händen so umgegriffen, dass er meine verschränkt vor meinem eigenen Körper festhalten konnte. „Hast du dir das nun eingeprägt? Ich frag dich morgen ab."
Nun war ich es, die in Gelächter ausbrach.
„Aber sicher, Herr Lehrer. Tomaten und Kartoffeln."
„Na na na!", ermahnte er mich. „Ich kann dich noch eine ganze Weile so festhalten, wenn du mich hier veräppeln möchtest." Zur besseren Demonstration erhöhte er den Druck auf meine Handgelenke.
„Könntest du das?" Ich blickte über meine Schultern zu ihm, viel konnte ich zwar nicht von ihm erkennen, aber meinen abwertenden Gesichtsausdruck nahm er vermutlich wahr.
„Dich kostet das hier aber einiges an Kraft, mich hingegen..."
„Du hingegen...", wiederholte er meine Worte in abgewandelter Form. Sanft aber bestimmend legte er meine Handgelenke so übereinander, dass er sie mit einer Hand gut festhalten konnte. „Du hingegen kannst gar nichts tun, außer abwarten, was ich mit dir vorhabe."

Ohne jegliche Vorankündigung überkam mich ein Gefühl von Panik. Ich bewegte mich keinen Zentimeter mehr, atmete sehr flach und fühlte mich, als würde ich wie verrückt zittern, wenngleich ich wusste, dass ich es gar nicht tat. Es war in meinem Kopf. Nur dort.
So viele Male hatten wir Spielchen dieser Art gespielt, uns gegenseitig mit Worten oder Taten provoziert und angemacht. Es hatte uns beiden immer gefallen, nie hatte einer von uns die Grenzen des anderen erreicht oder gar überschritten. Jetzt fühlte ich mich, als gäbe es bereits kein Zurück mehr.
Er hielt mich fest, konnte mein Gesicht nicht sehen und wusste dementsprechend auch nicht, dass es mir längst keinen

Spaß mehr machte.
Wo war mein Problem? Seit der Entführung war so etwas nicht ein einziges Mal passiert. Unbewusst musste Jani eine Erinnerung in mir getriggert haben. Eine, die mir furchtbar Angst machte.
Ich versuchte, mich wieder auf meinen Körper zu konzentrieren, auf das Hier und Jetzt. Die Gedanken waren nur in meinem Kopf. Vielleicht konnte ich es schaffen, sie loszuwerden, wenn ich mich richtig auf die Situation, auf Jani, einließ? Ich wollte und musste es versuchen. Hatte ich mir doch versprochen, nicht zuzulassen, dass dieser Mensch auch nur irgendeinen Einfluss auf unser Leben hätte.

„Hey." Seine Stimme war wie die sanfteste Berührung, die man sich vorstellen konnte. „Stimmt etwas nicht?"
Ich schüttelte den Kopf, im nächsten Moment jedoch schossen Tränen in meine Augen. Augenblicklich ließ er mich los.
„Melissa, was ist denn? Habe ich etwas Falsches gemacht?" Seine Worte schmerzten tief in meinem Inneren.
Wie sollte ich ihm erklären, was ich selbst nicht verstand?
„Kannst du mich einfach nur halten? Damit ich weiß, dass alles gut ist?", schluchzte ich.
„Aber natürlich." Ich erkannte, wie es ihm selbst zusetzte, doch er sagte kein weiteres Wort, sondern nahm mich wie gewünscht einfach nur in den Arm.

Eine gefühlte Ewigkeit lagen wir einfach nur da. Ich hatte mich in seine Richtung gedreht, meinen Kopf auf seine Brust gelegt. Ich liebte es, ihm so nah zu sein. Ich fühlte mich erschöpft, wenngleich auch nicht müde genug, um einzuschlafen.
„Es tut mir leid", murmelte ich leise.
„Gott behüte, nein! Wieso sollte dir etwas leid tun?" Er sprach

mit fester Stimme. „Ich bin derjenige, der sich entschuldigen muss! Ich hätte Rücksicht nehmen müssen, es besser wissen sollen, dich nicht so bedrängen dürfen. Nicht nach dem, was passiert ist."
„Ich habe mich nicht bedrängt gefühlt", erklärte ich. „Aber auf einmal kam die Angst – woher, weiß ich auch nicht."
Jani strich mir sanft durch die Haare.
„Es sind erst ein paar Wochen vergangen und es war ein einziger Albtraum. Überfordere dich nicht selbst, wir werden es einfach langsam angehen lassen, was unsere Spielchen angeht. Okay?"
Wirklich beruhigen konnten mich seine Worte zwar nicht, doch ich weigerte mich ebenso, der Sache allzu große Bedeutung zu schenken.
Wir hatten uns, alles war gut. Immer wieder formulierte ich die Worte in meinem Inneren und schaffte es tatsächlich, mich damit zu beruhigen und irgendwann in seinen Armen einzuschlafen.

***

Durch lautes Klopfen an der Tür wurde ich geweckt.
Während ich mich langsam und gemächlich streckte und gegen meine Müdigkeit ankämpfte, hatte Jani bereits geöffnet und den Servierwagen mit unserem Frühstück hereingeholt. Mir war zwar komplett entgangen, dass er das Essen aufs Zimmer bestellt hatte, doch ich fand die Idee mehr als nur gut.
Er räumte das Essen nach und nach auf unser Doppelbett. Ich lehnte mich zurück und genoss den Anblick. Jani war es komplett egal gewesen, dass er nur in Boxershorts die Türe geöffnet hatte. Wieso auch nicht? Für einen Finnen hatte er ein riesengroßes Ego und Schüchternheit kannte er höchstens von

seinen Fans. Für gewöhnlich war er freundlich und nett zu seinem Gegenüber, doch er wusste, was er wollte und besonders was nicht und zögerte eher selten, sich dafür auch einzusetzen.

„Das Frühstück im Bett wäre angerichtet", grinste er, als er sich wieder neben mich setzte.
„Eine fantastische Idee!" Ich nahm seine Hand. „Ich liebe dich."
„Und ich dich erst", antwortete er sofort, dann reichte er mir auch schon meinen Teller und begann selbst, sich Essen auf seinen eigenen zu drapieren.
„Im Übrigen...", erklärte er kauend, „Wir werden in einer Stunde abgeholt – sofern du die Bergtour noch machen möchtest."
„Ah, der Kartoffel-Ausflug?", scherzte ich. „Wie kommen wir denn dort überhaupt hin? Und wie weit ist es?"
„Nun." Er biss erneut in sein Brötchen, bevor er den Satz vervollständigte. „Da gibt es ein Unternehmen, die solche Ausflüge anbietet, mit einem Geländewagen oder so. Je nachdem, wie befahrbar das Gebiet überhaupt ist. Sind ein paar Kilometer, wir dürften den ganzen Tag unterwegs sein."
„Dann sollten wir uns sicherheitshalber etwas Proviant einpacken, oder?" Ich nippte am Kaffee, der so ganz anders schmeckte als der zu Hause in Finnland.
„Entweder das oder wir hoffen darauf, dass wir unterwegs irgendwo etwas kaufen können."
„No risk, no fun?" Ich schüttelte den Kopf. „Bei uns ist das Motto doch eher No food, no fun."
Er nickte. Wir hatten das Thema schon ein paar Mal in der Vergangenheit. Hunger war eines der Gefühle, das keiner von uns beiden wirklich ertragen wollte. Es zehrte so sehr an

meinen Nerven, wenn ich hungrig war, dass ich binnen kürzester Zeit zur Furie mutierte. Jani hatte zwar anfangs steif und fest behauptet, dass dieses auf-Hunger-folgt-nur-Aggressivität-Verhalten einzig den Männern vorbehalten wäre, doch es kam der Tag, an dem ich ihn eines Besseren belehren musste.

***

Gespannt stiegen wir in den von außen schon etwas in die Jahre gekommenen Jeep. Der Fahrer – ein Spanier mittleren Alters mit nur bedingt verständlichen Englisch-Kenntnissen – wies uns darauf hin, dass wir uns doch bitte gerade in den Gebirgsregionen anschnallen sollten.
Mir war bis zu dieser Aussage nicht bewusst gewesen, dass in der heutigen Zeit noch irgendjemand ohne Gurt Auto fuhr, doch ich tippte darauf, dass er seinen Hinweis nicht ganz grundlos gab. Zu meiner Überraschung war die Rückbank und der gesamte Innenraum des Wagens um einiges luxuriöser als es der erste Eindruck hatte vermuten lassen. Wir saßen auf einer Lederbank, hatten genügend Platz, um es uns bequem zu machen, und hinter dem Fahrersitz war sogar eine kleine Minibar integriert. Jani schien nicht annähernd so beeindruckt wie ich, vermutlich war er einen gewissen Luxus auf Reisen gewohnt. Oder er hatte schlicht und ergreifend noch keinerlei Erfahrungen mit Südländern und deren Autos gemacht.
Bei angenehmer Innentemperatur begann unsere Fahrt endlich. Nachdem wir die Stadt hinter uns gelassen hatten und nicht wie bei unserer Ankunft auf eine Autobahn wechselten, wurden die Straßen nach und nach schmaler. Es war unschwer zu erkennen, dass wir auf dem besten Weg waren, einen ganz anderen Eindruck von Andalusien zu gewinnen.

Nach wie vor verfügte ich über ein sehr überschaubares Wissen, was unser Urlaubsland betraf. Spanien war für mich nie mehr als Insel- und Badetourismus gewesen, auch wenn mir immer klar war, wie engstirnig diese Annahme gewesen sein musste. Natürlich gab es mehr und ich mochte das, was ich im Vorbeifahren sah, wirklich sehr.

Während in der Stadt alle größeren Straßen mit Palmen gesäumt waren, wurde die Vegetation auf unserer kleinen Reise nach und nach eintöniger. Bald erhoben sich die ersten Hügel in unserem Sichtfeld, Steinmauern und wunderschöne Häuser und Hütten wechselten sich ab mit Feldern und Wiesen, die bei uns durch grünes Gras zu erkennen gewesen wären, hier allerdings eher an eine Wüstengegend erinnerten. Ich fragte mich, ob sich ihr Zustand über den Winter ändern würde. Schließlich war es bereits November und es sah nicht unbedingt danach aus, als wolle hier irgendetwas freiwillig wachsen.

„Irre, oder?" Jani blickte fasziniert nach draußen. „Wir sind noch nicht annähernd in der Hochebene und bereits hier wächst kaum noch was."

„Ja, das dachte ich mir auch gerade", stimmte ich zu. „Wie hoch fahren wir?"

„Wenn ich mich recht erinnere, sind die Berge gut 3500 Meter hoch, da könnte sogar Schnee auf den Berggipfeln sein."

In seinem weitgehend improvisierten Englisch erklärte uns unser Fahrer, dass wir nun in den eigentlichen Hochland-Bereich von Almería kamen.

Je weiter wir fuhren, desto unwegsamer wurde der Untergrund. Wenigstens hatte der Jeep nun seine Berechtigung und ich freute mich regelrecht, dass ich eher hungrig war, als mit vollem Magen eine Schaukelfahrt dieser Art mitmachen zu

müssen. Ich hielt einige Male die Luft an, besonders dann, wenn wir in einer scharfen Kurve bergauf oder bergab einem anderen Wagen ausweichen und viel zu gefährlich nah am Abgrund ausharren mussten.
„Hey, positiv denken! Der gute Mann macht das täglich, der kennt sich aus." Jani tätschelte mir aufmunternd die Schulter.
„Genau, war schön, dich gekannt zu haben." Ich rollte die Augen. Er wusste genau, dass ich Probleme mit Abgründen und der Höhe grundsätzlich hatte, doch ich arbeitete daran mir einzureden, dass die ganze Sache sicher war.

Hin und wieder kamen wir an großen Höfen vorbei, die meist den Winzern gehörten, die an den Bergen ihren Wein anbauten. Das milde Klima bot sich förmlich an, um eben jene Dinge anzubauen, die den normalen Witterungsverhältnissen nur bedingt standhalten konnten.
Eine weitere Leidenschaft der Andalusier war der Anbau von Olivenbäumen und dem daraus gewonnenen Olivenöl. Ich konnte mich nicht daran erinnern, jemals einen Olivenbaum gesehen zu haben, geschweige denn ganze Felder davon. Die Landwirtschaft spielte in Andalusien ganz offensichtlich eine wichtige Rolle und das, obwohl das Landesinnere eben doch eher an Wüste und unfruchtbaren Boden erinnerte.

Wir machten eine Pause bei einem der beliebtesten Winzer ganz Spaniens – wurde uns zumindest gesagt – und Jani testete sein Schauspieltalent bei einer kleinen Weinprobe. Weder er noch ich hatten Ahnung, bis auf Farbe und die Bewertung „ist gut" oder „pfui" konnten wir eigentlich nicht viele Aussagen zu Wein treffen. Versuchen wollte er es natürlich trotzdem und so konnten wir nach einer halben Stunde den ersten original andalusischen Wein unseres Lebens unser Eigen nennen.

Wir fuhren noch eine Weile weiter, dann hielt der Jeep auf einer kleinen Lichtung an.

„Destination, Señor." Der Fahrer lächelte uns an. Jani nickte.

„Komm, wir laufen ein bisschen und schauen uns die Gegend an."

„Gibt es hier etwas zu sehen? Sieht alles eher eintönig aus, findest du nicht? Würde mich nicht wundern, wenn hinter dem nächsten Hügel eine Wüstenlandschaft mit Rinderskeletten und Ähnlichem auf uns warten würde." Ich war skeptisch.

„Vertrau mir. Wir müssen nur hier den Weg hoch, das ist so eine Art Geheimtipp. Der Ausblick muss der Hammer sein." Sein Enthusiasmus überzeugte mich, so schlecht war die Idee mit dem Spaziergang sicher nicht. Wir hatten jetzt einige Stunden gesessen, also kam die Abwechslung gelegen.

Jani hatte sich ganz offensichtlich vorab wirklich gut informiert. Den kleinen Trampelpfad, den er eingeschlagen hatte, hätte ich selbst vermutlich gar nicht als solchen identifiziert. Wir stapften Hand in Hand über den steinigen Boden. Ich gab mir größte Mühe, nicht irgendwo zu stolpern oder mir den Fuß zu vertreten. Schließlich wollte ich auch wieder zurück zum Wagen und nicht am Ende noch hier übernachten müssen.

Was mich überraschte war die Temperatur. Die Gebirge um uns herum schienen immer noch riesig, doch wir hatten mit dem Wagen auch schon eine beachtliche Höhe erreicht. Dennoch hätte ich es auf mindestens zwanzig Grad Außentemperatur geschätzt. Es wehte kaum ein Lüftchen, alles um uns herum war ruhig und friedlich, als wir nach einer Weile den Gipfel des kleinen Hügels erreicht hatten.

Was meine Augen auf der anderen Seite erblickten, war kaum mit Worten zu beschreiben.

Sonnenblumenglück

Ich sah eine Talebene, alles erstrahlte in wunderschönem Gelb. Sonnenblumen. Hunderte. Tausende vielleicht.
Sie waren atemberaubend schön, heller als die Sonne selbst und doch leuchteten die Farben intensiver als alles, was ich jemals zuvor gesehen hatte. Selbst die Stämme und Blätter, die scheinbar bis zum Himmel wachsen wollten, erstrahlten in einem so satten Grün, dass man nur ehrfürchtig staunen konnte.
„Das ist so wunderschön!" Ich schluckte, konnte nur schwer den Blick von den Blumen lösen, wollte aber ganz dringend auch wissen, was er bei dieser Aussicht empfand.
Als ich den Kopf in seine Richtung drehte, kniete er vor mir auf dem Boden.
„Melissa, Liebe meines Lebens. Ich weiß nicht, ob ich immer das sein kann, was du dir wünschst, was du brauchst. Genauso wenig weiß ich, ob wir immer Sonnenschein in unserem Leben haben werden. Eigentlich gibt es so viele Dinge, die ich nicht weiß. Und da ich dich jetzt nicht die nächsten Stunden mit Aufzählungen langweilen möchte..." Er lächelte sichtlich nervös. „... dachte ich, ich zähle dir lieber die Dinge auf, die ich weiß. Ich weiß, dass du alles bist, was ich mir immer gewünscht habe, dass ich dich jetzt und für alle Zeiten lieben werde. Und ich weiß auch, dass ich nie wieder auch nur eine einzige Sekunde von dir getrennt sein möchte. Nun bleibt mir allerdings nur die kleine Hoffnung, dass du dir das möglicherweise auch vorstellen könntest."
Er lächelte und streckte mir seine Hand entgegen.
Mit fragendem Blick beobachtete ich, wie er die Handfläche langsam öffnete und ein wunderschöner glänzender Ring, in dem ein vierblättriges Kleeblatt steckte, zum Vorschein kam.
„Willst du mich heiraten, Melissa?"
Ich konnte kaum sprechen, Tränen der Freude liefen mir übers

Gesicht, während ich nickte.
„Ja, ja. Ich will", schluchzte ich, er griff sofort nach dem Ring und streifte ihn mir vorsichtig auf den Finger. Er passte auf Anhieb.
Dann nahm er das vierblättrige Kleeblatt zwischen Zeigefinger und Daumen und hielt es mir vors Gesicht.
„Und jetzt darfst du dir selbstverständlich noch etwas wünschen." Das Grün seiner Augen schimmerte wunderschön, eine angenehme Gelöstheit und Freude spiegelten sich darin.
Lächelnd schüttelte ich den Kopf.
„Das ist nicht nötig. Mein größter Traum ist soeben wahr geworden."

Wir küssten uns für einen Augenblick und eine Ewigkeit lang gleichermaßen.
Zeit spielte keine Rolle mehr, sie schien gar nicht mehr zu existieren.
Sekunden, Minuten, Stunden oder Tage? Wen kümmerte es?
Für uns hatte nur das Hier und Jetzt eine Bedeutung und genau so sollte es bleiben. Ich fühlte mich grenzenlos und frei, wusste, dass einzig unsere Liebe in diesem magischen Augenblick dafür verantwortlich war.
Keine Fragen. Keine Zweifel. Er fühlte genau wie ich, das verstand ich ohne ein einziges Wort.
In einem Moment, der so vollkommen ist, dass man die Welt um sich herum vergisst, zählt nichts anderes als das, was man fühlt.
Und dann wird man eins. Mit sich selbst. Mit diesem einen Menschen, auf den man ein Leben lang gewartet hatte.
Mit der Liebe. Unserer Existenz. Mit dem ganzen Universum.
Und mit der Ewigkeit.

Man erschafft etwas, dem weder Raum noch Zeit etwas anhaben können.
Man wird unsterblich.

Zusammen.
Für alle Zeit.

- ENDE -

Morgan Stern

ÜBER DEN AUTOR

Morgan Stern,1980 geboren, begeisterte sich bereits seit ihrer Kindheit für das Schreiben von Geschichten.
Über die Jahre verfasste sie vor allem Thriller und Romane in deutscher und englischer Sprache.

Für weitere Informationen

www.morganstern.de

Printed in Poland
by Amazon Fulfillment
Poland Sp. z o.o., Wrocław

50117351R00171